El loco de los pájaros

Novela

Care Santos

El loco de los pájaros

DESTINO

Ediciones Destino, un sello editorial de Editorial Planeta, S. A.
Avda. Diagonal, 662-664, 08034 Barcelona (España)
www.edestino.es
www.planetadelibros.com

Adaptación de la cubierta: Booket / Área Editorial Grupo Planeta
Ilustración de la cubierta: © Abigail Miles / Arcangel y © History Archive / Universal Images / Getty Images
Primera edición en Colección Booket: julio de 2024

Depósito legal: B. 11.542-2024
ISBN: 978-84-233-6555-5
Impresión y encuadernación: Liberdúplex, S. L.
Printed in Spain - Impreso en España

Biografía

Care Santos (Mataró, 1970) es autora de catorce novelas, entre las que destacan *Habitaciones cerradas* (2011), adaptada a la televisión en 2014, *El aire que respiras* (2013), *Deseo de chocolate* (Premi Ramon Llull 2014), *Diamante azul* (2015), *Media vida* (Premio Nadal 2017), *Todo el bien y todo el mal* (2018) y *Seguiré tus pasos* (2020). Su obra ha sido traducida a veintitrés idiomas, entre ellos el inglés, el alemán, el francés, el sueco, el italiano y el holandés. Es colaboradora habitual de *El Periódico de Catalunya*.

@CareSantos

www.caresantos.com

Para Deni Olmedo.
Take all my loves, my love

We hear the note of a stranger bird
*That never till now in our land is heard.**

WILLIAM CULLEN BRYANT

*Lord, what fools these mortals be!***

WILLIAM SHAKESPEARE,
A Midsummer's Night's Dream

* Escuchamos la nota de un extraño pájaro / nunca oído por estas tierras.

** Señor, qué locos están estos mortales (*El sueño de una noche de verano*).

I

Schieffelin & Co.

Troglodytes

Una ola de frío se acerca a Nueva York. Hoy la temperatura todavía es agradable, aunque fresca, como corresponde a finales de noviembre. Mañana será diferente.

Corre el año 1889. Las ventanas del salón de casa de los Schieffelin están abiertas. Por ellas pueden verse los aún raquíticos arbolitos de la avenida Madison y las aceras desiertas. El desayuno se ha servido con la opulencia de todos los días, aunque los Schieffelin siempre han sido frugales, y ahora más que nunca. En sus casi cuarenta años de matrimonio apenas han desayunado separados media docena de veces.

A un lado de la mesa, más cerca de la ventana, está Eugene, un hombre magro, de abundantes y muy bien cepillados cabellos grises, con un vago aspecto de escritor ruso de su tiempo. Va vestido de calle porque hace poco ha regresado de su paseo matutino, y de negro estricto porque está de luto desde que hace tres semanas murió su hermana Martha. Toma notas en un cuaderno con la expresión contrariada de quien no da con la palabra que busca.

Al otro lado está Catherine: elegancia ausente, movimientos armónicos, facciones suaves. Aún no se ha vestido, y su atuendo consiste en una bata de seda y una manta que le abriga las piernas. Sobre la nariz, sus gafas de leer, de montura dorada. El cabello recogido con cuidado en un moño esponjoso, de color gris. Paladea su taza de té mientras lee el *New York World* con el interés y la atención de todos los días.

Schieffelin resopla por tercera vez. Catherine levanta la mirada de las páginas del diario:

—¿Qué te ocurre, Gynx? —pregunta.

Él chasquea la lengua.

—Este lápiz es un desastre. —Lo arroja sobre la mesa con el gesto de quien capitula después de una larga lucha.

Cierra los ojos contrariado. Suelta otro bufido. Catherine dobla el periódico y lo deja sobre la mesa. Sabe que el problema no es solo el lápiz. Adivina la angustia de Eugene aunque él no la nombre. Demasiados años de convivencia. Con esta manía de no hablar por no preocuparla, en realidad la preocupa mucho más. Se dispone a tener con él una conversación seria cuando suena un aleteo y ambos levantan la mirada hacia una de las volutas de yeso del techo.

—Tenemos visita —dice Eugene.

Allá arriba, iluminado por la claridad dorada de la mañana, los ignora un pequeño pájaro pardorojizo, con las alas algo más oscuras, tan rechoncho que desde abajo parece una bola de plumas.

—Un *Troglodytes troglodytes* —observa él sin atisbo de pedantería.

Es decir, un pájaro de pequeño tamaño y gran vivacidad. Tiene la cola muy enhiesta y la mueve de continuo, como si estuviera nervioso. Son comunes por aquí, aunque raramente entran en las casas. Demasiado asustadizos. Veremos cómo acaba esto.

Se abre la puerta y llega con paso militar la rubicunda Edith, la criada irlandesa, vieja como ellos y como su convivencia, hasta el punto de que allí es considerada el tercer miembro de la escueta familia.

Los encuentra a los dos mirando hacia el mismo punto del techo y también ella vuelve la cabeza.

—Oh, qué les parece —masculla—. ¿Quién es ese?

El *Troglodytes* está incómodo en la moldura. No es un animal sociable. No de este modo.

—Es un *wren* —explica Schieffelin—, aunque hay quien le llama chochín, monteriza, ratonero... No sabemos si macho o hembra, porque en esta especie no se da dimorfismo sexual.

—Ah, vaya —murmura la criada impresionada.

A algunos el pájaro les podría parecer poca cosa. Mide apenas cuatro pulgadas. No pesa ni media onza. Es decir, diez centímetros y doce gramos. Sin embargo, desborda energía, curiosidad y no es insignificante en absoluto. Tampoco es silencioso. Se suele decir de él que tiene un canto alegre y agudo, aunque esa es una apreciación exclusivamente humana, alejada de la verdadera naturaleza de sus cosas.

De un brinco el ave alcanza la cornucopia, la pila de periódicos, la mesa. Revolotea un poco hasta la chimenea y se esconde tras uno de los elefantes japoneses de porcelana. Edith suelta un grito y se tapa con las dos manos la boca, en la que faltan algunos dientes. Masculla:

—¡Pobrecillo! ¡Le ponemos nervioso!

Edith tiene razón. El lugar no es propicio para el pájaro. No parece haber aquí nada que comer (ni larvas, ni arañas, ni ciempiés). Escarbaría el suelo, pero desde la distancia no parece buena idea. En efecto, no lo es: ese colorido brillante y geométrico es tan solo el diseño de una alfombra carísima.

Schieffelin se levanta dispuesto a ayudar al animal en apuros. Aparta el pesado elefante, una antigüedad del siglo XVII que compraron en Londres hace más de veinte años, y el chochín revolotea con torpeza, se estrella contra el espejo y regresa a la moldura incómoda. Desde allí los mira y dice algo a su modo: «Trittrittrittrit, trit».

—Trae una escoba, Edith —ordena Schieffelin, y la criada sale a toda prisa y regresa armada con el escobón del patio.

Eugene toma el mango de madera, lo levanta, realiza maniobras para espantar al pajarito de donde está. Lo consigue. El *Troglodytes* revolotea de nuevo —más gritos de Edith—, se posa un instante ante una hilera de libros, brinca para volver a la repisa, junto a otro de los elefantes de la colección de Catherine, y allí se queda, muy quieto, palpitante, vuelto de espaldas a ellos.

Se siente raro aquí. Su mundo es el sotobosque. Los arbustos tupidos, en especial. Vive en uno, en el parque, cerca del lago, a resguardo. De día merodea por los alrededores, comiendo lo que hay y escapando de los gatos y los córvidos, que están por todas partes. Conoce su hábitat lo bastante para saber que más allá de las verjas fronterizas del parque y de las cabezas de los caballos de alquiler se extiende un bosque de piedra al que los humanos llaman ciudad, y en el que de vez en cuando merece la pena adentrarse.

Schieffelin se acerca despacio al visitante.

—Ven aquí, muchacho —susurra—. Te enseñaré el cami...

El pajarillo intenta levantar el vuelo, pero Schieffelin reacciona con rapidez y, tras dos movimientos bruscos, logra apresarlo. Lo retiene entre sus manos abombadas.

—No te asustes —le dice—. Ya está.

Lo lleva a la ventana y lo deposita con cuidado en el alféizar, donde se acomoda también el primer hilo de sol del día. El chochín da un saltito, y otro, y otro más, hasta el borde de piedra, agita la cola una vez más, en lo que a los humanos les parece una despedida, y emprende un vuelo elegante para encaramarse a uno de los arbolitos de la calle.

—Buen viaje —le desea Eugene, volviendo a la mesa.

—¿Puedo cerrar las ventanas? —pregunta Edith, que hace un rato vino para eso.

Catherine asiente. Hace frío aquí.

—Hoy vamos a tener suerte —dice Edith mientras cierra los batientes, las contraventanas, los pesados cortinajes y sume la sala en su semipenumbra habitual (mucho sol no es bueno para los muebles ni para los libros, sentencia siempre Catherine)—. Mi abuela decía que cuando un pájaro entra en una casa, atrae la fortuna.

Catherine parece despertar del encantamiento en que estaba para decirle a la irlandesa:

—El señor ha perdido su lápiz, Edith. Búscalo por toda la casa, haz el favor.

Edith asiente sin preguntar. Algo tendrá ese lápiz cuando desvela tanto al señor, aunque ella no pueda imaginarlo. Se acerca al elefante de la repisa para moverlo un milímetro, como si el *wren* hubiera desarreglado la perfecta caravana que adorna el salón. Se aleja un poco para mirarlo y suelta un gruñido de aprobación.

—De un momento a otro esperamos al doctor Ludlow —sigue Catherine con sus instrucciones—. Ocúpate de que todo esté preparado.

La criada, con la altanería de un mariscal de campo y la barbilla tan enhiesta como hace un instante la cola del *Troglodytes*, replica:

—Hace rato que lo está, señora.

Ludlow

—*Shalom*, mis queridos ociosos.

El ruidoso amigo entra pisoteando las maderas nobles del suelo como si fuera varias personas al mismo tiempo.

Ludlow es un judío reformado de quinta generación, viudo, lo bastante rico como para no trabajar y lo bastante amante de su trabajo para seguir haciéndolo aunque de tarde en tarde y cuando él decide. Es también el amigo más antiguo de los Schieffelin y un hombre generoso en todos los sentidos imaginables. Su amistad fue una aportación de Catherine al matrimonio. Se conocen desde que él vestía pantalones cortos y era el hijo bromista, escandaloso e inaguantable del socio de su padre, alguien que la ponía nerviosa y a quien trataba siempre de evitar. Ocurría lo mismo al contrario: el joven Ludlow pensaba que aquella jovencita insípida y con coletas era un ser cargante, que creía saber de todo más que los demás (lo cual probablemente era cierto), que disfrutaba dejándole en ridículo (lo cual era rigurosamente cierto) y que no poseía ninguna de las cualidades que él apreciaba en una mujer.

Unos años después Joshua Ludlow conoció a Margaret, una joven de alta cuna, judía reformada como él, muy buena cocinera y algo entrada en carnes —todas ellas cualidades que le encandilaron— y la cortejó con el tesón de un abejorro hasta que ella accedió a casarse con él. Margaret le puso dos condiciones: que abandonara esa bochornosa costumbre de frecuentar los antros del bajo Manhattan y que la acompañara a sus obras de caridad y a las funciones de teatro a las cuales ella era tan aficionada. Ludlow aceptó de buena gana, sin confesar que si las condiciones hubieran sido mucho más duras también habría cedido. Fue así como el crápula vocinglero de los tugurios del *lower* se convirtió en un asiduo a las funciones benéficas, los repartos de comida de las parroquias y los dramas shakespearianos. Y he aquí que a esas mismas veladas asistía, por similares circunstancias pero de peor humor, Eugene Schieffelin, quien aún no se hacía a la idea de haberse convertido en el marido de Catherine. Y así, unidos en el aburrimiento y la necesidad de formar frente común ante sus esposas, el lacónico Schieffelin y el estridente Ludlow terminaron forjando una amistad a prueba de contratiempos. Por suerte para ellos, muy pronto expandieron su campo de acción hasta los salones privados del Delmonico's, a donde siempre iban después de los estrenos a los que solía apuntarse Martha, cuyo sentido del humor ligaba bien con el de Ludlow.

Los estrenos de ópera en la Academia eran casi una cita obligada para ellos, puesto que sus familias habían contribuido a la construcción del teatro y tenían butacas reservadas para todas las ocasiones importantes. No ir habría sido inapropiado. Lo que las señoras no querían perderse por nada del mundo eran los de obras de William Shakespeare en Broadway, en especial si las compañías o los actores principales eran ingleses. Por aquel entonces, lo inglés era tenido en Nueva York por máxima expresión de la elegancia y el buen gusto, y eso lo abarcaba todo: las porcelanas, los muebles, los modales, la pronunciación de ciertas consonantes y los genios de la literatura. Lo que llegaba de Londres era siempre bien recibido y las compañías londinenses llenaban los patios de butacas cada noche. Por supuesto, de todos los autores británicos, el que más furor despertaba era el inmortal Bardo. Catherine, Margaret y Martha se contaban entre sus admiradoras devotas.

Para construir su amistad, los Ludlow y los Schieffelin fortalecieron sus semejanzas y olvidaron sus diferencias, incluso en las temporadas que pasaron separados, como durante la guerra y los años que siguieron. Pero ocurrió que, con el paso del tiempo, ya no fueron capaces de distinguir las unas de las otras. Cuando Margaret murió, de un mal fulminante contra el que ningún saber médico pudo hacer nada, los Schieffelin se concentraron únicamente en arropar al amigo.

Ludlow es, lo ha demostrado, un hombre incombustible. A sus setenta y ocho años sigue tan activo como siempre, goza de un envidiable buen humor y ni pretende ni sabría quedarse quieto. Hoy ha venido con ganas de molestar a Schieffelin.

—¿Y si damos un paseo? —propone—. Dicen que mañana cambia el tiempo. Podemos salir a almorzar.

Schieffelin tuerce el gesto. Catherine lo esperaba. Dirige al amigo una mirada cargada de intención.

Ludlow carraspea, desabrocha un botón de su chaqueta para desaprisionar su tripa, se deja caer en su asiento, el suyo, siempre el mismo —grande, con orejas, forrado de terciopelo verde— y estira las piernas con alivio. En ninguna parte se siente tan a gusto como aquí.

—¿Es que no piensas salir nunca más, Schieffelin? —pregunta, mirando al amigo con fijeza para intranquilizarle—. ¿Has resuelto condenar a Catherine al monacato?

Schieffelin espanta el sarcasmo con un gesto. No quiere que le molesten. No está de humor. Catherine sale al rescate:

—¿Sabes, Joshua? Esta mañana ha entrado un pájaro en la sala. Edith cree que nos traerá buena suerte.

—Esas absurdas supersticiones irlandesas —musita Schieffelin.

Como si las palabras la hubieran convocado, Edith entra con la bandeja de plata y sobre ella tres copitas de Oporto y una tarta de manzana recién horneada. Lo deja todo sobre la mesa y sirve una ración generosa al invitado. Nada más olerla, Ludlow vuelve su rostro rubicundo hacia Edith y le dice:

—Cásate conmigo, Edith. Seríamos felices. Lo sé.

La broma es tan habitual que ni molesta ni divierte. Edith sonríe a medias. El médico toma su plato y espera el tenedor que ha de entregarle Edith, como haría un niño bien educado. Cierra los ojos con deleite en cuanto se mete en la boca el primer pedazo.

—¿Por qué Dios no habrá puesto una Edith en mi vida? —se lamenta.

La criada, ufana, sigue a lo suyo, como si no escuchara. La receta que suscita tanto entusiasmo era de su madre, y ella ya sabe bien que es infalible. Sale portando la bandeja vacía y con sus andares vacilantes de gallina enseñoreada.

—Cuéntame, Schieffelin. Qué piensas hacer para salir de esta —dice Ludlow.

—¿Salir de qué?

—No puedes quedarte toda la vida ahí sentado, pensando en la pobre Martha. Debes buscar algo que hacer.

—¡Tengo mucho que hacer! —se defiende Schieffelin—. Y no me paso la vida aquí sentado. Salgo todas las mañanas.

El amigo insiste:

—Deberíamos ir al teatro. Representan *El sueño de una noche de verano*. Es vuestra favorita, ¿no? No sé a qué estamos esperando.

Catherine niega con la cabeza, le hace una seña secreta al amigo. No es buen momento para *El sueño de una noche de verano*. Ludlow no repara en su error. A Eugene, la sola mención de la comedia le llena de piedras el corazón.

—Mejor no —dice.

—¿Lo ves? —Ludlow levanta la voz—. ¡Te estás encerrando!

Catherine no sabe qué decir para desviar la conversación.

—Gynx ha vuelvo a soñar con los Jacobs, Joshua —espeta.

Consigue su propósito. Ludlow se interesa en el acto.

—¡Ah! —salta el médico—. ¿De veras? Qué curioso. ¿Cuánto llevaban ahora sin...?

—Meses —dice Schieffelin.

—Años —le corrige Catherine.

—No tanto, Cat, no tanto.

—¿Y qué quieren? —pregunta Ludlow.

Schieffelin murmulla, refunfuña. Nadie le hace caso.

—Dice que le regañan —desvela Catherine.

—¿En serio? —Ludlow levanta las cejas—. ¿Por algún motivo?

—Qué más da. No quiero hablar de eso ahora —suelta Schieffelin.

—¿Por qué no? Ya sabes que estos sueños tuyos siempre me han parecido muy interesantes. Hay que atender a lo que soñamos. Debe haber un motivo para que...

—¡He dicho que no quiero hablar de eso! —Schieffelin se incorpora, se sacude las migas del regazo y añade—: ¡Me voy a dar un paseo!

Ludlow y Catherine están sorprendidos, pero no intentan detenerle. Permanecen atentos a los pasos de Schieffelin en el vestíbulo, al picaporte de la puerta, seguido de un portazo y de los pasos que se alejan por la calle. En cuanto se sabe sola y a salvo, Catherine explica:

—Hoy se ha despertado jadeando y bañado en sudor.

—Ajá —dice el doctor.

—Madruga más que nunca. Y estos días apenas tiene ganas de... —Calla, piensa cómo decir lo que pretende sin incomodarse ni incomodar al amigo—. Quiero decir, Joshua, que Gynx se comporta como si no durmiera a mi lado, ¿comprendes? Además, todo le descompone. Hoy ha sido un lápiz.

—¿Un lápiz?

—Puede ser cualquier otra cosa.

—Ajá.

—Mañana es la reunión familiar de apertura del testamento. Detesta las reuniones familiares, ya sabes. Creo que está asustado. Habla mucho de la muerte.

—Ajá —concluye Ludlow mientras termina la copa de Oporto y añade—: Hay que actuar, ya lo veo. ¿Por qué no comenzáis por quitaros el luto? ¿No crees que está pasado de moda?

Ella hace un gesto impreciso, como diciendo: «Yo también se lo digo, pero...». Edith entra para dar un parte negativo de sus pesquisas: ha buscado por todas partes, ha levantado alfombras y vaciado cajones, pero el lápiz del señor Schieffelin no quiere aparecer por ninguna parte. Catherine le dice que siga buscando, sin apuro, pero sin rendirse, porque está convencida de que tarde o temprano el lápiz aparecerá. La criada sale, como siempre resoplando.

Ludlow ya se va. Se pone el sombrero, besa la mano de Cat. Le dice que formarán un frente común, que no se preocupe. Le promete que lo conseguirán. Antes de salir de la sala pregunta:

—¿Y ese lápiz qué tiene de especial?

—Era un regalo de Martha —explica ella.

—¡Ajá! —cabecea Ludlow, que ahora lo comprende todo.

Central Park

Nada más salir de casa Schieffelin se siente aliviado. Le consuela apartarse de los lugares donde se espera algo de él. Echa a andar por la Setenta y dos hacia el parque. Con decisión, teniendo cuidado de dónde pone los pies. A su edad una caída podría tener consecuencias fatales y él no sabría ser un cojo, un lisiado, un enfermo, alguien que necesita los cuidados de otra persona y que despierta compasión.

Apenas unos metros después pasa frente a la casa de Martha, que ahora es un doloroso escenario vacío. La ventana junto a la que su hermana se sentaba a leer. Es absurdo aceptar que nunca más van a conversar mientras toman el té, que nunca más va a escucharla reír. Siente que el corazón se le vuelve de plomo, de piedra, de algo que pesa y duele. El abogado vendrá a hablarles del testamento, de vender la casa, de deshacer el mundo en el que ella vivió. El portal ha quedado atrás, y Schieffelin intenta hacer lo mismo con los pensamientos que le atormentan, pero no lo consigue.

Accede al parque por la puerta lateral y de inmediato tuerce a la derecha y toma el sendero Este en dirección a la zona boscosa que los lugareños llaman The Ramble, el paseo. Camina entre robles, encinas, sicomoros, cafeteros de Kentucky y magnolios. El parque ha conocido tiempos de mayor esplendor. En invierno, además, los caducifolios lo llenan de claros y ausencias, y parece menos exuberante y salvaje de lo que es en realidad, aunque siga —para él, al menos— igual de hermoso.

Ningún otro lugar hace más feliz a Schieffelin que Central Park. Le alegra incluso desde la distancia, cuando piensa en él desde la sala de su casa y se alegra solo de saber que está tan cerca. En verano, abre la ventana y puede oler la vegetación, escuchar su rumor. Su calle está constantemente poblada por los pájaros que anidan en los árboles del parque, y no es tan raro ver alguna ardilla intrépida o algún zorro despistado. Esa presencia perenne de la naturaleza le reconforta. Le recuerda a su infancia, le devuelve al paraíso. Cuando sus hermanos y el resto de los parientes del gran clan Schieffelin se establecieron en esta zona de la ciudad, casi todos al mismo tiempo, él los siguió sin pensarlo. Alguien dijo: «Qué raro que Eugene se haya decidido tan rápido». Martha y Cat sabían que no era raro. El parque ya había sido planificado, una locura verde en mitad de una isla de piedra, y se estaba construyendo a buen ritmo. Arboledas, prados, caminos, lagunas, puentes... Donde otros buscaron lujo, comodidades y privilegios de ricos, Eugene Schieffelin encontró su infancia desaparecida.

Con curiosidad de recién llegado perpetuo, se pierde en la espesura parda del paseo. Los grandes árboles le custodian. Camina a buen paso para su edad. Si alguien apreciara desde la distancia su silueta estilizada y sus zancadas decididas, le tomarían por un hombre más joven. La delgadez es cosa de familia. La decisión, fruto de la experiencia. Podría recorrer este camino a ciegas, con los ojos vendados. Ha pasado por aquí mil veces. Ha visto nacer estos senderos. Recuerda cuando el lugar era un yermo pedregoso. Recuerda la llegada de los primeros carros cargados con tierra y piedras y también a los primeros obreros que removieron los cimientos de lo que hoy es un paisaje artificial perfecto. Tan perfecto que algunos foráneos lo toman por obra de Dios o de la naturaleza.

Bordea la zona conocida como el Estanque de las Damas, pensado para que las señoras patinen sobre hielo en invierno. No hay patinadoras aún. El hielo no es lo bastante grueso. Tal vez mañana podrá inaugurarse la temporada. Eugene se detiene, mira hacia arriba, prosigue. Recuerda un trepador canadiense que vio aquí una vez. Debe de hacer ya ocho o nueve años. Escuchó de pronto, en lo más alto de los robles, una especie de graznido —anc, anc, anc— y al observar descubrió a un pequeño acróbata gris y azul que saltaba cabeza abajo por la corteza. Nunca lo había visto allí, y nunca ha vuelto a verlo. Fue un milagro fugaz.

Llega a su destino. El mismo claro diminuto donde se detiene cada día desde hace quince años. Justo en el centro hay una roca grande, ligeramente puntiaguda, con un flanco suave y liso que puede usarse como asiento. Le gusta pensar que tal vez llegó con el primer desembarco de materiales, procedente acaso del bosque de Wharton, a orillas del río Mullica; debió recorrer una larga distancia en ferrocarril antes de ser depositada aquí y convertida en parte de este paisaje, junto al puente de madera y el riachuelo artificial. Se acomoda en el lado liso de su piedra. Este es su lugar. El lugar de las conversaciones consigo mismo.

Siente una opresión en el pecho que le acompaña desde hace tres semanas. Ahora su corazón late un poco más rápido, pero la angustia sigue ahí, agazapada. Sabe que volverá, porque siempre lo hace. Por las noches, ha empezado a pensar que podría morir. Si Martha ha muerto, él podría correr su misma suerte. Martha era solo cuatro años mayor que él. Su constitución era idéntica. La apoplejía llegó de pronto, sin avisar, sin síntomas previos. El macabro final de una jornada cualquiera. Atacó mientras dormía y le paralizó medio cuerpo, dibujó en el rostro de su hermana aquella mueca dolorosa, feroz —la boca torcida hacia abajo— y le entorpeció el habla. Martha sin palabras no era ella misma. Sufrió lo indecible durante los dos meses en que estuvo postrada en la cama sin salir, sin hacerse entender sino con mucho esfuerzo, sin leer —no retenía lo leído, las palabras se le mezclaban en las páginas, comprender se había vuelto una tortura—; cuando la visitaban encontraban a una Martha apagada, decepcionada de sí misma, que rezaba para que Dios la llevara consigo. Un día se lo dijo, con su habla silabeante y pastosa: «No quiero vivir así».

El segundo ataque fue mortal. Esta vez no pilló a

nadie por sorpresa, tampoco a Martha. Tras su entierro, Ludlow dijo: «Ha ocurrido lo mejor». Y esas escasas palabras despertaron en Schieffelin esta desolación de la que no consigue librarse. El mundo no es el mismo sin Martha. Nunca volverá a serlo.

Oye de súbito un repiqueteo —tatatatatata— sordo, rápido y claro. Un pájaro carpintero. Suena, cesa, suena, cesa. Largos intervalos de silencio. Tatatatatatata. La paciencia siempre tiene premio. Sigue mirando hacia arriba. De pronto se hace visible. Un huso emplumado atacando frenéticamente el tronco de una encina. Tatatatata. Se detiene. Schieffelin entorna los ojos. Busca los binoculares en el bolsillo de la capa. ¿Un *Melanerpes carolinus*? Es decir, un pájaro carpintero de barriga roja. Sí, eso es. Un residente, como él. Un habitual. Lo habitual también es extraordinario. Con qué tesón nos recuerda la naturaleza que todo, absolutamente todo, es importante.

«No seas tonto, Gynx, deja de darle vueltas a lo que no tiene remedio», diría Martha si se sentara a su lado en este mismo instante.

Discutirían. Les gustaba discutir. Encontraban placer en el juego de los sofismas. ¿Qué opinión tendría Martha sobre su propia muerte? La más alejada a la suya, seguro.

«Déjame en paz, estoy bien donde estoy, no puedes pretender que haga siempre lo que tú quieres», «Qué disparate, ¿dónde vas a estar mejor que en tu casa, con nosotros, en tu vida? Te echamos mucho de menos», «¿Qué sabes tú del lugar donde estoy ahora, si nunca has estado aquí? ¿Sabes cuánta gente interesante hay aquí, qué conversaciones mantenemos todo el tiempo, por el solo placer de conversar? Por cierto, William Bryant te envía saludos, pero me manda decirte que no quiere verte aún por aquí».

William Cullen Bryant, el poeta nacional, laureado y famoso, una celebridad que le honró con su amistad siendo él muy joven. Murió tras sufrir una caída en Central Park, en un lugar del otro lado por el que se niega a pasar. En este lugar es imposible no acordarse de él. Hoy acude a sus pensamientos solo para darle la razón a Martha.

«No sea trágico, amigo mío —le susurra el sabio Bryant tomando la palabra desde algún lugar inexplicable—. Por mucho que evite pasar por alguna parte, la memoria siempre vuelve. Además, no tiene tanta importancia dónde me partí la crisma, ya podría haber mirado dónde ponía los pies. Y deje en paz a su hermana, ¿quiere? Ella está bien. No como usted, que se empeña en este sinvivir. ¡Viva, hombre de Dios! Eso es lo que hacen quienes aún no están muertos.»

De pronto aparece una mancha de un rojo intenso y se posa en una rama cercana. Un cardenal. Una cresta airada adorna su cabeza. Tiene la cara negra, como si fuera enmascarado. Pía con tanto ahínco que parece que le regaña. Intervalos largos de canto, silencios breves, vuelta a empezar. ¿Será el espíritu de Martha, o tal vez el de Bryant, manifestándose? Schieffelin sacude la cabeza. ¿Por qué se le ocurren semejantes ideas? ¿De dónde han salido tantos fantasmas? El cardenal termina la regañina y se va. Ha dicho lo que tenía que decir.

La voz grave de Bryant recita ahora unos versos desde las profundidades de su memoria: «Tenemos un extraño pájaro, nunca oído por estas tierras, un colono alado que ha seguido su camino hasta nuestro hemisferio...». Por doquier se oyen cantos de pájaros. Schieffelin se detiene un instante a descifrarlos, pero el fantasma de Martha insiste: «Deja de pensar como un viejo, Gynx». Va a preguntar si no es eso lo que es, un viejo, ni más ni menos. Va a cumplir sesenta y tres años. Tal vez solo le quedan meses de vida. Tal vez muera, como ella, a los sesenta y siete. Pero la voz imaginaria de ella le interrumpe. «¡Basta ya! William, dile algo.» Hasta Schieffelin se extraña de que Martha llame William al poeta nacional, con esa familiaridad. Será que la muerte aligera las formalidades. «Schieffelin, muchacho —dice Bryant—. La tristeza es como un trasto viejo. Si no te libras de ella, ocupa el lugar de cosas más útiles.»

Schieffelin decide que ya es tiempo de irse. Sus fantasmas parecen hoy más vivos que él. Mejor dar un paseo. Imagina que los deja ahí, sentados en la piedra-asiento llegada de los bosques de Wharton, despachando sus asuntos, que la muerte parece haber igualado, qué extraño, aunque, al mismo tiempo, qué lógico. Schieffelin echa a andar de nuevo por los senderos, hacia el prado. Ya no piensa en nada más que en alcanzar la verja, llegar a casa, disculparse con Catherine. Incluso la paciencia de alguien como ella tiene un límite. Se ha ofuscado. No quiere que vuelva a pasar.

Aún se desvía un poco de la trayectoria rectilínea para curiosear. Cedar Hill está desierto y helado.

¿Acaso el frío ha comenzado ya? O tal vez es él, que lleva demasiado rato sin moverse. Disfruta de la soledad, del rumor que emite la ciudad, a lo lejos, algo parecido al rugido de un dragón dormido, cuando, de pronto, ve algo que se mueve. Se vuelve con la rapidez del instinto. Y lo ve. Está a unos veinte metros, pero lo distingue a la perfección. Detenido en mitad de la planicie. Un búho nival. *Bubo scandiacus*. Blanco como las barbas de su amigo Bryant. Viene de muy lejos, del Ártico, de los fríos lejanos del norte. Tal vez el descenso de las temperaturas sea inminente y vaya a ser tan severo como dicen. Sí, eso debe de ser. Estos pájaros raramente llegan a la ciudad y, cuando lo hacen, se quedan poco tiempo. Hacía años que quería ver uno y ha tenido que ser precisamente hoy. El búho y Schieffelin se miran durante algo menos de un minuto, inmóviles, rígidos, pasmados, hasta que el búho levanta majestuosamente el vuelo y se aleja en dirección a la parte baja de la ciudad. Schieffelin decide que es hora de volver a casa.

Finch

Al contrario de lo que le ocurre al pinzón común, cuyo nombre ostenta, el abogado Finch tiene un aspecto apagado, insustancial, olvidable. Es canijo, chepudo, medio calvo y de ojillos miopes protegidos por unos lentes gruesos y redondos. Viste ropa anodina de tonos pardos.

Están en la sala de los Schieffelin. Hay té y pasteles en abundancia, que nadie toca. El abogado Finch, con las rodillas muy juntas y voz monocorde, habla y habla, como un orador ante su público. Se dirige a los hermanos Schieffelin, los que quedan, que se sientan frente a él. También a William Henry, el sobrino favorito de casi todos ellos, el actual presidente de las empresas, sin duda el hombre más importante de la familia y uno de los más destacados de la ciudad. Los mayores son los sobrevivientes de lo que fue una familia abundante, pero donde ahora solo abundan las ausencias. Ahí están Samuel, Augustus y Bradhurst, como si fueran los representantes de tres décadas diferentes, muy bien acomodados en los butacones de terciopelo verde.

Comencemos por los que superan por poco o casi

alcanzan los ochenta años. Henry, el mayor de los varones, no está aquí, sino en Alejandría, donde se instaló hace varias décadas, pero Finch representa sus intereses. En su última carta, dictada a su hija mayor, les decía que estaba muy enfermo y que su médico no le auguraba más de un año de vida. Samuel no parece en mucho mejores condiciones. Ya no puede andar y se mueve en una silla de ruedas, que su secretario empuja por él.

A continuación vienen los hermanos intermedios, los que siempre parecieron estar en la reserva por si alguien los necesitaba. Augustus tiene setenta y un años y un razonable estado de salud. También su aspecto y su modo de comportarse están a medio camino entre los implicados mayores y los distraídos pequeños —los desapegados a la fuerza—, pero casi todos lo atribuyen a que vive en el condado de Ontario y ha olvidado los usos neoyorquinos y puede que hasta los familiares. Por último, tenemos a Bradhurst. Se ha pasado la vida intentando ser relevante para sus hermanos, para la compañía, para sus semejantes, y lo único que ha conseguido plenamente es ser un pretencioso, un fanfarrón y un eterno insatisfecho. Sigue siéndolo a sus sesenta y ocho años, después de vivir su vida como buenamente ha sido capaz, de fundar empresas que hicieron la competencia a las de sus hermanos, de prosperar, caer y salvar el pellejo, de sobrevivir a una guerra, tres bancarrotas y dos mujeres y de considerarse por todo ello mejor que los demás.

Por último, tenemos a los tardíos: Eugene y Martha. Nunca nadie necesitó de ellos para nada, ni en la empresa ni en la familia, lo cual les proporcionó una existencia abstraída, cómoda, indiferente a los demás. En resumen, forman un grupo curioso, como suele ocurrir en las familias. En realidad, es una reunión de extraños: la diferencia de edad entre algunos de ellos impidió cualquier relación durante gran parte de su vida, y ahora que el tiempo los ha igualado, es demasiado tarde. Han venido a resolver un asunto y se marcharán en cuanto lo hayan hecho. Hasta el siguiente entierro o testamento no volverán a encontrarse.

Finch habla en nombre de los difuntos y de los herederos de estos, a quienes también representa (pobre hombre). Se dirige a los hombres e ignora a Catherine, como si pensara que no es capaz de entenderle. Habla de las virtudes de Martha, a quien llama «una dama admirable». Sus últimas voluntades estuvieron en consonancia con el talante que demostró en vida, dice el señor Finch, y Bradhurst suspira, como si todo esto le pareciera muy tedioso (se lo parece, pero solo porque no se habla de él). En su testamento Martha dispuso que su modesta fortuna fuera para la parroquia de Saint Mary, donde habrá de dedicarse a obras de caridad en beneficio de los más necesitados. Una pequeña parte, sin embargo, la reservó «a reparar y embellecer las sepulturas de Jacob y Hannah Schieffelin», sus abuelos, que no solo fueron los fundadores y primeros benefactores de Saint Mary, sino que están enterrados en su diminuto pórtico de entrada, como fue su deseo. También Martha deseaba descansar allí, si era posible.

—Y, por último —dice Finch—, hay una disposición testamentaria adicional que afecta en exclusiva al señor Eugene Schieffelin.

Algunos parecen reaccionar a la defensiva, aunque disimulan. Finch prosigue:

—Siguiendo el documento de últimas voluntades, debo hacerle entrega de un pequeño conjunto de bienes que, por expreso deseo de su hermana, debe custodiar usted. Según ella misma me reveló, no se trata de bienes de valor material sino sentimental. —El abogado consulta sus anotaciones y aclara—: Once cuadernos y un retrato. ¿Los acepta usted?

—¿Once cuadernos y un retrato? —tercia Bradhurst—. ¡Qué gran legado!

—El retrato es al óleo —informa Finch—. De un pariente de ustedes llamado Jacob Schieffelin.

—Nuestro abuelo —aclara Eugene—. Ese retrato estaba en Rooka Hall, sobre la chimenea, ¿os acordáis? —Busca el refrendo de sus hermanos, pero no lo encuentra. Se vuelve hacia el abogado y explica—: La casa de campo de la abuela Hannah. Y en efecto, esos bienes tienen escaso valor material pero mucha significación sentimental.

—Exacto —dice Finch satisfecho—, lo que yo decía. Los cuadernos contienen anotaciones y son de tamaños y colores variados. ¿Los acepta usted?

—Sí, sí, por supuesto —dice Eugene.

—Lo hago constar —anota el abogado—, y me ocuparé de que reciba lo antes posible todo el conjunto. Ya saben —se dirige de nuevo a todos los presentes— que el resto de las pertenencias de la señorita Schieffelin, incluidos los libros de la biblioteca, la cama y el resto de los cuadros, serán subastados a beneficio de diversas instituciones religiosas conocidas por sus obras de caridad, como fue voluntad de la difunta, expresada en su testamento.

Eugene y los demás asienten. Se sienten aliviados de que su hermana les haya ahorrado la toma de penosas decisiones. Mejor que sean las monjas quienes se encarguen de hurgar en los cajones, menudear con los despojos de la vida de Martha. Para los hermanos, eso hubiera sido una gran molestia. Para Eugene, además, habría comportado un dolor insoportable.

Cuando termina con sus minuciosas y átonas explicaciones, Finch pregunta:

—¿Desean ver la casa antes de que se ponga a la venta? Aquí tengo las llaves.

Todos niegan con la cabeza. Mejor terminar.

—Necesitaré algunas firmas —añade Finch, extendiendo papeles sobre la mesa y procurando una pluma y un tintero para el trámite.

—Disculpen que no me fíe de las estilográficas modernas —intenta bromear el abogado—. Solo sirven para emborronarlo todo.

Se completa el papeleo con presteza mientras Edith sirve el té y ofrece pedazos de tarta. Catherine propone unos minutos de introspección para que cada uno ore a su modo por el alma de Martha, a lo que nadie se opone, ni siquiera Finch, que apenas termina su oración alega que tiene otro compromiso y recoge sus cosas a toda prisa. Catherine le insiste para que utilice su coche y el abogado accede, pero solo por esta vez y porque llega tarde. Ya sin Finch, los hermanos prolongan un rato más la conversación, aunque muy pronto queda claro lo poco que tienen que decirse. Los mayores hablan de sus hijos, extensiones de sus propios logros. Samuel les informa de la reedición de uno de sus libros de más éxito, dedicado, como todos, a la grandeza de Dios y la autenticidad del relato bíblico.

—Cualquier niño que lea con atención el primer capítulo del Génesis aprende más del mundo que todos los filósofos ateos en cinco mil años —dice, a modo de resumen de sus obras, que se venden por miles.

Augustus informa, fingiendo no darse importancia, que acaba de pintar un retrato del gobernador que va a presidir la sala de juntas de la Sociedad Genealógica. Bradhurst dice que se ha lanzado al negocio inmobiliario y asegura que en pocos años va a cambiar la fisonomía de la ciudad. En alguna parte, siente Eugene, los Jacobs están orgullosos de su progenie.

Eugene espera a que alguno de ellos alabe el buen pulso de William Henry al frente de la empresa para unirse a ellos. Se comentan ciertas alianzas comerciales con Francia y Alemania, la apertura de una sucursal en Chicago. Los negocios van viento en popa y todos parecen saber de ello más que él. Y como si fuera normal que la prosperidad de la empresa haga crecer también la familia, William Henry anuncia el compromiso de su hijo con una Vanderbilt —«aún no es oficial, os ruego la máxima discreción»—, con una satisfacción tan genuina que solo puede despertar envidias, en especial de Bradhurst, quien se apresura a decir que está a punto de ser abuelo, a lo que Samuel responde con sus propias marcas: tiene once nietos y este mes nacerá el duodécimo. De pronto Bradhurst se vuelve hacia Eugene y, con esa condescendencia que él siempre ha confundido con cariño fraternal, le pregunta:

—¿Y tú, Eugene? ¿Tienes alguna novedad?

Y Eugene no sabe qué responder.

—No demasiadas —esquiva la pregunta.

—¿Aún no le has dado tu nombre a un pájaro? Deberías darte prisa.

Al fin, para alivio de casi todos, la reunión se disuelve. Edith cepilla los butacones franceses y los alinea junto a la pared en perfecta simetría. Nadie en la casa tiene muchas ganas de comer. Eugene está nervioso, expectante. Mira muchas veces por la ventana, para ver si llegan los hombres que deben entregarle los objetos de su hermana. Once cuadernos y un retrato. El retrato no tiene ningún misterio, lo recuerda al detalle. Ha decidido que lo colgará en el vestíbulo de la casa para darle importancia. Los cuadernos, en cambio, le inquietan, y con razón. Imagina que son los diarios de su hermana. Los mismos que le vio escribir tantas veces, desde que era niña. Un puñado de palabras que harán que Martha esté presente de nuevo. Se sienta, se levanta, sale de la sala, regresa, da vueltas sobre los dibujos geométricos de la alfombra. Si tuviera teléfono, piensa, llamaría al señor Finch para preguntarle cuándo llegarán los operarios. Pero nunca ha querido instalar uno de esos aparatos diabólicos, del mismo modo que en su casa solo hay luz eléctrica en la sala y en la cocina, y porque Catherine le hizo ver que la electricidad ahorraría tiempo a Edith y les permitiría leer por la noche, las dos cosas que, según ella, evidencian el avance de los tiempos. Su opinión es que los tiempos no van nunca a ninguna parte y que los inventos modernos solo contribuyen al desquiciamiento del mundo y traen males y tristezas. La humanidad ha vivido muchos años sin enchufar nada, tampoco es para tanto.

—Gynx, siéntate. Te vas a poner enfermo. Lee un poco.

Eugene se sienta, pero mueve nerviosamente una pierna. No tarda en levantarse de nuevo. Catherine le mira con dulzura, como la madre dispuesta a perdonar el mal comportamiento de su hijo.

—Casi no me has contado nada del búho nival —dice ella.

—Creo que mañana iré en su busca —anuncia él—. Tal vez sigue en la ciudad.

Eugene hace años que deseaba ver un *Bubo scandiacus*. Una vez viajó hasta Maine con algunos de sus amigos ornitólogos solo porque alguien aseguraba haber avistado un ejemplar sobre el tejado de una vieja granja. Hicieron el viaje —largo, penoso, dificultado por la nieve— para nada. Cuando llegaron, el dueño de la casa les dijo que el búho había pasado allí tres jornadas completas, pero que se había ido. Señaló el lugar donde se había posado y unas huellas en el patio trasero de la propiedad que, aseguró, habían hecho las garras del animal. Menuda decepción. Aunque nada extraño para un observador de aves. Cuando persigues algo que en cualquier momento puede salir volando, tienes que atenerte a las consecuencias.

Del mismo modo ocurre cuando esperas ver algo que tanto puede llegar hoy como mañana. Schieffelin, tras los cristales, mira la calle y ejercita su paciencia. Nada llega, por ahora. Salvo los recuerdos.

Rooka Hall

1835-1838

El retrato del abuelo Jacob estaba sobre la chimenea de Rooka Hall, la casa campestre de la abuela Hannah. Un marco de forma ovalada cubierto de pan de oro rematado con una excesiva lazada. Dentro del marco, un hombre vestido con ropas sencillas, de nariz recta y labios finos, en los que era casi imposible imaginar una sonrisa. Tenía el pelo un poco alborotado, cano, largo y partido en dos mitades. Aspecto como de filósofo renacentista. Debía de ser joven cuando posó para el retrato: sus mejillas se veían aún tersas y su cara presentaba un color muy saludable. A sus nietos, como es lógico, siempre les pareció un señor muy viejo.

Algunos de los hermanos Schieffelin le recordaban, pero no Eugene, que era muy pequeño cuando murió. Eugene solo le conocía por las historias que contaba la abuela. «Las historias sirven para devolver la vida a los muertos», les decía, antes de añadir con mucha solemnidad: «Niños, escuchad lo que voy a contaros de vuestro abuelo, de vuestro bisabuelo y de vuestro tatarabuelo, porque sus historias son la vuestra». A la abuela le gustaba mantener conversaciones con el retrato de su marido. Nunca se acostaba sin darle las buenas noches. A veces lograba que los niños se olvidaran de que el abuelo había muerto y ya solo vivía en el retrato sobre la chimenea.

Fue en Rooka Hall donde el niño Eugene Schieffelin comenzó a soñar con los Jacobs.

El abuelo Jacob murió el 16 de abril de 1835. Una semana después, los pequeños de los hermanos Schieffelin —Eugene, Martha y Bradhurst— fueron enviados a Rooka Hall. El pretexto: aliviar la soledad de la viuda reciente y proporcionarle el consuelo de la compañía. Aunque para el muy activo matrimonio Schieffelin era también un modo de librarse por un tiempo de tres de sus hijos, los únicos que aún constituían una molestia.

Martha y Eugene recibieron la noticia con entusiasmo. Conocían la casa de la abuela gracias a algunas visitas esporádicas y la asociaban con la libertad, las costumbres extrañas y los melocotones encurtidos. Un cúmulo de placeres únicos que solo tenían lugar allí. Además, el preceptor de la familia, el señor Cowper, había presentado su renuncia, alegando que su salud no le permitía viajar varias veces a la semana a un lugar tan remoto. Así que los pequeños Schieffelin estaban liberados de la obligación de estudiar, por lo menos hasta que sus padres encontraran un nuevo instructor (algo que no parecía inminente y tal vez ni siquiera probable).

A Bradhurst el cambio no le hizo ninguna gracia. A sus catorce años tenía mucha prisa por convertirse en un auténtico Schieffelin. Esto es, en tener su propia asignación, acudir a una escuela importante y dirigir sus propios asuntos. Y, por supuesto, unirse al grupo de sus cinco hermanos mayores en la dirección de la compañía familiar. Para él, vivir en Rooka Hall era un escollo en sus planes. Y ser equiparado a sus hermanos pequeños, una humillación en toda regla. Desde que llegó solo tuvo dos objetivos: dejar claro que él no era como sus hermanos y marcharse de allí cuanto antes.

Los tres niños fueron acomodados en una habitación amplia, de techos altos y grandes ventanales, pero Bradhurst se quejó enseguida. Dijo que prefería dormir solo y se instaló por su cuenta en un cuarto estrecho y sin luz donde años atrás había dormido un mozo de cuadra. También dejó claro que no pensaba someterse a las normas que su abuela había dispuesto para «los niños». Llegaba tarde a las comidas y desertaba a la hora de las historias. Era desagradable con Eugene e indiferente con Martha, convencido de su superioridad sobre ellos. Una vez que Eugene le contó que había descubierto una lechuza bajo el tejado de la abandonada mansión Apthorp y le preguntó si quería acompañarle a verla, Bradhurst dijo:

—Yo no soy como tú, muchacho. Yo no pierdo el tiempo en cosas inútiles.

El mayor de los tres pequeños Schieffelin escribió una docena de cartas a su padre para denunciar su situación, como un preso que reclama justicia, y, como no obtuvo respuesta, escribió también a su madre para que intercediera por él. Tampoco consiguió nada. Se le solía ver en la biblioteca, esquinado y cejijunto, con algún libro en las manos y la mirada esquiva. Más de una vez desapareció sin dar explicaciones, y nadie fue capaz de encontrarle. Hasta que una mañana la criada encontró su cama sin deshacer y todos supieron que había huido.

Hubo algunas horas de zozobra en Rooka Hall mientras se buscaba al muchacho por unos caminos en los que no eran infrecuentes los ataques de osos ni inimaginables las emboscadas de indios. Al fin todo terminó cuando desde la ciudad llegó un mensajero con la noticia de que Bradhurst se encontraba bien y a salvo en la casa familiar de la calle Pearl, a donde había llegado por sus propios medios. Por ahora, añadió, no estaba previsto su regreso.

Martha y Eugene estuvieron mucho mejor sin él.

—Escuchad con atención a vuestra voz interior, niños —les decía a sus nietos la abuela Hannah—. Ese murmullo como una brisa suave que os dice lo que nadie se atreve a deciros jamás. Dios os habla a través de él.

Sentados en el suelo frente a la mecedora desde la que la abuela predicaba cada tarde sus historias, Martha y Eugene escuchaban impresionados.

Martha tenía doce años. Era una niña encantadora e inteligente, en la que apenas se adivinaban aún las formas de una jovencita. Eugene era un flacucho de flequillo indomable y ojos vivaces. En la ciudad siempre fue un niño enclenque y enfermizo, pero en

Rooka Hall se había transformado en un aventurero de piel tostada y rodillas llenas de costras. Incluso su abuela se maravillaba de los efectos que el lugar obraba sobre él.

—Cuando vuestro abuelo compró estas tierras, aquí solo había bosques, hondonadas y peligros. Todos le tildaron de loco. Un triángulo de tierra de treinta hectáreas entre las tranquilas aguas del río Hudson y, no muy lejos del bosque Myers, la ancestral ruta de paso que los indios llamaban Hollow Road, y que nosotros preferimos llamar Bloomingdale. Creo que ahora le llaman el camino ancho, Broad Way, qué nombre más estúpido, qué faltos de imaginación están los hombres modernos; menos mal que no les dio por llamarle el camino torcido, Crooked Way, o la carretera serpenteante, Twisting Road. Habrían tenido sus razones, porque esa ruta vieja como el mundo fue la única que escapó a las líneas rectas y las cuadrículas de los aburridos constructores de esta ciudad.

»Esos hombres llegaron hasta aquí. Hablaron con vuestro abuelo. Hicieron sus cálculos. Al terminar clavaron una estaca de madera entre nuestros frutales y proclamaron que esto era ahora la calle Ciento cuarenta y cuatro. Menuda tontería. Aseguraron que nuestras tierras no subsistirían a la llegada del futuro y que el futuro eran sus planes y sus cuadrículas horrendas. Vuestro abuelo tuvo que echarlos a tiros. Tendríais que haber visto cómo corrían.

»"Este es mi paisaje y no permitiré que desaparezca", dijo Jacob aquella noche, satisfecho de haber ganado una batalla contra el futuro, mientras paseábamos junto a la orilla del río.

»Vuestro abuelo murió sin saber que estaba equivocado. Que el futuro es lo que los jóvenes quieren que sea. Y que los jóvenes siempre terminan por salirse con la suya. Y que a eso le llaman progreso, pobres idiotas.

En Rooka Hall Eugene Schieffelin hizo un amigo.

Fue un día en que para espiar a un arrendajo azul se ocultó en unos arbustos llenos de espinas. De pronto oyó una voz cavernosa que le dio un susto de muerte:

—¿Está usted bien, señor Schieffelin?

Podría haber sido la voz del roble, si los árboles estuvieran dotados de habla. El arrendajo echó a volar, asustado. Al darse la vuelta Eugene descubrió a un hombretón grande, de piel muy oscura, con algunas canas en las sienes. Vestía un mono de trabajo y llevaba los pies descalzos.

—¿Se encuentra bien, señor Schieffelin? —repitió el hombretón.

—Sí, sí —dijo él.

—Le va a costar salir de ahí. ¿Quiere que le ayude?

—No es necesario, gracias —dijo Eugene, que en el proceso de salir del arbusto se había rasguñado las piernas y apenas conseguía disimular el dolor que le provocaban.

—No se meta en los arbustos, señor Schieffelin. Se ha hecho daño. ¿Qué hacía ahí?

—Vigilaba al arrendajo. Tú lo has asustado —respondió él, no sabía si más enfadado que dolorido o al contrario.

—Ah. Vaya. Lo lamento, señor Schieffelin —contestó el hombretón—. ¿Le interesan los arrendajos?

—Sí. Bueno, a medias. Son pájaros muy malos.

—¿Por qué dice eso, señor Schieffelin?

—El arrendajo roba los huevos de otros pájaros. Y destroza sus nidos.

El hombre grande se quedó mirando al niño Eugene.

—No existen pájaros malos, señor Schieffelin. Todo lo contrario. Sus cantos fueron lo primero que se oyó en el mundo. El paraíso estaba lleno de ellos porque a Dios le gustan mucho las cosas con alas. ¿No lo sabía?

—No.

—Eso que dice usted del arrendajo es solo su carácter. ¿Usted no tiene carácter?

—Sí, supongo.

—Y le voy a decir otra cosa, señor Schieffelin: solo existe un animal malo de verdad en el mundo. ¿Adivina cuál?

Eugene negó con la cabeza.

—Nosotros, señor Schieffelin. —El hombre grande bajó un poco la voz—: Las personas. Los hombres. Unos más que otros. Algunos son muy malos. Hijos del Diablo, señor Schieffelin, yo podría contarle cosas que lo demuestran.

Eugene fruncía el ceño, tratando de seguir aquella conversación tan extraña.

—¿Por qué me llamas todo el tiempo señor Schieffelin?

El hombre grande dio un respingo.

—¿No es usted el nieto de la señora Hannah, el hijo del señor Henry Hamilton Schieffelin?

—Sí.

—Entonces le llamo por su nombre.

Eugene meneó la cabeza.

—El señor Schieffelin es mi padre. Yo me llamo Eugene.

El hombretón amagó una carcajada.

—¡Tiene usted mucha razón! —dijo—. Todos tenemos varios nombres. Yo mismo, que no soy nada importante, tengo dos. Uno me lo dio mi madre, Betty, que fue esclava de su abuelo, antes de que él le diera la libertad. Su abuelo era un blanco bueno, señor Schieffelin, mucho más que la media de los hombres blancos de su tiempo. Fue bueno con mi madre y con todos nosotros. Me dejó conservar mi nombre, que es cuanto tengo de mi madre. Ella me puso Monday, siguiendo la costumbre de llamar a los hijos por el día en que llegaban al mundo. El segundo lo elegí yo mismo cuando el señor Jacob me dio la libertad, aunque la señora Hannah me ayudó. Escogí John, por el bautista. Así que soy John Monday, un hombre libre que cobra por su trabajo y que siempre estará agradecido a su abuelo. —Le tendió una manaza grande y llena de callosidades—. A su servicio, señor Schieffelin.

—¿Y cuál es tu apellido?

—Yo no tengo apellido, señor Schieffelin. No lo necesito. Soy John Monday de Rooka Hall. Con eso basta para que todos sepan quién soy.

—Encantado, John Monday de Rooka Hall —dijo Eugene, contento de comprender algo al fin y de tener un amigo tan diferente.

—Lo mismo digo, señor Schieffelin. Aguarde un instante... —John Monday rebuscó en uno de los grandes bolsillos de su atuendo y extrajo algo pequeño y delicado, que depositó en la pequeña palma de su nuevo amigo. Era un huevo moteado—. Un regalo, como prueba de nuestra amistad.

Eugene abrió mucho los ojos para mirar aquella maravilla.

—¿Es para mí?

—¡Para usted, señor Schieffelin!

Por la noche, Eugene depositó el huevo en el alféizar de la ventana de su cuarto y lo miró hasta que los ojos se le cerraron de sueño.

Por expreso deseo de la dueña de la casa, la vida en Rooka Hall era sencilla. Por las mañanas, la abuela Hannah permanecía en sus habitaciones, sin dejarse ver. Desayunaba en la cama, leía la correspondencia, escribía mucho. Cartas, poemas y unas memorias que, según decía, Dios esperaba de ella, como si fuera un editor exigente al que no pensaba defraudar.

Los niños se levantaban y desayunaban tarde, solos en la gran mesa del salón, servidos en lo indispensable por una de las dos criadas que permanecían en la casa. Acto seguido, tenían permiso para salir al aire libre, tanto en invierno como en verano. Abuela y nietos se encontraban por primera vez a la hora de la comida, a la que la anciana acudía ataviada siempre con el mismo vestido negro sin adornos y con el pelo recogido en una cofia blanca que se fruncía en un volante sobre la frente y de la que escapaban unos pocos rizos níveos. Iba siempre con ella la señorita Pynkhurst, su dama de compañía, una mujer tan vieja como ella y más fea que un ogro, cuyo cometido era entretener a su señora, pero que con el tiempo se había vuelto quisquillosa y protestona, de modo que más bien parecía ella la entretenida. No importaba mucho: las dos mujeres se tenían afecto y llevaban demasiado tiempo juntas como para poner en duda su relación, que, por otra parte, se basaba sobre todo en la inactividad y el silencio.

Al almuerzo Eugene solía comparecer con la ropa manchada de barro, cuando no desgarrada a causa de algún encontronazo con un árbol o una zarza. A menudo transportaba en el bolsillo de los pantalones algún animal vivo: un pequeño murciélago, una salamandra, un inquieto ratón gris... La señorita Pynkhurst se encargaba de supervisar el aspecto de los niños y corregir cualquier desviación: a Eugene solía enviarle a asearse, después de requisar los animales vivos, y le exigía que se compusiera la ropa o, en casos extremos, que se cambiara la camisa o los pantalones. Mientras tanto, la abuela Hannah aguardaba, sonriente y enigmática, a que terminaran los prolegómenos para ordenar a la criada que sirviera el entrante.

La comida era simple, como todo allí, de una frugalidad casi insuficiente. Los niños bebían leche en lugar de agua y de postre siempre había compota de manzana y melocotones encurtidos. Una de las normas innegociables de la abuela era no desperdiciar nada. «Dios no ama a los derrochadores», solía decir.

Después de comer, la casa quedaba sumida en el silencio más absoluto durante una hora, cuando la abuela se retiraba a descansar a la biblioteca, y permanecía allí a oscuras, con los ojos cerrados y respirando profundamente, como un mapache en letargo hibernal. A las tres en punto despertaba y convocaba a todos junto a la chimenea, donde tenía lugar una de las pocas obligaciones diarias que los niños tenían en aquella casa: la lectura. La abuela elegía el libro y designaba al lector que iniciaría la sesión. También marcaba los cambios de turno y penalizaba con un rato más a quien no se esforzaba lo suficiente o no se mostraba concentrado en la tarea.

Durante la primera media hora leían la Biblia, marcando cuidadosamente con la cinta de seda verde que sobresalía del lomo el punto donde se detenían para poder continuar al día siguiente. La segunda hora la dedicaban a William Shakespeare —solo a su poesía, porque la abuela consideraba que sus comedias eran demasiado frívolas y sus dramas demasiado sangrientos—, los *Cuentos de Canterbury* y el *Quijote*, de los cuales la abuela escogía fragmentos al azar. Al terminar, Hannah les recitaba alguno de sus poemas, que llevaba escritos con letra primorosa en un cuaderno de tapas fuertes. Elegía para ellos los dedicados a pájaros o a elementos de la naturaleza, y se reservaba para sí los de asunto político, que también abundaban. Para terminar, les contaba una historia.

En Rooka Hall se cenaba siempre a las siete en punto. Todos procesionaban hasta el comedor, donde compartían algunas viandas más bien frugales en el más absoluto y reverencial silencio. Al terminar, la abuela volvía a sus epigramas, les hablaba otra vez de la voz interior, delicada como el susurro de una brisa suave. Les pedía que le prestaran especial atención antes de dormir, porque Dios gusta de hablar a sus hijos justo antes del sueño.

—Estad atentos, niños. No dejéis que el ruido del mundo os distraiga.

Tras la cena había orden de retirarse. En Rooka Hall todo el mundo se acostaba a las nueve y media. Se espabilaban las velas y se repartían las palmatorias. Tras los deseos de buenas noches, cada luz se iba por su camino.

Eugene y Martha cumplían la orden de meterse en la cama temprano, pero siempre se quedaban un buen rato hablando en voz baja. Era su rato de los balances del día y de las confidencias. Cuando su hermana se dormía —siempre antes que él—, Eugene escuchaba el silencio y ponía mucho empeño en atender, por si su voz interior tenía algo que decirle. Lo único que lograba escuchar era el rumor de las ramas de los grandes árboles, el fragor misterioso del mundo. A veces también el ulular de alguna lechuza, las pisadas de algún ser misterioso, el viaje de los segundos en el reloj de la escalera o la sinfonía de la lluvia. En ocasiones le parecía oír el lento movimiento de los astros en el firmamento, o el crujir del deshielo que comenzaba en lo alto de las montañas o el latido del corazón de Martha, que dormía en la cama contigua. O tal vez solo era el lugar, que le aguzaba los sentidos. Hay lugares que nos vuelven poderosos. Rooka Hall fue para Eugene Schieffelin uno de esos lugares.

La primera vez que Eugene Schieffelin soñó con los Jacobs debía de tener nueve o diez años. Tres señores que le miraban con cara de estar enfadados con él, que guardaban entre ellos un parecido evidente y que hablaban al mismo tiempo.

—Deja de perder el tiempo, Eugene Schieffelin. ¿No piensas hacer nada de provecho?

—¿Es que quieres parecerte a mis esclavos? ¿Quieres terminar descalzo y sin apellidos, como John Monday?

—¿O como el arrendajo, robando las vidas de otros porque careces de vida propia?

En el sueño intentaba defenderse, pero los Jacobs estaban demasiado excitados para permitírselo. Continuaban regañándole, embarullando sus palabras con las de los otros, hasta que se despertó bañado en sudor.

Se lo contó a Martha, aún angustiado.

—¿Qué motivos tienen nuestros antepasados para estar enfadados contigo? —le preguntó ella.

—No lo sé. ¿A ti no se te aparecen?

Martha soltó una carcajada.

—Claro que no. Yo no tengo tanta imaginación como tú.

—Entonces soy yo. Esperan que haga algo.

—Que hagas, ¿qué?

—Ese es el problema, que no tengo ni idea.

También se lo contó a John Monday, quien le tomó muy en serio.

—Hable seriamente con ellos, señor Schieffelin. Tiene que averiguar qué quieren de usted. Los fantasmas solo se van cuando se han salido con la suya.

—¿Cómo sabes que son fantasmas?

—Porque he conocido varios, señor Schieffelin.
—¿Y si no consigo saber qué quieren?
—Entonces no se marcharán.

John Monday era un hombre sabio, en un sentido que Eugene no terminaba de comprender. Sabía de fantasmas, de pájaros, de estaciones. No hablaba de lo que no sabía. No solía equivocarse. Y eso que nunca había ido a la escuela y que su vida había discurrido en los lindes de la finca: los establos, el granero, los campos, la huerta de los frutales..., casi nunca la casa, que no consideraba su territorio. Era un hombre de trabajos solitarios: ordeñaba vacas, herraba caballos, podaba árboles, ahuyentaba extraños, reparaba cercas y tejados, blanqueaba paredes, limpiaba pozas...

La hermandad con John Monday alejó a Eugene un poco de Martha. Ella ya solo lo acompañaba en sus excursiones por la finca en verano, cuando el buen tiempo les permitía visitar la charca de los patos, su favorita. Se pasaban horas junto a la orilla, atentos a un espectáculo que nunca se agotaba. Las zambullidas, las carreras sobre el agua de las aves, los graznidos desafinados, la aparición de los polluelos, la variedad multicolor de las especies... Durante el tiempo que pasaban allí no dejaban de admirarse ni de reír.

Antes de dormir, cuando esperaba que su voz interior por fin le dijera algo, Eugene pensaba en el estanque de los patos y se formulaba extrañas preguntas. Le intrigaba saber, por ejemplo, si en el paraíso habría patos, y si Adán y Eva debían de pasar también las horas mirándolos. Muchas veces pensó que se lo consultaría a John Monday, pero luego siempre se le olvidaba y, al final, nunca lo hizo. No llegó a saber si en el paraíso había patos o no. Con lo que le habría gustado saber que sí.

A sus quince años recién cumplidos, Martha se había decantado claramente por una vida de interior centrada en la lectura. Ahora siempre era ella quien leía en voz alta en las sesiones de antes de la cena. La abuela la prefería porque tenía buena dicción —incluso era capaz de imitar el refinado acento inglés—, marcaba muy bien las pausas y sabía interpretar a los diferentes personajes que tomaban parte en la acción. Era tan buena que la abuela le permitió incluso que leyera en voz alta sus poemas juveniles.

Una vez que la señorita Pynkhurst se retiró temprano a causa de un mareo, la abuela Hannah le dijo a Martha que le gustaría contratarla como dama de compañía en el supuesto de que la plaza quedara vacante.

—Aunque una jovencita como tú debe de tener otros propósitos, claro está —añadió.

—¿Qué propósitos, abuela? —preguntó Martha extrañada.

—Eres bonita, lista y buena —le dijo—. No te faltarán pretendientes.

Pero Martha dijo, tajante:

—Yo no quiero pretendientes, abuela, yo quiero libros. Aceptaría encantada ese puesto.

Por desgracia —o tal vez no—, nunca se dio la ocasión.

También Martha encontró en Rooka Hall su particular paraíso. En la casa había libros en abundancia. Más de seiscientos, de las más variadas temáticas, que a saber cómo habían llegado hasta allí. Los había en latín y griego, tratados de geografía, de buenas costumbres, libros teológicos y de horas y varios tomos dedicados a los grandes maestros de la pintura o a los mejores paisajes del mundo e incluso un tratado sobre cómo hablar en público. Todo ello proporcionó a la joven lectora muchas horas de placer. Pero lo más valioso para ella fue el descubrimiento de la literatura, en especial de las obras completas de William Shakespeare, que leyó de principio a fin en apenas unos meses, y que comenzó a releer nada más terminarlas, con la misma pasión de la primera vez.

—¿No te cansas de leer siempre lo mismo? —le preguntaba Eugene, maravillado de la constancia de su hermana.

—Shakespeare no es nunca lo mismo —decía ella misteriosa.

Antes de terminar los diez volúmenes en que estaban encuadernadas las tragedias, las comedias, los dramas históricos, los sonetos y los dos poemas largos que escribió el Bardo, Martha ya proclamaba sin tapujos que el genio inglés era su autor favorito, y que por mucho que leyera nadie lograría desbancarle.

—¡Jamás! —enfatizaba una joven Martha, levantando un dedo como una diosa clásica a punto de lanzar sus iras contra los mortales.

A veces, los efectos de la biblioteca sobre Martha eran desconcertantes para Eugene. Como aquella vez en que lloró una noche entera tras acabar la *Fábula de Ceix y Alcíone*, en la que dos amantes solo consiguen estar juntos tras morir y transformarse en sendos pájaros. Le leyó el pasaje final con voz nasal, pero él no consiguió sentir ni una pequeña parte de la emoción que ahogaba a su hermana.

—No sé qué te pasa, Eugene. A veces pareces de piedra.

Para Eugene el ingreso en el mundo de los libros fue tardío y se debió a una visita inesperada. Un día a la hora del almuerzo encontraron sentado a la mesa, en el lugar que la abuela solía reservar a los invitados, a su antiguo preceptor, el señor Cowper, que, acaso movido por la nostalgia o por la responsabilidad, había decidido hacerles una visita. Martha le habló de sus lecturas, y dejó bien claro su amor incondicional por William Shakespeare, que el señor Cowper compartía. Luego el profesor se volvió hacia Eugene y le preguntó por sus lecturas predilectas. Como vio que al muchacho le costaba dar con la respuesta, decidió ayudarle un poco:

—Supongo que ya habrá leído usted a Lamarck.

—¿A quién?

—Jean-Baptiste de Lamarck. Un naturalista como usted debe conocerle.

«Un naturalista como usted.» Aquellas palabras calaron hondo en el pequeño Eugene. Pocos días después, llegó en el correo un paquete a su nombre. Contenía el libro de Lamarck, *Filosofía zoológica*, que comenzó a leer de inmediato. Lamarck afirmaba que los animales cambian para adaptarse a sus distintas necesidades y que esos cambios se reproducen en su descendencia. Dios no tenía nada que ver en este proceso, que había ocurrido del mismo modo a lo largo de los siglos y los milenios. No lo comprendió todo, pero supo que Lamarck era un revolucionario.

—Majaderías —dijo la abuela al saber lo que su nieto andaba leyendo—. Dios no necesita enmendarse, lo hace todo bien desde el primer momento, si hubieras leído la Biblia como es debido, lo sabrías.

En solo un año la colección de tesoros que Eugene depositaba en la repisa de su cuarto había crecido mucho: saltamontes momificados, plumas de diversos colores, piñas, alas de pájaros disecadas por el método casero de clavarlas en un pedazo de papel, la pata de una salamandra, tres nidos resecos y sus favoritos, los que más despertaban su fascinación, varios huevos de colores y tamaños distintos, conseguidos tras intrépidas escaladas o durante largas caminatas, con la excepción del que dio origen a la colección, que era el más preciado de todos. Una vez Martha le recriminó que robara huevos de los nidos y él se defendió:

—Es con interés científico. Además, nunca me llevo más de uno por nidada.

Mientras tanto, Martha seguía leyendo cuantos libros caían en sus manos y había aprendido a prensar y secar flores. Las seleccionaba cuidadosamente en sus salidas al aire libre, sobre todo en primavera y verano. También había comenzado a escribir un diario en un cuaderno de color lavanda que le había regalado la abuela, quien cada vez estaba más convencida de que Martha había heredado mucho de ella.

De vez en cuando llegaban noticias del mundo que existía más allá de los lindes de Rooka Hall y que cada vez parecía más extraño y lejano. Carta de su madre, buenos deseos navideños, felicitaciones de cumpleaños... Y a veces llegaban visitas. El más constante fue —quién había de decirlo— Bradhurst. Acudía para presentar sus respetos a la abuela y saber «cómo iban por allí las cosas». Siempre tenía algún comentario halagador y paternalista para Martha, como:

—¿Lo ves? Eres el orgullo de las mujeres de la familia, tan inteligente como la abuela.

Y siempre tenía también alguna opinión terrible para Eugene:

—¿Aún sigues persiguiendo pájaros? Deberías, por lo menos, darle tu nombre a uno. Así serías útil.

A finales de septiembre de 1838, la abuela Hannah cambió sus costumbres. Dejó de bajar a almorzar. A veces aparecía por la tarde en la biblioteca y pronunciaba palabras extrañas.

—Mi madre tuvo doce hijos y yo solo parí ocho, que Dios me perdone —dijo un día con la vista fija en las geometrías de la alfombra.

Poco después se quedó mirando el retrato del abuelo Jacob y susurró:

—Espero que me recibas como es debido.

La noche del 2 de octubre de 1838 compareció vestida como para salir —es decir, de limpio y con la cofia recién planchada—, compartió con sus nietos una cena tan frugal como de costumbre, les pidió que le dieran un beso cada uno y, antes de retirarse, dijo:

—Con lo que me quedaba aún por escribir.

Se recostó en media docena de almohadones, echó un somero vistazo a los árboles que se mecían más allá de los cristales, añadió:

—Ya voy.

Y cerró los ojos para siempre.

Su despedida fue sencilla, como ella había querido. Sus poemas y sus relatos biográficos quedaron en posesión de alguno de los miembros importantes de la familia, y con el tiempo fueron donados a la Biblioteca Pública de Nueva York, donde están a disposición de quien quiera leerlos. Sus restos fueron depositados en la misma tumba que los de su marido, en el estrecho vestíbulo de la iglesia de Saint Mary, la que ellos mismos fundaron para refugio de necesitados en el barrio recién nacido de Manhattanville. Allí, nada la recuerda. En el suelo, sobre la piedra simple y grisácea, se lee: Jacob Schieffelin.

Eugene vio a John Monday por última vez en el entierro de su abuela Hannah, de lejos, cuando entraba a Saint Mary. Escuchó los oficios junto a toda su familia, alineado en el exacto lugar que le correspondía según el orden que ocupaba entre la abundante descendencia. John Monday se quedó fuera, como correspondía a alguien de su condición y su color de piel, aunque permaneció todo el tiempo junto a la puerta, escuchando los rezos con respeto y auténtica tristeza. Para él, más que para nadie, la muerte de su señora significaba el final de un mundo. John Monday nunca supo que Eugene quiso despedirse de él, pero que cuando se lo dijo a su madre, esta contestó con determinación, agarrándolo por el cogote: «¿Un negro? Qué vergüenza, Eugene, si llego a saber que esas eran las compañías que ibas a frecuentar en casa de tu abuela, no te habría enviado allí».

Luego, las cosas tomaron un nuevo rumbo. Los niños regresaron a la casa familiar de la calle Pearl, donde Martha volvió a las lecciones del recobrado señor Cowper y Eugene, enfermo de la nostalgia de haber perdido el paraíso y cada vez más encerrado en su silencio, tuvo que conformarse con mirar el mundo tras los cristales. Se esforzó por escuchar su voz interior, que de pronto había enmudecido, y se dio a un estado de melancolía tal que su madre temió que padeciera una enfermedad nerviosa y llamó a un doctor. El mismo año en que Martha fue presentada en sociedad, siguiendo costumbres inveteradas de la familia, Eugene fue enviado a la Trinity School, donde en muy poco tiempo se granjeó una merecida fama de excéntrico gracias a su costumbre de escaparse al río a ver patos o de despistarse mirando el cielo en busca de aves migratorias. Tan raro resultaba su comportamiento que algunos compañeros comenzaron a llamarle «el loco de los pájaros».

Los Schieffelin vendieron Rooka Hall a una empresa constructora en auge que, en menos de un mes, derribó la vieja casa, taló todos los frutales, allanó el terreno y ahuyentó a todas las aves de la charca. Alguien arrancó la estaca de madera que durante tanto tiempo había marcado un límite imaginario y la fulgurante e insípida cuadrícula de Manhattan se extendió como un liquen, a toda velocidad, como ocurría todo en aquel nuevo mundo que estaba germinando. Por todas partes surgieron edificios grises idénticos, con ventanas como ojos vigilantes mirando hacia el futuro. El horizonte comenzó a complicarse. Y la calle Ciento cuarenta y cuatro se convirtió al fin en la calle Ciento cuarenta y cuatro.

ABRAMOS AQUÍ UN PARÉNTESIS PARA ESCUCHAR DE VIVA VOZ A LA ABUELA HANNAH CONTAR LA HISTORIA DE LOS TRES JACOBS, COMO TANTAS VECES SE LA CONTÓ A SUS NIETOS EUGENE Y MARTHA.

—El tatarabuelo Jakob Schäuffelin, el bisabuelo Jacob Scheuffelin, el abuelo Jacob Schieffelin. Con cada nueva mutación de su apellido, de origen alemán, más se acercaban vuestros antepasados al futuro, que es donde vosotros les estáis esperando.

»No conservamos ningún retrato de vuestro tatarabuelo, niños, así que tendréis que imaginarle. No creo que fuera muy guapo, ni tampoco muy listo. Para empezar, no creo que el viejo Jakob Schäuffelin supiera jamás escribir el nombre del lugar del mundo del que procedían él y todo su linaje. Weilheim an der Teck, en el antiguo Reino de Wurtemberg, al pie de los Alpes suabos. No parece haber sido un hombre sutil ni de muchas luces. Fue carnicero y fabricante de pólvora. Embarazó siete veces a su mujer, Maria Catharina, y luego la abandonó entre sus montañas natales para embarcarse rumbo a América, él sabría por qué. Llegó solo, endeudado, hecho un miserable y tuvo que venderse a sí mismo como esclavo para sobrevivir. No os asustéis, niños, en aquellos tiempos remotos y atrasados ocurrían estas cosas. Vuestro pariente pasó en América un año y medio como esclavo de un caballero americano que vivía en el hotel Golden Swan de Filadelfia. Lo último que hizo en su vida fue escribir a sus hijos mayores y pedirles que se reunieran con él. Luego, murió. Sin saldar la deuda y sin comprar su libertad. Sus hijos llegaron a Filadelfia a tiempo de amortajarle y de sepultarle en el Cementerio de los Indigentes, también llamado "de los extranjeros" o "de los africanos". Tenía treinta y ocho años. Lo único que aportó al nuevo mundo al que había llegado fueron dos hijos que nunca le comprendieron y un apellido que nadie era capaz de deletrear.

»Y así llegamos a vuestro bisabuelo, Jacob Scheuffelin, cuyo rostro tampoco conocemos, así que de nuevo tendréis que usar la imaginación para inventarle uno. Sabemos, eso sí, que nunca tuvo la intención de regresar a la vieja Alemania de donde procedía. Para qué, si allí solo tenía las viejas montañas desgastadas de su pueblo y el ánimo sombrío de su madre. A los dieciocho años ya era tejedor de medias, uno de los mejores de Germantown, Filadelfia. Se casó con una mujer alemana como él llamada Regina Margaretha, tuvo siete hijos, comerció con pieles, con tejidos, con lo que pudo, inculcó a sus hijos su amor por Inglaterra y murió de sarampión a los treinta y cuatro años. Lo que se dice una vida bien aprovechada.

»Con respecto a vuestro abuelo, niños, que también fue mi marido, por fuerza seré un poco más prolija. Comenzando por los acontecimientos que propiciaron su llegada a la ciudad y nuestro encuentro, que fueron dignos de una crónica. Debéis saber que en abril de 1780 Nueva York era la única ciudad del país donde aún gobernaban los ingleses, la única que permanecía fiel al imperio y al monarca, donde la tradición aún valía algo. Era también una ciudad en ruinas. El Gran Fuego lo había arrasado todo desde Whitehall hasta Vessel y había dejado sin hogar a un cuarto de la población. De la Trinity Church solo quedaba una pared del claustro y un jirón de la pared del campanario, apuntando al cielo como una lanza. Además de la miseria, la guerra o la incertidumbre ante los nuevos tiempos, la ciudad se enfrentaba a otros problemas urgentes. Treinta mil refugiados llegados de todas partes inundaban las calles. Los robos eran frecuentes. Las fuerzas represoras, escasas. El ambiente, irrespirable.

»El abuelo Jacob Schieffelin fue uno de los refugiados. Imaginadle, niños. A sus veinte años ya había tenido tiempo de ser comerciante de éxito, soldado, veterano de guerra y traidor. Llegó a Nueva York haciéndose pasar por francés. Una vez aquí, y frente a las tristes ruinas de Trinity Church, nos conocimos. Fue cosa del destino, que ese día no debía de estar muy cuerdo.

»Hannah (permitidme, en beneficio del relato, hablar de mí en tercera persona) es apenas una niña. Reparte octavillas a los transeúntes frente a la iglesia derruida. En las octavillas se lee: "Estamos en contra de la ocupación de los invasores ingleses", y a continuación unos versos exaltados y una firma, su seudónimo: "Matilda". Jacob Schieffelin nunca ha conocido a nadie como ella. Se cubre la cabeza con una cofia blanca y lleva ropas de tejidos bastos sin teñir.

Parece dispuesta a convencerle de cualquier cosa. Tiene ideales, carácter y coraje.

»Hannah es todavía Hannah Lawrence, hija de un honrado panadero cuáquero, uno de los primeros habitantes de la colonia. Jacob conoce a estos lunáticos cuáqueros, su familia convivió con ellos en Germantown, Filadelfia. Celebran sus propias ceremonias religiosas, creen que Dios vive dentro de cada uno de ellos y esperan que les hable a través de la voz de su alma. Rezan en hermandad, son austeros, monacales, llevan ropas ridículas, viven de puertas adentro, detestan la violencia, las armas, la guerra. Son adoradores del silencio. Y por si aún no fuera suficiente, Hannah Lawrence, además, escribe poesía. Jacob Schieffelin no ha leído un poema en su vida. Lo hace por primera vez en la octavilla que le entrega la cuáquera en plena calle. No comprende nada pero se enamora de ella al instante.

»Hannah Lawrence, y eso es lo raro, también se enamora de él, a pesar de que le parece un poco soberbio y equivocado en todo. Pero es listo, y ella tiene claro que nunca podrá amar a un tonto. Todo esto no parece lógico, ya se da cuenta, pero lo acata porque a menudo Dios hace cosas que no se entienden, y porque eso es lo que le han enseñado desde niña: a escuchar los designios divinos, que le son revelados por su voz interior. Y su voz interior le dice que lo deje todo para seguir a este soldado lealista que ha aparecido de pronto en su camino. Se casan enseguida, en el salón del general John Field, sin que nadie de la familia de ninguno de los dos esté presente. Ella paga cara la decisión: los suyos la repudian. Su padre se niega a otorgarle su bendición. Ya no es oficialmente una cuáquera (aunque seguirá siéndolo hasta el fin de sus días). Pero Hannah Lawrence ya es Hannah Schieffelin y tiene claro lo que significa elegir: ya solo escucha a su marido. Y su marido le dice: Huyamos. Y huyen. Y más tarde le dirá: Regresemos. Y regresarán. Y cuando lo hagan el panadero ya habrá muerto, Jacob se entrevistará con el hermano de ella y juntos abrirán en la calle Pearl un negocio de importación de productos de droguería. No existe aún la palabra *farmacia*, ni *farmacéutico*, y juntos van a tener que empezar a inventarlas.

»Jacob y su cuñado importan de todo: azufre, azúcar de caña, linimentos, belladona, corteza de sauce blanco, instrumentos para cirujanos y venenos para ratas. Muy pronto harán su aparición los primeros manufacturados ("Las maravillosas gotas reparadoras del doctor Paterson", "Las píldoras Gabler contra los males de los vinos insalubres"), y amasarán una fortuna.

»En 1822, Jacob Schieffelin será declarado "el hombre más rico de la ciudad". Con la riqueza, Jacob descubrirá su pasión por la tierra. Comprará propiedades en Brooklyn, en Ohio, en Pensilvania. Comprará muchas hectáreas en el viejo valle de Moertje David y fundará allí una pequeña ciudad a la que llamará Manhattanville, donde construirá casas para los pobres, calles, parques, industrias y la sencilla iglesia de Saint Mary, a la que acudirá cada semana para escuchar los oficios, siempre con Hannah del brazo. Comprará también un poco más lejos una lengua de tierra entre Bloomingdale y el Hudson, y vislumbrará allí el sueño de toda su vida: casa, frutales, bestias, árboles, pájaros, Hannah escribiendo poemas tras una ventana y tranquilidad para apartarse del mundo, que tan bien conoce y que ya le cansa. Y en poco tiempo el sueño se habrá cumplido y se llamará Rooka Hall.

»Ah, por poco se me olvida deciros que vuestro abuelo es ese señor feo y serio del retrato sobre la chimenea, el único que se conserva, y que, según mi opinión, le hace bastante justicia.

»Y así hemos llegado al final de esta historia. No debéis olvidarla, niños. Porque así mantendréis vivos a los muertos y porque también es vuestra historia.

Ola de frío

Como el periódico lleva días anunciando, las temperaturas han bajado mucho. El blanco compacto del cielo parece anunciar una nevada que podría comenzar en cualquier momento, el aire es gélido. Indiferente a las circunstancias, Ludlow llega envuelto en su capa de terciopelo, la nariz y las orejas coloradas de frío, y lo primero que dice es:

—¡Vamos a almorzar al Delmonico's!

Edith aparece con la copita de Oporto y la tarta, y Ludlow da cuenta de ello.

—Espero que hoy no hayas salido a tus horas insensatas de siempre, Schieffelin. Y espero que no lo hagas mañana, por lo menos mientras persista ese tiempo siberiano.

—Por supuesto que he salido, amigo mío, y volveré a salir mañana. Y tú deberías dejar de censurarme y venir conmigo. Caminar es bueno para las piernas y para la cabeza. Además, sigo buscando al búho nival. Estoy seguro de que sigue en la ciudad.

—¿El búho nival?

Se abre un pequeño meandro en la conversación. Hoy Schieffelin ha buscado el animal donde lo vio ayer, pero sin suerte. Debe de estar en otro sitio. Tal vez en el parque de Brooklyn. Se está planteando ir hasta allí mañana. Caminando, cuenta.

—¿Hasta Brooklyn? ¿Te has vuelto loco?

Hoy Ludlow viene algo más pacífico, aunque nada dispuesto a dejar a su amigo en paz. Se le ha metido en la sesera que tienen que salir juntos y no piensa darse por vencido ni marcharse solo de esta casa.

—Todo eso de los pájaros está muy bien, pero hay cosas más urgentes. Por ejemplo, ya está bien de luto. El luto está pasado de moda.

—Opino lo mismo —aprovecha Catherine.

—Las cosas de Martha siguen sin llegar —dice Schieffelin, como si no hubiera oído nada.

—¡Aún con más motivo! ¡La olla que no dejas de vigilar no hierve nunca! Vamos. He reservado nuestra mesa. Salgamos antes de que nieve.

Schieffelin iba a seguir oponiéndose, pero Catherine le sorprende al decir:

—Voy a ponerme los botines nuevos. —Y antes de salir de la sala añade—: Le diré a Maximilian que prepare el coche.

La verdad es que a los caballos también les vendrá bien desentumecerse. Y no digamos a Maximilian, el chófer. En poco menos de media hora está todo dispuesto. Y los dos percherones, Yorick y Benvolio, enganchados y deseosos de salir andando.

Catherine estrena los botines de tacón bajo que compró en Stewart's a mediados de octubre pensando en la temporada teatral, y que no ha tenido ocasión de lucir aún. Se ha puesto un vestido de lana merina de color verde muy oscuro, un sombrero de castor adornado con cintas de cuadros escoceses y su mantón de las mañanas. Al verla, Eugene comprende que debe hacer algo por estar en consonancia con su esposa y elige su bufanda de color burdeos, la única nota de color que piensa permitirse por ahora. Edith se empeña, además, en cubrir las piernas de todos con gruesas mantas de lana, y se queda hasta el último instante para asegurarse de que todo está bien. Pertrechados como para ir a explorar el Ártico, los Schieffelin y su amigo del alma emprenden camino por la calle Setenta y tres.

Quinta

—Vayamos por la Quinta —le ha dicho Eugene a Maximilian antes de subir, en último lugar, al coche.

La orden no era necesaria. Maximilian lleva quince años en la casa y conoce los gustos y las manías de su señor. Sabe que no le gustan las avenidas Madison ni Park y que adora la Quinta.

Catherine está exultante. Pasan frente a los ángulos neoclásicos de la biblioteca Lenox, tras cuyos amplios ventanales de la primera planta Eugene imagina a su amigo el bibliotecario Paul Samuel, con quien tan buenas conversaciones entabló en otros tiempos. Tal vez ahora mismo se encuentre allí, examinando a la lupa el detalle de una capitular iluminada, o buscando imperfecciones en el lomo de una nueva adquisición antes de catalogarla. Paul es soltero, un sabio entregado a sus libros, un consultor en cuestiones doctas. En cierta ocasión hizo unos comentarios tan halagadores acerca de Martha, a quien consideraba la mujer más excepcional que había conocido, que todos pensaron que se proponía cortejarla y llegaron al unánime acuerdo de que Paul y Martha formarían una pareja perfecta. Fue un entusiasmo efímero que nunca llegó a oídos de los dos interesados. Paul y Martha mantuvieron durante muchos años una relación basada en sus comunes gustos literarios, bifurcada en las dos admiraciones recíprocas que se profesaban el uno al otro, siempre dentro del orden y la cortesía que deben regir las relaciones entre un bibliotecario y la mejor usuaria del servicio de préstamo. Solo en el funeral de ella, Paul se atrevió a ir un poco más allá y dijo: «No saben cuánto me arrepiento de no haber hablado con su hermana más que de libros».

La sincronía de pensamientos de los Schieffelin hace a Catherine preguntar:

—¿Cómo estará el señor Samuel? Deberías ir a verle un día de estos, Gynx. Desde el entierro de Martha no hemos sabido de él.

El coche avanza entre parcelas vacías o semiagrestes. Hay casas en construcción, tan grandes y horrorosas como falsos castillos europeos, que una vez terminadas ensancharán los límites de la ciudad. Saludan a los estilizados torreones de piedra de la impresionante sinagoga de Emanu-El, y en un suspiro ya están frente al depósito de Croton, cuyos muros inclinados recuerdan a una pirámide trunca. Sería un lugar muy feo si no se permitiera al público subir a los muros y pasear por su parte superior, desde donde se puede disfrutar de las vistas y apreciar la grandiosidad de la construcción, que abastece de agua a toda la ciudad. Justo al lado hay un parque minúsculo en cuyo centro se alza la estatua del amigo Bryant que tanto molesta a Eugene, aunque apenas lo manifieste. En realidad, lo que le molesta es que el amigo esté muerto y que en su lugar alguien haya erigido una réplica en bronce. No la ha visitado ni tiene intención, pero sabe por Catherine que el artista representó a Bryant con la majestad de un padre de la patria, tan calvo y barbudo como fue y con expresión contrariada, como si tampoco él quisiera estar allí.

Cuando el carruaje alcanza la destartalada Grand Army Plaza, Catherine exclama, risueña:

—Todo está tan feo como siempre, qué alivio.

En su camino descendente, están ya en lo que antaño era el límite de la urbe. Frente al despacho de billetes ferroviarios del edificio triangular de la calle Veintidós hay una cola de gente esperando. En grandes carteles publicitarios se anuncian baños turcos, «los primeros de Nueva York», y un ungüento contra la calvicie «recomendado por eminentes químicos» (y fabricado por Schieffelin & Co). En una esquina hay un montón de muebles apilados en desorden. La calle es un incesante movimiento de carruajes y personas, pero lo será mucho más un poco más adelante, cuando lleguen al auténtico corazón de la vida urbana.

El traqueteo del coche adormila un poco a los caballeros. Catherine, en cambio, permanece atenta, viendo pasar los tranvías llenos de pasajeros sobre el cambiante paisaje de tiendas: James McCreery, Orbach, Herter Brothers o Lord & Taylor, cada una con su elegancia distintiva. Saben que se acercan a Union Square porque divisan la decrépita fachada del teatro Star y, apenas unos segundos más tarde, los brillantes escaparates del joyero Tiffany. Los teatros duermen a esas horas, esperando su momento. Sobre la marquesina del Niblo's Garden se anuncia una opereta, uno de esos espectáculos ligeros que tanto gustaban al Ludlow de otros tiempos. En la fachada del Broadway unos operarios instalan un gran retrato pintado de la gran actriz polaca Helena Modjeska caracterizada como lady Macbeth, y Catherine le propina un golpecito en la rodilla a Schieffelin para que se fije también. Ven una multitud que entra y sale de los almacenes Stewart's de la calle Nueve y reparan en que los pequeños comercios de los alrededores están asimismo muy concurridos. La ciudad bulle.

En el pescante, Maximilian, experto, trata de anticiparse a todo: a los movimientos de los otros coches, a la salida inesperada de algún transeúnte, a las órdenes de algún agente de policía y hasta al humor de los caballos. Se encuentran en el embudo formado por West Broadway y las calles Hudson y Chambers. Meterse aquí no ha sido buena idea. En la esquina con College Place el atasco es descomunal. Una hilera de coches incapaces de moverse. Los caballos se impacientan. Tanto o más que los cocheros (según el carácter de cada uno).

Cómodamente aposentados en los asientos de terciopelo del carruaje, los Schieffelin y Ludlow discuten sobre los postes de telégrafo que han invadido las calles. Ludlow cierra la cortinilla con energía.

—¡No quiero verlos! ¡Qué manera de estropear una ciudad! Esos tipejos de Western Electric se merecen las siete plagas.

—No te enfades, Joshua —dice Catherine con

una sonrisa—. Hoy he leído en el periódico que ya han comenzado a arrancarlos.

—¡Bendito sea Dios!

De pronto comienzan a moverse, como si la bendición del médico hubiera ejercido algún tipo de influencia en el tráfico. Por desgracia, no dura mucho. No han hecho más que avanzar unos metros cuando el coche frena con brusquedad, tanta que Schieffelin y Ludlow, que viajan de espalda, se abalanzan sobre Catherine.

De fuera llegan gritos y relinchar de caballos. Apartan la cortinilla de una de las ventanas justo a tiempo de ver a una mujer que se lleva las manos a la cabeza y grita:

—¿Está muerto? ¡Dios!

Schieffelin y Ludlow salen del coche a toda prisa. Encuentran a Maximilian desencajado y balbuceando.

—No le vi... Salió de la nada... Se arrojó a las patas de los caballos.

Frente a él, yace el cuerpo de un joven. Ha perdido un zapato, su tobillo presenta muy mal aspecto y sangra por una brecha que se le ha abierto en la frente. Ludlow se acerca a él, le toma el pulso. Se vuelve hacia Schieffelin y dice:

—Respira.

La multitud de curiosos que se han acercado a ver qué ocurre suspiran con alivio.

Accidentado

Edith se queda estupefacta cuando ve que Maximilian baja del coche cargando con un bulto enorme que resulta ser un hombre que, observado de cerca, resulta ser un joven, casi un niño. Conserva los rasgos suaves de su infancia reciente, aunque ha intentado en vano disimularlos dejándose crecer la barba. Edith ve muy disgustada a la señora Catherine, y eso la disgusta a ella también, y enseguida tumban entre todos al muchacho en el diván de la sala y le procuran una manta y le quitan el otro zapato y hay un enorme revuelo mientras la señora le pone un almohadón bajo la cabeza llena de rizos, que a Edith le recuerdan a los de un querubín.

—¿Quién es? —pregunta la irlandesa.

La señora le dice que no lo saben, porque el pobre chico no ha vuelto en sí desde el accidente; que en la esquina de Broadway donde ha ocurrido la desgracia nadie sabía nada y que lo único que tienen para tratar de identificarle son unas pocas pertenencias que les ha entregado la policía y que al parecer el pobrecillo ha perdido con el golpe. Que mire a ver, por si puede sacar algo en claro.

El doctor Ludlow se ocupa del herido. Ha aplicado yodo en la brecha de la frente, que por suerte solo es un rasguño. Le venda el tobillo dañado con la determinación de quien sabe bien qué se trae entre manos. Por orden suya no le han llevado a ningún hospital (demasiado atestados, demasiado lentos). Ha decidido que él mismo se ocupará de él. Maximilian sigue conmocionado. Por indicación de la señora, Edith le sirve un vaso de Oporto. No cesa de repetir:

—No le vi... No le vi salir...

Los agentes de policía quisieron arrestar al pobre chófer, cuenta Ludlow, pero tras escuchar a varios testigos —y a los dos caballeros que viajaban con él— no le creyeron culpable. En esa esquina hay accidentes todos los días y los habrá mientras las autoridades no ordenen un poco el tráfico. Lo cual no va a ocurrir de modo inminente, porque por ahora lo que más preocupa a los responsables municipales es la caca de caballo. Toda la ciudad está cubierta de excrementos. Si el ayuntamiento no interviene Nueva York entera desaparecerá bajo una montaña apestosa. Lo dijo el agente policial que firmó el atestado. ¿Saben cuántas monturas hay en la ciudad? ¿Cuántas bestias de tiro? ¿Y saben por casualidad qué cantidad de desechos excreta al día uno solo de ellos? Ludlow los anima a calcular lo que ninguno de los presentes siente el menor deseo de saber. Edith le escucha con la boca fruncida. Tal vez es la única que imagina la montaña apestosa de la que habla el doctor.

El fin del parloteo de Ludlow coincide con la

terminación del vendaje tobillero. El médico dictamina:

—El tobillo no está roto, pero necesitará reposo. No debe apoyarlo bajo ningún pretexto. Y debe mantenerlo en alto, a poder ser sobre un almohadón.

Catherine manda cerrar las cortinas y bajar la voz a los presentes. Edith trae el almohadón que acaba de prescribir el doctor y lo coloca amorosamente bajo el pie del chico. Se arrima una butaca donde se instala Catherine a velar el sueño inquieto del convaleciente, quien de vez en cuando se agita un poco, o mueve los labios en una conversación misteriosa. Solo una vez Catherine acerca el oído a su rostro y le parece oír: «Van a bajar las temperaturas». Llega a la conclusión de que el pobrecillo está delirando. Ludlow y Schieffelin salen a hablar al vestíbulo para no molestar.

Edith recuerda el encargo de la señora y va en busca de las cosas del accidentado. Tan solo un sombrero sucio y maltrecho, que una rueda ha aplastado sin piedad; un zapato y un cuaderno de tapas de piel lleno de bocetos y anotaciones que por alguna razón ha salido ileso. Ningún nombre, ninguna seña. El pobre muchacho permanece en el anonimato.

En la casa reina la expectativa y la zozobra.

Novedades

A eso de las cuatro y media se producen novedades. El joven abre los ojos. Se fija en las molduras del techo, en la recua de elefantes de porcelana frente a las hileras de libros, en las cortinas echadas, en el rostro de la desconocida que le sonríe, en su pie en alto. Levanta la cabeza y pregunta con voz esforzada:

—¿Qué hora es?

—Buenas tardes —dice Catherine—. ¿Cómo se encuentra?

—¿Quién es usted? —pregunta él confundido.

—Soy Catherine Schieffelin, está usted en mi casa. Es usted nuestro huésped, de mi marido y mío. Vamos a cuidarle. Es lo mínimo que podemos hacer después de atropellarle.

El muchacho frunce el ceño. No entiende nada. Repite:

—¿Qué hora es?

—Van a dar las cuatro y media.

—¡Las cuatro y media! —se asusta—. ¡Debo irme!

Intenta incorporarse, pero nada más poner el pie en el suelo siente un intenso dolor y todo le da vueltas. Se tambalea.

—Túmbese —recomienda Catherine—. No debe apoyar el pie. Lo ha dicho el médico.

—¿Qué médico?

—El doctor Ludlow. Muy buen amigo nuestro. Permítame que le avise. Se alegrará de saber que está usted despierto.

Catherine va hacia la puerta para avisar a los caballeros. En cuanto desaparece, el muchacho intenta ponerse en pie de nuevo. Esta vez lo consigue. Cuando Catherine se da cuenta está junto al diván, gimiendo de dolor y muy pálido, sin poder dar un paso. Por suerte, en ese momento entran los hombres. Ludlow trata de imponer su autoridad, que su vozarrón y los imperativos subrayan:

—Siéntese de inmediato, joven. No está usted en condiciones de ir a ninguna parte. ¡Túmbese! ¡Ponga el pie en alto!

Pero el muchacho no oye, o no quiere hacerlo.

—¡Debo irme! —repite, aún en pie—. ¡Es muy tarde!

—No es tarde en absoluto —retruena Ludlow, comenzando a forcejear con él para devolverle a la posición horizontal—. ¡Ha sufrido usted un accidente!

—Chambers se enfadará mucho —dice el chico.

—¡Soy yo quien se está enojando si se empeña en irse! —resuella Ludlow, incapaz de imponerse—. ¡Siéntese, le digo! Estese quieto, muchacho. ¡Al diván! ¡Es una orden!

Si no estuvieran tan preocupados, Eugene y Catherine percibirían lo gracioso de la escena, que también podría interpretarse en clave de alegoría: la vejez derrotada por la juventud rutilante.

Hasta que Catherine interviene no se calman los púgiles.

—Caballeros, por favor —susurra ella con voz suave—. Joshua, no te acalores. No te conviene. Joven, se lo ruego, siéntese. Cuéntenos lo que le preocupa. Tal vez podamos ayudarle.

Al fin, el terco accidentado accede a volver al diván. Está sudoroso y lívido, además de muy dolorido. Incluso él se da cuenta de que en estas condiciones no puede ir a ninguna parte.

—¿Tendría la bondad de indicarnos su nombre? —pregunta Catherine, que se ha sentado al borde de su butaca, muy erguida, como quien se dispone a impartir justicia.

—Daniel Rodríguez —responde el joven.

—Daniel *Rouduiguess* —traduce Catherine en su inglés vernáculo.

Desde la retaguardia de los hombres, Schieffelin, que es aficionado a las genealogías, pregunta.

—¿*Rouduiguess*? ¿Es usted cubano?

—No, señor, soy hijo de españoles. Aunque nací en la calle Fulton.

Hay un asentimiento general. Desde luego, no es lo mismo tener durmiendo en el salón de tu casa a un cubano nacido en Cuba que a un español nacido en la calle Fulton. No hay de qué alarmarse, parecen convenir. Además, es obvio que el tal señor Rouduiguess posee educación, modales y una apariencia nada desagradable.

—Los caballeros son Eugene Schieffelin, mi esposo —Eugene cabecea—, y el doctor Ludlow, un buen amigo. En la casa viven también Edith, nuestra sirvienta, y Maximilian, el chófer. A ambos los ha conocido usted ya.

—¿Sí? —pregunta Daniel, cada vez más confundido.

—Tal y como antes creo haberle dicho —prosigue ella en el tono más dulce imaginable—, está usted aquí porque ha sufrido un accidente y su tobillo necesita reposo. En nuestra casa podrá descansar sin preocuparse por nada hasta que se encuentre bien. ¿Me comprende?

Daniel comprende y no comprende. Su cabeza parece estar en otra parte.

—¿Tienen ustedes teléfono? —pregunta.

Catherine mueve la cabeza.

—No, lo lamento. No somos partidarios de esos cacharros —dice—. ¿Acaso necesita usted comunicar con alguien? Podemos ayudarle enviando a Maximilian a entregar algún billete.

A Daniel le parece muy anticuado el procedimiento. Él es joven, forma parte de las modernidades que están transformando el mundo y como a todos los jóvenes le gusta la velocidad.

—¡Tengo que irme! Se lo ruego, no intenten detener...

Ludlow saca su voz de trueno:

—¡Es usted cabezota, por Isaac! —retumba su voz—. De acuerdo, váyase. Aunque debo advertirle que si no hace lo que le digo cojeará por el resto de su vida.

El vaticinio no detiene a Daniel, quien vuelve a estar de pie, junto al diván, y busca sus zapatos, que no ve por ninguna parte. Catherine no piensa pedirle a Edith que los traiga. Aunque el chico ni siquiera los reclama. La cabeza comienza a darle vueltas de nuevo y a punto está de desmayarse. Se ve obligado a claudicar por sí mismo. Cuando, ya sin la intervención de nadie, se tumba de nuevo en el diván y coloca por su propia voluntad el pie sobre el almohadón, Catherine le pide a Edith que le sirva algo de comer.

La sirvienta aparece al instante con un plato de sopa de patata, como si la tuviera preparada desde hace rato. Despliegan los soportes de la bandeja sobre el regazo del chico, Catherine le extiende una servilleta sobre la pechera y se dispone a administrarle el alimento a cucharadas cuando él le dice:

—Puedo yo, gracias.

Ludlow sonríe.

—Eso es, joven, compórtese con sensatez y cómase la sopa.

La sopa de Edith es, como todo cuanto sale de sus expertas manos, reconstituyente y sabrosa. Más que una sopa es un consuelo. Mientras Daniel da cuenta de ella, Catherine sigue con sus órdenes:

—Edith, trae papel, pluma y tintero para el señor Rouduiguess. Y dile a Maximilian que se prepare para entregar unos billetes a la familia de nuestro huésped.

—No, no son para mi familia —dice él.

—Está bien, para quienes sean. Estarán listos en un momento —dice Catherine, y añade con dulzura—: Así podrá descansar tranquilo.

Tras la merienda, Catherine asiste a Daniel con la correspondencia. Le tiende el papel, le entrega los sobres y le sostiene el tintero. El joven redacta dos mensajes breves, de tonos muy diferentes, aunque en ambos cuenta lo ocurrido e informa de dónde se encuentra, una casa sin teléfono de...

—¿Dónde estoy? —le pregunta a su anfitriona.

—En el 865 de la avenida Madison. —Y Catherine no tiene ni que pensarlo antes de añadir, generosa—: Diga a sus seres queridos que pueden venir a visitarle, si así lo desean.

Daniel añade el dato a las notas que escribe. En el primer caso lo hace para asegurarse la credibilidad. En el segundo, para despertar interés. También añade el ofrecimiento que acaba de recibir de Catherine, aunque está convencido de que nadie va a acudir a visitarle. Lo haría su madre, desde luego, si supiera dónde está y lo que ha ocurrido, pero la sola idea de permitir que fisgue en sus asuntos y los de los Schieffelin le enfurece. Al fin rubrica ambos billetes, los cierra, y anuncia a Catherine que ha terminado.

—¿Ha escrito usted con toda claridad las dos direcciones en los sobres, para que Maximilian sepa encontrarlas? —pregunta ella.

—Así es. Aunque en realidad se trata de una sola dirección. Ambos destinatarios están en la calle Nassau 145, como usted misma puede comprobar.

Catherine revisa la caligrafía clara del joven. En la primera lee: «Entregar al señor Julius Chambers, editor del *New York World*». Su sorpresa es mayúscula.

—¿El *World*? —salta—. ¿El diario?

—Así es, señora. Trabajo allí.

—¿Es usted periodista?

Pero antes de que Daniel pueda contestar, Catherine lee el nombre del segundo sobre y reacciona con entusiasmo:

—¿Nellie Bly? ¡No me diga que la conoce!

—Es amiga mía —se pavonea él.

—Espero que le haya dicho que venga a visitarle. No sabe el honor que sería para mí que la señorita Bly...

—A Nellie no le gusta ir de visita —se apresura a decir él.

—Ah. Bueno, es comprensible, claro. Seguro que es una mujer muy ocupada. Para escribir tanto y con tanta agudeza es necesario no perder el tiempo, no distraerse con naderías. Hace tiempo que no me pierdo ni uno solo de sus artículos, ¿sabe? Qué curioso. Lo último que había imaginado es que fuera usted periodista, tan joven.

—En realidad, soy meteorólogo —informa Daniel, y como Catherine no responde, añade, dándose importancia—: Encargado de la sección meteorológica en el *New York World*.

—Ah, ya veo que es usted importante —dice ella.

—Sí, la verdad. Le asombraría saber cuánta gente compra el diario para saber qué tiempo hace.

—No me asombra en absoluto. Yo misma leo todos los días la sección meteorológica. No imagina lo emocionada que estoy de tener a un meteorólogo en mi casa.

El día ha sido largo. Cuando Maximilian se marcha a entregar los billetes, Ludlow se despide. Edith ha decidido hornear unas manzanas y toda la casa se ha llenado de un olor delicioso, que por alguna razón Daniel asocia con la calma y buen funcionamiento de las cosas, como si en una casa donde se asan manzanas no pudiera ocurrir nada malo. Se duerme como un niño.

Catherine dispone que Daniel se instalará el día siguiente en la habitación junto a la cocina, y le pregunta a Edith si ve posible tenerla lista para entonces, ya que hace tiempo que no se utiliza. La irlandesa sería capaz de arreglar ella sola una docena de cuartos como ese, y así lo dice, antes de añadir:

—¿Se ha fijado en qué ojos tan azules y hermosos tiene el señor Rouduiguess, señora?

Catherine y Schieffelin se van a la cama. Dejan los zapatos sobre la alfombra, en el bajoescalera. Se toman de las manos, respiran, qué alivio, al fin no ha ocurrido nada, podría haber sido terrible, ¿imaginan...?, no, prefieren no hacerlo. Esta laxitud es el mejor regalo que podía traerles el final del día de hoy. Eugene acaricia el antebrazo de Catherine, indicándole que desea su compañía, que el universo entero le secunda. Ella consiente, sonríe, se presta, de algún modo acepta su sutil invitación. No necesitan más que esos pocos gestos.

Se disponen a emprender la subida hasta el dormitorio. Entonces reparan en algo. Unos bultos sobre la silla de la entrada, al lado del perchero. ¿Ya estaban ahí? Sí, parecen haber estado aquí todo el tiempo. ¿No serán...? Hay un paquete grande y plano, envuelto en grueso papel marrón, que sin ninguna duda es un cuadro. El retrato del abuelo Jacob, Eugene no necesita desempaquetarlo para reconocerlo. Al tacto identifica la aparatosa lazada que lo corona. Lo abrirá mañana y lo colgará en un lugar bien visible, aquí mismo, en el vestíbulo. El otro paquete es más intrigante. Pesado, parece contener libros, pero no. Schieffelin sabe que son cuadernos, que contienen la letra de su hermana, su aliento, su alma en movimiento. Rasga el papel. Son de tamaños y colores distintos. Abre el primero, de color lavanda. En la página de respeto hay una caléndula seca, delicada, testigo de algo que dejó de existir hace mucho. Una de las flores que su hermana aprendió a secar un verano remoto. Nunca dejó de hacerlo. En estas páginas tropezará con muchas más, pero aún no lo sabe. Debajo de la caléndula, la caligrafía de Martha dice: «Rooka Hall, verano de 1837».

Schieffelin cierra el cuaderno y se dispone a llevarlo con él al dormitorio, junto a los demás.

—¿Y si mejor los dejas aquí hasta mañana? —le pregunta Catherine, reticente aún a dar por perdido todo lo que se anunciaba hace un momento.

Demasiado tarde. Schieffelin ya sube la escalera con los once diarios de Martha en las manos.

II

Daniel y Nellie

Chambers

Julius Chambers, editor del *New York World*, el hombre con menos tiempo que perder de Nueva York, tenía sentado frente a sí, elegante y sonriente, al señor Ramón Pedraz. Chambers sabía que Pedraz era el inventor de una máquina de doblar periódicos, gracias a lo cual se había convertido en el hombre más rico por debajo de la calle Veintitrés; también que procedía de algún lugar del sur de Europa —España, Italia, una isla griega, quién sabe—, uno de esos rincones polvorientos poblados por gentes de piel oscura y pocos dientes. Sabía también que era amigo del señor Pulitzer, lo cual le convertía en alguien a quien debía recibir, tratar bien e intentar satisfacer, a menos que le viniera con una propuesta absolutamente descabellada.

—Tiene usted ante sí a un hombre recién casado —dijo Pedraz, cruzando las piernas con seguridad y ofreciéndole un habano, que Chambers rechazó—. Mi esposa es una mujer adorable, créame. Hermosa, elegante, dulce... Tiene un solo defecto, que es, precisamente, el motivo de mi visita.

Chambers levantó las cejas, como preguntándose

qué le importaban a él los defectos de la nueva señora Pedraz.

—Un hijo —aclaró Pedraz—. Tiene dieciocho años y se cree un artista.

—¿Y lo es? —Chambers apenas lograba disimular la falta de interés que le despertaba aquel asunto.

—Bueno —dijo él con suficiencia—. Cualquiera puede ser un artista, ¿no cree? —Como no hubo respuesta, Pedraz carraspeó—. Pero esa no es la cuestión, señor Chambers. La cuestión es que se pasa el día en casa. Pinta, toca el piano. Molesta. No es oportuno, ¿me entiende? Antes me parecía bien que acompañara a su madre, pero ahora soy yo quien debe estar con ella. A solas, a poder ser. ¿Comprende?

—Claro, claro, me hago cargo.

—Además, hay un problema añadido. Temo que la presencia del muchacho en la casa no permita a mi esposa olvidar del todo a su primer marido, ¿comprende?

—Comprendo.

—Todo esto entorpece nuestra convivencia de un modo extraordinario. El chico y yo no somos precisamente amigos.

—Lo imagino.

—¿Comprende? Sí, ¿verdad? No es algo que un hombre no pueda comprender.

Chambers desistió de interpretar el sentido de esta última frase y decidió abordar el asunto de un modo práctico.

—Dígame cómo puedo ayudarle, señor Pedraz. Estoy seguro de que tiene usted algo pensado.

—He venido a pedirle que emplee usted al muchacho en el periódico. Ya le he dicho que es un artista.

Chambers creía recordar que lo que Pedraz había dicho era que «se creía» un artista y nada le concitaba más temor en la vida que la gente que se cree única sin serlo. Por eso fue precavido al decir:

—En estos momentos no necesito ningún dibujante. Acabamos de contratar a dos, bastante jóvenes, y no preveo que...

—Oh, no importa, señor Chambers. El chico puede hacer cualquier otra cosa. Es joven. Adaptable. Hará lo que usted le diga.

—¿Y él estará de acuerdo?

—¡Por supuesto que sí! Yo haré que lo esté.

Nada de aquello resultaba muy tranquilizador, pero Chambers tenía mucho que hacer y, además, no tenía elección. El señor Pulitzer era el dueño del diario y Pedraz era amigo de Pulitzer.

—Dígale a su hijastro que venga a verme esta tarde a las cuatro en punto.

Se iluminó la cara del visitante.

—¡Gracias, señor Chambers! ¡Acaba de salvar usted mi matrimonio! Ah, un detalle más. El muchacho tiene como un imán para las mujeres. Las últimas, dos criadas jóvenes de mi mujer, las dos locas por él y peleándose por meterse en su cama. Y él encantado, claro, como si no pudiera evitarlo. Yo no logro entenderlo, amigo. ¿Tanto han cambiado los gustos de las damas en los últimos años? ¿Ahora les gustan los idiotas? En fin, solo quería advertirle. Manténgale lejos de las mujeres. Por cierto, ¿hay mujeres en su periódico? Supongo que esa Nellie Bly en realidad es un hombre, ¿verdad? ¿Quién se va a creer que existen jovencitas tan descaradas? Dígame que tengo razón.

—Me temo que no, señor Pedraz —dijo Chambers, que por alguna razón estaba contento de poder contradecirle.

Pedraz concluyó, en su desconcierto:

—El mundo se está volviendo loco.

A las cuatro en punto, su secretaria le anunció a Chambers que un tal señor Rouduiguess estaba allí.

—¿Quién? —preguntó el editor, levantando un momento la mirada de la montaña de papeles que cubría por completo su mesa.

—Dice que le manda el señor Pedraz.

Chambers soltó un bufido. Ah, sí. El hijastro del amigo de Pulitzer. Menuda lata.

—Dígale que pase.

Entró un joven con la cabeza llena de rizos oscuros, tan poco alejado todavía de la niñez que algo en su aspecto hacía pensar en un niño disfrazado de hombre, con un cuaderno en una mano, el sombrero en la otra y una mirada de pupilas tan azules que resultaba intimidante. Por lo demás, era alto, bien formado, de movimientos elegantes —mucho más que los de su padrastro— y poseía una prudencia que saltaba a la vista.

El muchacho entró en el despacho y se quedó de pie en el centro de la alfombra, como si esperara una orden o un veredicto. Sus ojos hacían esfuerzos por no divagar de un objeto a otro, porque todo despertaba su curiosidad.

—Buenas tardes, señor. Soy el hijastro del señor Pe...

—Sé bien quién es, hijo, siéntese —ordenó Chambers—. Su nombre es...

—Daniel Rodríguez.

Chambers tuvo la sensación de escucharlo por primera vez.

—¿Rouduiguess? Cubano, ¿verdad?

—No, señor. Español. Aunque también americano. Nací en la calle Fulton.

—Excelente, muchacho. No tengo mucho tiempo, así que iré al grano. Su padrastro de usted me ha solicitado que le dé un empleo. Supongo que está al corriente.

—Sí, señor. Sería un honor trabajar en el *World*, señor.

—¿Sí? —Chambers le miró con picardía, dispuesto a ponerle a prueba—. ¿Qué es lo que más le gusta de nuestro diario, señor Rouduiguess?

—Los dibujantes, señor. Yo soy dibujante, ¿sabe? —Gran sonrisa.

—¡No me diga!

—Le he traído uno de mis cuadernos de bocetos para que vea lo que...

—Ahora no necesito dibujantes, muchacho —le detuvo el editor.

Rodríguez pareció contrariado, pero se repuso en el acto:

—También puedo escribir. Siempre leo los artículos de Nellie Bly. Y también los de John Sweet.

—Claro, quién no lee a Nellie Bly, ¿verdad? —dijo Chambers con un deje de resignación.

Nellie Bly era la estrella del periódico. Sus reportajes de denuncia en primera persona se habían convertido en un fenómeno de masas. Se atrevía con casi todo, ya fuera hacerse pasar por criada en busca de empleo o por obrera de una fábrica de cartón. Incluso había fingido estar loca para infiltrarse en un sanatorio mental y escribir unas crónicas descarnadas que mantuvieron en vilo a todos sus lectores. Por su parte, el señor Sweet firmaba la crónica policial y de sucesos. Criadas que mataban a sus amos antes de suicidarse, ricas herederas engañadas por hombres sin escrúpulos, actrices que aparecían muertas en lóbregas pensiones de Brooklyn, hombres de negocios que perdían repentinamente la memoria... y ambos servían muy bien para definir el estilo que había hecho del *World* el diario favorito de los lectores.

—Tampoco necesito un redactor, muchacho. Lo que necesito es un meteorólogo.

—¿Un meteorólogo?

—Eso es. Su trabajo consistirá en ir tres veces al día a consultar el termómetro instalado bajo la marquesina de la farmacia Hudnut's, en el 218 de la calle Broadway, y regresar lo antes posible para proporcionarle los datos a nuestro cajista. Debe hacerlo de lunes a sábado a las nueve de la mañana, a las tres de la tarde y a las ocho en punto de la noche, sin errores ni retrasos. El salario es de diez dólares a la semana. ¿Le interesa?

Daniel Rodríguez estaba decepcionado.

—¿Y qué hago el resto del tiempo?

—Precisamente eso es lo bueno de este trabajo. Que le deja mucho tiempo libre. Mientras esté usted aquí a las horas convenidas con los datos exactos, con el resto del tiempo puede usted hacer lo que le plazca.

—Ah.

Se quedaron en silencio, contemplándose, esperando ambos algo del otro que no iba a llegar. Hasta que Chambers preguntó:

—¿Y bien? ¿Acepta el empleo?

—Está bien —susurró Rodríguez.

El editor, pasando por alto la falta de entusiasmo del joven, que le había parecido un petulante y un malcriado, dio un golpe a dos manos sobre la mesa.

—Pues ya está. Asunto resuelto. Vaya a ver a nuestro jefe de personal y firme el contrato. Empieza usted hoy mismo. Y abríguese, parece que va a hacer frío.

Una vida al otro lado del mundo

1870-1889

El 21 de septiembre de 1870 es miércoles, un día radiante y ventoso, ni bueno ni malo para pisar por primera vez un continente desconocido o para comenzar una nueva vida. Nueva York está aún muy lejos de parecerse a sí misma: es un paisaje sucio de estructuras pétreas, sin alma, vagamente rojizas; una ciudad que se conjuga en futuro en un país que apenas comienza a recuperarse de la pesadilla de la guerra civil. Mil embarcaciones surcan las aguas que la rodean. Las hay de todo tipo: grandes, pequeñas, de vapor, de vela, desvencijadas, relucientes y hasta algún que otro bote casi extinto. A un lado está el islote verde llamado Ellis, que parece idóneo para ordeñar vacas o pescar truchas, y al otro, la fortaleza en ruinas que domina, orgullosa, Governor's Island. A la derecha queda un paisaje granítico y superpoblado llamado Brooklyn, que permanece separado del resto por la ancha lengua de agua del East River, mucho más lejano de lo que lo estará apenas unos años más tarde, cuando aquí se levante, impresionante, un puente de arcos de piedra y toneladas de acero que, de momento, aun sin existir, todos echan de menos. Será el primero de muchos puentes. Todo aquí es siempre lo primero de una larga serie. Las cosas en este lugar duran poco y cambian rápido. Lo que va a ocurrirle a este paisaje en los próximos treinta años va a ser digno de ser contado.

Entre el tráfico de la bahía, nos fijamos ahora en un vapor de grandes dimensiones. En cubierta comienzan a llorar de alegría los ricos que han tenido la suerte de poder cobijar su nostalgia en algún país europeo. Regresan con el orgullo y los bolsillos intactos a dar lecciones a quienes se quedaron. Más abajo, en la tercera cubierta, viajan sueños mucho más modestos y frágiles, que en esta tierra esperan encontrar acomodo. Entre ellos, una parejita joven, que se asoma a la grandeza de la bahía y trata de comprenderla. Así que estos muelles infectos son Nueva York, la deseada. Nunca los sueños han sido más embusteros que en este instante.

Les desconcierta el paisaje que se acerca. Por inmenso, por superpoblado y porque no se parece a nada que hayan visto antes. Casas muy juntas, chimeneas humeantes, mástiles meciéndose sin ningún compás mientras docenas de embarcaciones grandes y pequeñas avanzan en todas direcciones sobre las aguas. Incluso parece adivinarse el bullicio de la ciudad. Del paisaje de edificios sobresalen solo las agujas de algunas iglesias, y entre todas, la gótica y rojiza de la Trinity Church —que atrae en ellos nostalgias de las catedrales europeas que conocen por los grabados de algunos viejos libros—, y que les parece lo único familiar de todo cuanto contemplan sus ojos confusos. Faltan aún casi veinticinco años para que se construya lo que todos considerarán el primer rascacielos. Las casas son por ahora de cuatro, cinco alturas, como mucho. Pero, aun así, ya resultan más impresionantes que cuantas han visto en su vida. Pronto descubrirán que también las calles son las más atestadas por las que han caminado. Y que las gentes aquí tienen más prisa que en ninguna otra parte. ¿Y qué esperaban? ¿No están en Nueva York?

En algún momento de la navegación tuvieron dudas, la sombra de un arrepentimiento, por eso le preguntaron a un hombre que parecía saberlo todo de ese nuevo mundo al que se dirigían si creía que ellos encajarían allí, si encontrarían su lugar.

—Las llaves de Manhattan pertenecen a aquel que soporta su peso —les dijo, misterioso—. O eres el huésped de la ciudad o eres su víctima. El tiempo lo dirá.

Frente a la proa andante, ya casi al alcance de la mano, vislumbran el muelle artificial de West Battery y el fuerte circular de Castle Garden, hacia donde se dirigen. Se preparan. Llevan poco equipaje. Ni siquiera ellos terminan de creerse que sea posible empezar algo con tan poco. La joven pareja se incorpora a una larga cola de personas sucias, hambrientas, exhaustas que esperan ante un mostrador: sus compañeros de viaje. Mayormente irlandeses y alemanes, aunque hay también algún francés y algún compatriota, asturiano o gallego, quién sabe, porque nadie pronuncia una sola palabra antes de que les pregunten. Por supuesto, aquí no hay ricos, ni neoyorquinos con apellidos de abstracta resonancia holandesa ni patriotas de vuelta a casa. Todos esos bajan por otro lado, no se mezclan con la chusma.

Tras el mostrador se sienta un hombre bien vestido, limpio, grueso, de lentes sujetos en la punta de la nariz, pluma en mano, cansado también de apuntar nombres incomprensibles. Pregunta a la pareja por sus señas: linaje, nombre, edad y procedencia. Los dos jóvenes contestan, por turnos: «Santiago Rodríguez, veinticuatro; Rosa María Marqués, veintiuno, Malgrat de Mar», y como el hombre no entiende repiten varias veces, simplificando:

—*Spain, Spain, Spain!*

Junto al hombre bien vestido hay un intérprete. Piel morena, curtida, pelo negrísimo. Un mexicano, tal vez. Se encarga de facilitar la tarea al pobre transcriptor. Traduce al punto:

—*James Rouduiguess. And his wife, Rosemary.*

Si los dos jóvenes hubieran comprendido una sola palabra de inglés se habrían sentido aliviados de que los consideraran un matrimonio. Precisamente la oposición a que lo fueran es una de las razones por las que tuvieron que huir del diminuto pueblo natal de ella. Él era hijo natural de una cocinera y de un marino de un solo desembarco. Ella, la heredera de la mejor familia de su comarca, próspera y orgullosa de serlo. Nacieron en la misma casa, donde la madre de él servía a la madre de ella. Rosa María vivía en el piso principal, recibía lecciones de piano y de francés de parte de una institutriz vieja, fea y de Lyon. Santiago vivía abajo y apenas conocía las estancias principales, los techos artesonados, los cuadros antiguos, el piano de cola. Su hábitat eran los establos, el jardín, la alberca, la carbonera. El punto de intersección de esos dos mundos tan distantes era la cocina, el único lugar donde los cachorros de los señores se mezclaban impunemente con los de los criados. Al fin y al cabo, los niños tenían permiso para ser salvajes por un breve período de tiempo, durante el cual no eran admitidos en la mesa de los mayores porque estropeaban las conversaciones y no sabían usar los cubiertos. Aprendían de camareras, doncellas, planchadoras y cocineras un cariño sincero y espontáneo y también la alegría alborotada de quien aún no sabe disimular. También salían a correr al aire libre, se ensuciaban de barro, pescaban peces en la fuente y los dejaban morir sobre la tierra, calculando cuánto tardaban en dejar de moverse, y luego los enterraban con gran pompa y ceremonia bajo los eucaliptos de aquella parte del bosque a la que no tenían permiso para ir. Eran iguales a esos gatos que de vez en cuando nacían entre la leña, fruto de amores de los que era mejor no hablar, y que terminaban por hacerse los auténticos dueños del lugar.

La señora de la casa, viuda desde poco después de nacer su hijo menor, y por ello atribulada en mil cuestiones económicas que llenaban todos sus pensamientos, nunca sospechó lo feliz que era su hija en las plantas innobles de su masía.

—Si la vida pudiera volverse atrás... —murmuraría sin cesar, vieja, melancólica, sola e insoportable al final de su vida.

Las criadas sí se dieron cuenta, ellas lo sabían

todo de todo el mundo, y más de una vez se santiguaron porque habían descubierto a los pequeños —el hijo de la cocinera y la señorita Rosa, Jesús, Jesús, qué vergüenza— agarrados de la mano bajo los eucaliptos o muriéndose de la risa junto a la fuente. Una vez una camarera joven dijo que los había visto besarse en las mejillas por turnos, junto a la jaula de los pavos, pero nadie quiso creerla.

—Estos niños no pueden quererse —se atrevió a murmurar alguna, siempre lejos de la cocinera, siempre amparada por el silencio cómplice de las demás.

Al correr de los años, la señorita matapeces se convirtió en una joven espigada, altiva, pálida y respondona, una experta en fingir lo que no sentía y en disimular lo que pensaba; el hijo de la cocinera, por su parte, se transformó en un cochero apuesto, callado, de ojos muy azules y sonrisa aterradoramente franca a quien le sentaba de maravilla el uniforme. Se miraban mucho cuando ella salía de paseo con su madre, intercambiaban sonrisas enigmáticas, sabedores de que escondían un secreto que nadie podía saber, tan maligno y perverso como las tretas del mismo Belcebú. El secreto era una promesa que se habían hecho a los diecisiete años: no dejar de quererse nunca. «Nunca, nunca», repitieron entonces muchas veces. Y para recordarlo se citaban una vez al mes bajo los eucaliptos. Ella sentía el cosquilleo de la desobediencia en el estómago. Él pensaba que un cariño tan puro no podía ser pecado, ni delito, ni un mal trago para nadie. ¿Cómo puede el amor ser algo malo? Va contra su naturaleza. El amor es tan bueno que vuelve buenos a quienes lo profesan. Eso creía él. Y se lo contaba a ella. Y ella estaba de acuerdo en todo.

Hablaban. Se contaban el uno al otro lo que no le contaban a nadie. Su cariño estaba hecho de palabras y de secretos, pero también de la atracción de la piel que ninguno de los dos sabía ni comprender ni evitar. Hubo noches de conversaciones en que se sintieron como si fueran el primer hombre y la primera mujer que tenían algo que decirse en el mundo. Risas, escalofríos, incredulidad, la suavidad de los labios, la frescura de las manos en contacto con la tierra. Complicidades capaces de derribar cualquier impedimento. En fin, estas cosas han funcionado del mismo modo desde que el mundo comenzó a rotar sobre su eje. Se quisieron bajo los eucaliptos muchas veces. Y allí mismo, varios meses más tarde, en medio de un llanto inconsolable, Rosa le dijo que estaba embarazada y él le prometió una ciudad y una vida nuevas y un amor infinito. Juntos planearon marcharse sin despedirse de nadie.

Lo hicieron de maravilla, porque ni uno solo de los habitantes de la casa reparó en que no estaban hasta que la señora pidió el coche para ir al notario y le dijeron que no podía ser porque el cochero había desaparecido. ¿Desaparecido? Qué palabra más extraña, nunca le había ocurrido nada igual. Incluso bromeó: «¿Se lo ha tragado la tierra?». Ni siquiera entonces reparó en que su hija faltaba también. Fue la cocinera, su fiel sirvienta gallega, quien le dio la noticia, deshecha en llanto, pidiéndole perdón cien veces por el atropello cometido por la sangre de su sangre, y diciendo que no hacía falta que la echara, porque ella misma dejaría la casa ese mismo día por vergüenza. Le pareció que antes de irse la cocinera susurraba algo: del mar le vino aquel hijo y por el mar se había marchado, algo así. Pero la señora no prestó atención porque estaba demasiado atribulada para reparar en matices dramáticos. Aquel día mandó a su doncella que le quitara todas las joyas, el oro, las perlas y las piedras preciosas que siempre la adornaban, y que de pronto le pesaban como si llevara encima rocas ardientes. El notario quedó aquel día esperando, sorprendido, molesto un poco después, pero cuando comprendió la situación tuvo palabras de consuelo para su mejor clienta, a quien aconsejó que cambiara el testamento de inmediato para borrar de él a la hija ingrata. Y aún añadió:

—Como si no hubiera nacido.

Y la madre asintió, consolada por un instante por su propia fiereza.

—Ojalá se haya marchado tan lejos que no regrese nunca —añadió.

Acertaba, ahora lo sabemos, en sus deseos. La señora nunca podría imaginar cómo era el mundo al que habían llegado los dos fugados. Convertidos ya en James y Rosemary Rodríguez —Rouduiguess para los nativos—, se recuperaron del agotamiento en un miserable cuarto sin luz ni ventilación que ocupaba una parte minúscula de un bloque de ladrillo rojo de la calle Elizabeth. Y eso gracias a Ramón Pedraz, un pontevedrés más listo que el hambre al que habían conocido nada más llegar y que reparó al instante en la juventud y la ignorancia de la pareja, así como en la belleza, la elegancia y el aire extrañamente refinado de Rosa María.

—Los españoles tenemos que ayudarnos —sentenció.

Ramón era un hombre de vuelta de muchos caminos. En algún tiempo había sido marinero y había conocido mundo. Vivió en Cuba, donde tuvo negocios que terminaron fatal y donde ocurrieron varias otras cosas de las que no le gustaba hablar. En algún momento sintió que Nueva York era el lugar que más le convenía y no lo pensó dos veces. Se declaraba a sí mismo «Inventor y empresario» y, desde luego, no había entonces en el mundo lugar mejor que Nueva York para ser ambas cosas. Los Rodríguez tuvieron suerte de que se cruzara en su camino y también Pedraz hizo fortuna al conocerlos.

El 25 de enero de 1871 nació el hijo de Santiago y Rosa, un varón, a quien llamaron Daniel para ahorrarle la molestia de pasarse la vida traduciendo su nombre. Entre los muchos hábitos que Rosa había adquirido en el Nuevo Mundo no se contaba el de trabajar como asalariada. Tampoco el de dedicar mucho tiempo a las tareas más ingratas de la casa, que no hubiera sabido ni cómo abordar. En cuanto vio la oportunidad contrató a una muchacha alemana para que cocinara para ellos por un salario de miseria. Ninguna de las dos hablaba el idioma de la otra, pero la necesidad de ambas les agudizaba el entendimiento. Otra ventaja de aquella ciudad: por pobre que fueras, siempre había alguien más pobre que tú.

Por las noches Rosa María cosía a la luz del candil y desgranaba sobre Santiago un rosario de quejas: «Si ganaras más...», «Si buscaras otro trabajo...», «Si tuvieras un empleo nocturno, tal vez dos o tres noches a la semana...», «Si no te anduvieras con tantos remilgos...», «Si fueras más decidido... más ambicioso... menos tranquilo». A veces discurseaba:

—Cuando ganes más dinero me compraré una seda gruesa, que cruja, de un color bonito, y me haré un vestido precioso para ir contigo a uno de esos teatros de la calle Chambers, y un sombrero conjuntado y a la moda, como el de esas señoras de París que salen en las revistas, y pondré cortinas nuevas para que no nos vean los vecinos, o alquilaremos un apartamento en la calle Veinte, más grande y más luminoso que este, con un poco de espacio para un piano, ¡ah!, cómo me gustaría tener un piano, comprar partituras nuevas en una tienda que he visto en la calle Broadway y tocarlas como cuando era joven, y también cremas para la cara y las manos, emulsiones francesas para que no se me estropee la piel, y un jarrón chino, también quiero un jarrón chino para llenarlo siempre con flores frescas, y un perrito, eso es, a nuestra vida hace tiempo que le falta un perrito blanco y muy peludo. ¡Tienes que trabajar más para que podamos comprar todo eso!

Santiago trabajó de forma frenética. En algunas temporadas tuvo hasta cuatro trabajos al mismo tiempo. De todos, el que marcó su suerte fue el de impresor. Era hábil con las manos y comprendía las máquinas. Trabajó para varios amos y no tardó en desempeñar cargos medios y, más tarde, de responsabilidad. Influyó en la decisión de Pedraz de abrir su propia imprenta en un local de la calle Ann, donde por fin consiguió un empleo lo bastante bueno y bien pagado para renunciar a los demás. Pedraz había patentado una máquina de doblar periódicos que hizo fortuna. Santiago fue su mano derecha, su ayudante experto. Se acabó para él la extenuante vida del pluriempleado. Se acabaron las peroratas nocturnas de Rosa. Por fin llegaron años buenos.

Rosa parecía ahora más conformada con su suerte. La Patente Pedraz les trajo fortuna. Santiago se quedó al frente de la imprenta mientras su jefe se dedicaba a dar a conocer su máquina por ferias y exhibiciones. A veces, Santiago le acompañaba. Cuando terminaban el trabajo, cenaban juntos en algún restaurante sencillo. Masticaban en silencio, porque más allá de las máquinas y su gusto por la carne roja no tenían nada de que hablar. Eran hombres en las antípodas, sin ningún gusto en común. O eso pensaba el ingenuo Santiago, que una vez más se equivocaba.

Pedraz deseaba a Rosa María y sentía celos de su lugarteniente. No entendía cómo un hombre tan simple, tan rudimentario, con tan poca ambición podía estar casado con una diosa como aquella, alguien nacido para los placeres refinados que él podía proporcionar sin ningún esfuerzo.

Mientras tanto, Rosa María había encontrado un apartamento mayor en la calle Warren. Se mudaron sin demora. Frecuentaron espectáculos. Ella se hizo asidua de una tienda de telas de Broadway donde compró muchos metros de buena seda y otras muchas cosas. También compró un piano —de segunda mano—, y una pareja de jarrones chinos, y partituras, y zapatos y sombreros adornados con vistosas plumas de ave y hasta una sombrilla que nunca supo dónde usar, y comenzó a dar lecciones de música a Daniel, que no mostraba el menor interés por el piano ni por la música y que solo quería garabatear cosas en un cuaderno, quedarse durante horas alelado intentando trasladar un jarrón a un papel con un carboncillo. A su madre todo aquello le pareció siempre una monumental idiotez, además de una pérdida de tiempo. En esa época la criada alemana fue sustituida por otra italiana, que tampoco gustaba a Rosa María, pero a la que por lo menos entendía.

Daniel crecía alegre, parlanchín y refractario a las enfermedades. Le echaron de varias escuelas por ser un caso perdido para los conocimientos útiles. A él solo le interesaba el arte. Dibujar, escribir, fantasear. No mostraba interés por las cosas serias. Gracias a las sirvientas domésticas chapurreaba algo de alemán y un poco de italiano, además del español y el catalán, que había heredado de sus padres, y del inglés, que era su idioma. También sabía destrozar al piano varias sonatas de Chopin y algunos preludios de Bach. Su única pasión era ensuciar cuadernos y a eso dedicaba todas las horas del día.

A los catorce años, y a petición de Rosa María, Pedraz le empleó en su imprenta como aprendiz. Resultó ser, como se esperaba, un trabajador lento, esforzado, con gran habilidad para atascar las máquinas sin saber cómo. Finalmente, como la práctica es la mejor escuela, logró aprender algo del oficio. No le gustaba, pero le veía ciertas ventajas. La principal era que podía leer los ejemplares recién impresos de diversas revistas. Le gustaba quedarse por las noches, cuando todos se iban, y encerrarse con un candil en el almacén de las tintas. *The Atlantic Monthly*, *Scribner's*, *The Galaxy*... todas ensuciaban sus manos antes de salir del local. Admiraba los cuadros famosos, copiaba los grabados, leía los relatos de distintos escritores —Daniel Defoe, Mark Twain y, su favorito, Herman Melville— y trataba de imitarlos escribiendo sus propias historias de aventuras, a lápiz y con letra menuda, en sus cuadernos. Dibujaba, componía estrofas en verso, se daba a sus fantasías. Poeta, novelista, pintor, trotamundos, ballenero... Daniel Rodríguez tenía sed de vida. Y cosas que contar. Eso pensaba él cuando aún no sabía nada del mundo, como buen petulante de catorce años.

Fue una noche en que estaba donde siempre, entregado a su pasión, cuando recibió el primer aprendizaje doloroso de su existencia. Leía un cuento de Henry James a la luz titilante de un candil. Le pareció que de fuera llegaban ruidos. Apagó la luz y esperó a que su corazón le diera tregua. Se oían muchas historias de ladrones en el barrio y creyó que se estaba enfrentando a uno, tal vez a una banda, y que debía extremar las precauciones, escapar como fuera y avisar lo antes posible a la policía. Tratando de no hacerse notar, entreabrió un poco la puerta, apenas lo necesario para tener una rendija desde donde observar. Había algo de claridad que llegaba desde las farolas de gas de la calle. Distinguió las siluetas de un hombre y una mujer que se besaban con urgencia sobre la linotipia. Lo primero que pensó fue que eran dos locos, a quién se le ocurre hacer algo así en un lugar como ese, y con tanto frío... entonces se dio cuenta de que el hombre era Pedraz y la mujer, su madre. Cerró la puerta y esperó a que terminaran. Nunca dijo nada a nadie.

Como la vida tiene un sentido del humor muy macabro, Santiago Rodríguez murió de pronto, a los treinta y ocho años, aplastado por el mecanismo de aquella misma linotipia sobre la cual su querida esposa le había sido infiel con su jefe y benefactor. Fue un accidente, aunque Daniel albergó serias dudas al respecto y culpó a Pedraz por ello. Pero hubo testigos, y también alguna imprudencia por parte del desafortunado. Daniel tenía dieciocho años y lo único que sabía hacer era entintar planchas de plomo y soñar despierto. Gracias a la mediación y los contactos de Pedraz, Santiago fue enterrado en el jardín de la Trinity Church, bajo una lápida sencilla donde solo se leía su nombre y las dos fechas que habían marcado los lindes de su vida: 1846-1884. Rosa María se hizo un par de vestidos de luto, que llevó durante más de un año con absoluto recato, el mismo tiempo en que estuvo recibiendo en el salón de su apartamento al señor Pedraz, siempre serio, puntual y con un ramo de rosas blancas en la mano. Transcurrido un tiempo, Pedraz cerró la imprenta y le pidió a Rosa que se casara con él. Por fin había vendido su patente de la máquina de doblar periódicos y, con su modesta fortuna, pensaba comprarle a Rosa María una casa en el lugar que ella eligiera. Era una oferta irresistible, pero ella probó a subir la apuesta.

—Dime que tendremos cocinera y dos doncellas, por favor.

Pedraz hubiera puesto un ejército a su servicio si ella se lo hubiera pedido. Todo con tal de convertirla en su esposa. Qué mujer tan extraordinaria. Conservaba el talle fino, las maneras aristócratas, la piel muy pálida y una nuca delicada y suave ribeteada de bucles dorados que le volvía loco desde la primera vez que la vio. Desde que era viuda se comportaba como si sus anteriores amores furtivos no hubieran existido y, por supuesto, le negaba todo acceso a los placeres que tanto deseaba recobrar. A punto estuvo Pedraz de perder la cabeza cuando ella parecía dudar acerca de si era el momento de un nuevo compromiso y evocaba el recuerdo de su difunto, que tanto la quiso y tanto hizo por ella. Llegó a pensar que o la convertía en su esposa o se arrojaba desde el recién inaugurado puente de Brooklyn.

Como cabía esperar, no hubo desenlaces dramáticos. Se casaron al fin. Fue una ceremonia discreta pero de todos modos muy criticada en el vecindario. De inmediato se mudaron a la calle Once, a una casa de tres alturas con dos habitaciones para el servicio y dos plantas nobles. Rosa por fin pudo comportarse como lo que creía ser, lejos de las arpías de sus viejas vecinas. Compró el mejor piano de cola del mercado y un perrito blanco, lanudo y de pura raza. Buscó nueva modista, invitó a sus nuevas vecinas a tomar el té muchas veces y engordó sin perder ni un ápice de su encanto ni de su vanidad.

Una vez al mes, siempre al amanecer, le pedía al cochero que la llevara a la Trinity Church y permanecía durante un buen rato, vagamente llorosa y sentada en un banco, frente a la tumba de Santiago.

Al poco comenzó a perder interés, despacio. Cada vez permanecía menos tiempo en el banco. Cada vez tenía más urgencia por marcharse. Pronto comenzó a espaciar las visitas. Cada semestre, una vez al año, menos.

Tras la octava o la novena visita, se olvidó de regresar.

El termómetro de Hudnut's

Daniel Rodríguez tenía sus propias razones para querer trabajar en el *New York World*. Le gustaba el periódico. Era el que más espacio destinaba a las viñetas y las ilustraciones y él soñaba con convertirse en dibujante. Además, sentía curiosidad por conocer a Nellie Bly. Pero, sobre todo, deseaba gozar de la suficiente independencia económica para vivir por sus propios medios; deseaba no volver a ver a Ramón Pedraz.

La farmacia Hudnut's era un próspero negocio familiar fundado en Brooklyn varias décadas atrás, cuyo propietario supo aprovechar la oportunidad de instalarse en la que pocos años más tarde sería una de las esquinas más concurridas de la calle Broadway. Se denominaba «farmacia», aunque sus productos abarcaban una amplia variedad: desde la perfumería que era la base del negocio —cremas, polvos de belleza, maquillaje o perfumes— hasta crecepelos, fertilizantes, insecticidas o productos de limpieza. Pensando en atraer posibles clientes, el visionario señor Hudnut mandó instalar un termómetro junto a la puerta principal, protegido bajo la marquesina. Fue un acierto: el termómetro se convirtió pronto en la mayor atracción de la zona. No solo congregaba a multitudes de curiosos, sino que se erigió en la máxima autoridad meteorológica de la ciudad, lugar de paso obligado y fuente de información de los principales periódicos. A veces había frente a él tanta gente que Daniel tenía que abrirse paso a empujones. Todo con tal de no llegar tarde a la edición del día siguiente, que muchos comprarían solo por saber si las temperaturas subían o bajaban. Por alguna razón que el señor Hudnut comprendió muy bien, a los seres humanos siempre nos ha interesado saber qué tiempo hace y, sobre todo, qué tiempo nos espera.

Como era de prever, Daniel se aburrió pronto de su trabajo como «encargado de la sección meteorológica». Confundirse con el tráfico de Broadway y la calle Ann, sortear caballos y transeúntes evitando que le aplastaran los carros del pan o de la leche y regresar a todo correr al periódico, subir los escalones de tres en tres y mostrarle los datos al cajista... todo aquello solo resultó emocionante la primera vez. Decidió emplear el tiempo libre en buscar donde vivir y apalabró un cuarto en una pensión muy ruidosa de la calle Warren. Cuando pasó por última vez por casa a buscar sus cosas, su madre le dijo con lágrimas en los ojos:

—No entiendo por qué nunca te gustó Ramón.

Con todo, su nueva independencia le compensó del aburrimiento. Y eso incluso antes de conocer a Nellie Bly. Verla por primera vez fue de las cosas más emocionantes que le habían ocurrido jamás. Eran más de las nueve de la noche y él regresaba de la lectura del termómetro (la última del día) cuando vio salir a una mujer del despacho del señor Chambers. Le llamó la atención de inmediato porque caminaba con mucha energía y haciendo mucho ruido. Llevaba un vestido azul muy sencillo, el pelo recogido en un moño en la coronilla y ningún adorno, a excepción de un par de diminutos pendientes plateados. Desde dentro de su despacho, el editor gritaba:

—¡Señorita Bly! ¡No hemos terminado! ¡Vuelva aquí de inmediato!

Pero ella no se dio por aludida y continuó alejándose.

Daniel pensó que debía presentarse. Dio una carrera por el pasillo para alcanzarla, se plantó frente a ella y le dijo sin pensar:

—Buenas noches, señorita Bly. Soy Daniel Rodríguez, el nuevo encargado de la sección meteorológica. No sabe lo orgulloso que estoy de ser compañero suyo. Admiro mucho su trabajo. Es usted un modelo para las mujeres de nuestro tiempo, y también para los hombres, y para las generaciones del futuro, ojalá todos ellos tomen buena nota de...

Llegado este punto, ocurrieron tres cosas extrañas: Nellie Bly se echó a llorar desconsoladamente, Daniel Rodríguez se llevó un susto de muerte y, sin venir a cuento, ella le señaló con un dedo y le dijo con voz nasal:

—Como le cuentes a alguien que me has visto llorar, diré que es mentira y no te volveré a dirigir la palabra, ¿entendido? —Él asintió, sin atreverse a añadir nada. Ella resolvió—: Y ahora vamos al Twain's. Necesito una copa. Tendrás que invitarme, porque estoy sin blanca.

Twain's

—¿Rouduiguess? ¿Eres cubano?

Daniel le cuenta a Nellie Bly la historia de sus orígenes. Están frente a dos grandes jarras de cerveza, en una mesa del rincón del Twain's Bar, un local que cierra tarde, o que no cierra, de la calle William. Los amores ilícitos de sus padres, su infancia entre linotipias, las vueltas insulsas de su corta vida. Nellie ha dejado de llorar y le escucha con atención. Él aún no se cree que esté aquí con ella. Vista de cerca, y mientras no abre la boca, parece una chica normal. Tiene esa naturalidad desacomplejada de la gente de campo y unas maneras un poco bruscas, pero se expresa con un desparpajo y una seguridad inéditas en una chica. No para de hacer preguntas. «¿Dónde naciste exactamente?», «¿De qué conoces al señor Chambers?», «¿Qué es eso del servicio meteorológico?», «¿Dónde está ese maldito termómetro?», «¿Por qué querías conocerme?», «¿De quién has heredado esos ojos tan azules?». Daniel responde como defendiéndose, como un boxeador que evita los golpes de un contrincante hábil. Solo a veces oculta alguna información. De pronto Nellie se calla, le señala con el dedo y dice:

—Recuerda lo que te he dicho.

—Claro —sonríe él—, si cuento que has llorado, me matarás lentamente.

—Ojalá pudiera.

—¿Matarme lentamente?

—A ti no, tonto. A otros.

—¿Como al señor Chambers, por ejemplo?

Nellie da un sorbo a su jarra y mira a Daniel preguntándose cómo puede ser tan listo.

—Llorar es de débiles. No puedo permitírmelo.

—No estoy de acuerdo. Llorar es normal, lo hacen todas las...

—¿Mujeres? ¿Ibas a decir «mujeres»? ¡Retíralo ahora mismo!

—Quiero decir que lo hace todo el mundo.

—No es verdad, no ibas a decir eso.

—Tienes razón, no es verdad.

—¿Lo ves? Acabas de admitirlo. Yo estoy segura de que los hombres también lloráis, aunque tampoco queréis reconocerlo, ¿me equivoco? ¿Cuándo lloraste por última vez?

—¿Yo?

—Sí, tú, Daniel Rodríguez. ¿Te atreves a confesarlo?

—Cuando murió mi padre. Hace ya bastante.

—Ah, vaya. Lo siento. He metido la pata.

—No lo has hecho. ¿Y tú? ¿Por qué llorabas?

Nellie suelta un bufido, termina su jarra de cerveza, pide otra.

—Todo esto es un aburrimiento.

—Está bien, no me lo cuentes si no quieres.

Nellie piensa que el azul de los ojos de Daniel es

el más intenso que ha visto jamás. Se siente como si la estuviera hipnotizando.

—Es por culpa de Chambers. Le he propuesto un tema buenísimo para un reportaje, pero él prefiere que lo haga un hombre. Le he jurado que como le dé mi tema a un hombre me iré a la competencia. ¡Y pienso cumplirlo! Yo puedo hacerlo mejor que cualquier hombre. Y lo haré, ya lo creo que sí. Chambers no sabe con quién se las está jugando. Lo haré más rápido y para otro periódico. ¡Ya lo creo!

A medida que habla del asunto, Nellie parece más enfadada. Daniel piensa que lo mejor es no replicarle. Dejar que se desahogue.

—¿Conoces *La vuelta al mundo en 80 días*?

—Claro. Jules Verne. Todo el mundo la...

—Ese es el tema de mi reportaje. Quiero batir el récord de Phileas Fogg.

—¿Cómo?

—¿Has leído la novela o no? ¿Sabes quién es Phileas Fogg?

—Su protagonista.

—El señor Verne escribió la novela en el año 1872. El mundo ha cambiado mucho en estos diecisiete años. Quiero demostrar que con la rapidez de los transportes actuales es posible recorrer la misma ruta del libro en solo setenta y seis días.

—¿Quieres ir sola a dar la vuelta al mundo?

—¿Lo ves? Reaccionas igual que el señor Chambers.

—No es verdad.

—Piensas que estoy loca.

—¡No! Pienso que eres muy valiente.

Un silencio.

—¿De verdad? ¿No vas a decirme que no puedo viajar sola porque soy una mujer?

—¿Eso es lo que te ha dicho Chambers?

—Según él, las mujeres no podemos viajar sin alguien que nos proteja. Ah, y llevamos demasiado equipaje para hacer las conexiones con rapidez. ¡Este hombre cree que viajo con veinte baúles!

—Chambers es viejo. De otro tiempo. No le hagas caso. —Daniel se entusiasma con lo que Nellie le cuenta—. Es una idea estupenda. A tus lectores les encantará. ¿Estás segura de que puede hacerse?

—Completamente. Mira.

Nellie saca una hoja arrugada que llevaba en el bolsillo y la despliega sobre la mesa. En ella ha dibujado un rudimentario mapa del mundo donde están marcadas todas las escalas de su ruta, que va señalando una a una:

—Londres, París, Brindisi, Port Said, Adén, Colombo, Singapur, Hong Kong, Yokohama, San Francisco y de vuelta a Nueva York —sonríe, triunfal—. *Voilà!* Es casi la misma ruta de la novela, solo que Fogg salía de Londres. No he calculado su recorrido a lomos de un elefante en Calcuta, por ejemplo, porque me parecía demasiado novelesco y anticuado. Y espero no tener que viajar en trineo hasta Omaha. Por lo demás, he consultado con varias navieras y compañías de ferrocarril —sigue Nellie— y, en total, estimo que serán setenta y seis días de viaje. Eso contando los transbordos y los aprovisionamientos, claro. Y puede que hasta me sobre para dar algún paseo, si tengo suerte.

Daniel está impresionado. Incluso sobre aquel desastrado papel el viaje parece toda una hazaña.

—¿Qué piensas, señor meteorólogo? ¿No crees que pueda lograrlo?

—Yo pienso que no tienes límites, Nellie.

—Vaya. —Nellie le mira con los ojos húmedos de nuevo—. Qué cosas dices.

Daniel se encoge de hombros, como preguntándose « ¿y qué cosas digo?».

—Chambers está obsesionado con el equipaje. Se ha escandalizado cuando le he dicho que solo necesito un bolso de mano y un abrigo. ¿Sabes qué me ha dicho?

—¿Qué?

—Ha dicho —imita la voz jactanciosa del editor—: «Señorita Bly, deje ya de desear ser algo distinto de lo que es». ¿A qué crees que se refería? ¿A mi condición de mujer? ¿Crees que piensa que quiero ser un hombre? ¡Pues se equivoca! No me cambiaría por un hombre ni aunque me ofrecieran una fortuna.

—¿Por qué te cambiarías, entonces, si pudieras? —pregunta Daniel, a bocajarro, y parece que la pregunta desconcierta a Nellie, pero ella es más rápida que él.

—Por una lechuza —dice.

—¿En serio?

—Comen carne cruda, solo salen de noche, siempre van solas y todo el mundo les tiene miedo. ¿Y tú?

—Por Herman Melville.

Nellie Bly frunce el ceño y menea la cabeza.

—¿El escritor?

—Espera. Quiero enseñarte algo —se emociona Daniel—. ¿Crees que existen las casualidades?

—¡Por supuesto que no! —salta ella.

—Entonces a ver cómo te explicas esto.

Daniel saca su cuaderno del bolsillo, lo abre por una página garabateada con letra pulcra en la que ha pasado a limpio un poema. Nellie lee el título en voz alta: «Criatura del aire», y levanta la vista para dedicar un guiño cómplice a Daniel. A él le entusiasman las casualidades. La vida planifica mejor de lo que los humanos piensan, o eso cree. En voz alta, Nellie comienza a leer, recitando. Intenta dar a su voz un tono solemne, que termina por sonar un poco ridículo. No es una buena rapsoda, aunque Daniel se lo perdona.

La ciudad desde arriba es una mancha oscura
que habitan las luciérnagas humanas.
Majestad de los aires, a él no le importamos.
Solo ansía volar, en pos de lo importante.
Es decir, lo más lejos posible de nosotros,
molestos intrusos humanos ubicuos,
siempre persiguiendo la misma inmensidad
que no podemos comprender y aún menos abarcar.

Nellie lo lee dos veces, la segunda más despacio, para comprenderlo bien. Le observa sin prisa.

—¿Esto lo has escrito tú?

—¿No te gusta?

—Todo lo contrario. Es bueno. Y profundo. Habla de lo presuntuosas que somos las personas, ¿verdad?

—No sé. Lo escribí ayer después de ver una lechuza.

—Eso te lo acabas de inventar —le acusa con un dedo extendido y ojillos incrédulos.

—Bueno, no sé si era una lechuza. Era un pájaro blanco enorme. Estaba en Battery Park ayer por la tarde. No me mires así. Es cierto.

—¿Y qué hacías tú en Battery Park ayer por la tarde?

—Voy a veces a pasear junto al mar. Imagino cosas.

—¿Imaginas cosas?

—Historias, personajes, aventuras —sonríe, cómplice—, ballenas blancas...

—Ya. Quieres ser Herman Melville.

—No. Quiero ser mejor que él.

—¡Vaya! —Nellie está cada vez más impresionada—. ¿Por qué Chambers no te ha contratado como reportero? ¿Sabe lo bien que escribes?

—Le enseñé mi cuaderno, pero ni siquiera lo miró.

—Ese hombre es idiota. ¿Sabes lo que me ha encargado a mí justo después de rechazar mi reportaje? ¡La historia de un elefante! Creo que es su venganza. Señorita Bly, haga cosas a la altura de su condición de mujer: un reportaje sobre elefantes recién llegados al zoo. Me ha reservado tres columnas de la edición de mañana. ¿No crees que es un insulto? ¡Yo quiero dar la vuelta al mundo! Que escriba sobre elefantes quien no sea capaz de hacer otras cosas. Chambers está desperdiciando nuestro talento. Tú y yo merecemos otras cosas, Melville. ¿Te importa que te llame así?

De hecho, le encanta. Se lo dice. Nellie no escucha. Se va exaltando a medida que habla, convencida por sus propios argumentos, como una de esas sufragistas que hablan desde las tribunas, cargadas de razón. A Daniel le gusta que Nellie sea como la había imaginado. Deslenguada, peleona, un poco simple, siempre un poco huraña y un poco esquiva.

—Ya sé qué voy a hacer, Melville —resuelve ella—. Le escribiré al señor Pulitzer y le contaré lo que ocurre. Veamos si también él cree que debo escribir sobre elefantes. ¡Y le hablaré de ti! ¡Le diré que eres buen escritor y un estupendo dibujante!

—Pero no has visto aún ningún dibujo mío.

—Entonces, enséñamelos. Para que no tenga que mentir.

Daniel le muestra los dibujos, que a ella le entusiasman al primer vistazo. Mientras Nellie pasa las páginas que él nunca le había mostrado a nadie, ve muy claro lo que va a ocurrir: Nellie irá a dar la vuelta al mundo. Batirá el récord de Phileas Fogg. Y él estará ahí para verlo, como su admirador más incondicional. Tal vez mejor que eso: como su amigo.

Atropello

El frío se ha hecho intenso de pronto, pero eso no añade ni un ápice de emoción a su aburrido trabajo. Daniel acaba de anotar las temperaturas en su cuaderno, las ha revisado dos veces y ha comprobado en su reloj de bolsillo que aún es pronto, le sobra algo de tiempo, unos pocos minutos. Resuelve volver por College Place. Las calles están atestadas —este punto de la ciudad siempre es un hormiguero—, y el desorden le proporciona modelos para sus esbozos, inspiración para sus invenciones. Ha resuelto escribir algo nuevo, deslumbrante. O tal vez tomar algunos apuntes del natural. Su objetivo, en ambos casos, es uno solo: deslumbrar a Nellie. De pronto su vida se limita a eso. Después de la conversación en el Twain's, se ha dado cuenta de que puede conseguirlo. Ella prestó atención a su poema, le dijo que era bueno, lo leyó dos veces, una de ellas en voz alta, le alentó a escribir más. Es mucho más de lo que nadie ha hecho jamás por él. Además, le gusta Nellie. Más incluso de lo que le gustaba cuando solo la imaginaba. No es una engreída, ni una sabelotodo. En suma, y como es obvio: Daniel se está enamorando. Otra novedad para una vida que de pronto está repleta de ellas.

Atraviesa Broadway, atestada. Comienza a nevar, aún despacio. Pronto arreciará. En el periódico llevan días advirtiendo del frío polar que se acerca. Las calles se harán impracticables. Nada hay más odioso que Nueva York bajo la nieve. Debe apurarse para llegar pronto al periódico. Sin embargo, se detiene otra vez. Saca su cuaderno y su lápiz. Comienza a tomar apuntes con mano y trazo ágiles. El tráfico, el gentío, los cocheros nerviosos, los caballos, los carros del reparto..., un cuadro de costumbres, una oportunidad de lucimiento. Para los que esperan entre el tráfico, la antesala del infierno.

A Daniel se le entumecen los dedos. Un copo de nieve diminuto cae sobre la página y queda ahí un momento, a la espera, sin deshacerse. Se libra de él de un soplido certero. Alguien grita:

—Apártese, muchacho.

Pero Daniel no escucha. No ha acabado. Se asoma un poco para captar el detalle que le falta aún a su esbozo. Apenas un paso en dirección al otro extremo de la calle.

Surgen como de la nada un par de caballos percherones. Demasiado cerca para verlos, o para escapar. Sin saber cómo, se encuentra bajo sus patas, en el suelo, entre la turbamulta incesante de College Place. Oye cerca el grito de una mujer y un dolor lacerante en el tobillo derecho. Luego, una pregunta, ya lejos, o alejándose: «¿Está muerto? ¡Dios!». Siente de algún modo el movimiento a su alrededor, contra el que ya nada puede hacer. Su cuaderno ya no está en sus manos. Tampoco el lápiz, del mismo modo que su cabeza ha perdido el sombrero y el pie lastimado, el zapato. Ni siquiera los echa de menos. Ha cerrado los ojos y se deja ir.

Lo último que escucha es una voz masculina, grave, y diría que aliviada, que murmura muy cerca de él:

—Respira.

Luego, nada. La placidez de no saber lo que ocurre, ni su solución ni ninguna de sus consecuencias.

Desayuno

A Nellie Bly le gusta presentarse de improviso en todas partes. Según su teoría, si la gente no espera tu visita, se muestra tal y como es. Y desde que su amigo Daniel le escribió ayer para decirle que se alojaba en casa de los Schieffelin, en la avenida Madison, está deseando meter sus curiosas narices en aquel lugar y conocer a todos sus habitantes.

Aún es muy temprano cuando Nellie Bly desciende de un tranvía en la Quinta, frente al parque, y camina por la Setenta y uno hasta Madison. Se sorprende de la opulencia sobria de las casas. No es necesario, pues, tener tres castillos de estilo bávaro en la Quinta Avenida: se puede ser rico de otro modo. Eso parecen advertir estas casas impecables y rectilíneas, con un par de arbolitos en la entrada, en las que siempre sale a abrir una criada irlandesa y donde las visitas son conducidas a la sala, que da a la calle y que siempre está decorada con profusión de alfombras, cornucopias, antigüedades traídas de Europa, rasos y terciopelos carísimos. Nellie Bly cree saberlo todo de la gente como los Schieffelin, y por eso no espera gran cosa de ellos salvo, acaso, la confirmación de sus sospechas y el aburrimiento.

A las ocho menos un minuto sus gastados botines suben los cinco escalones que separan la calle y la puerta oscura de la casa. Su mano enguantada golpea tres veces el picaporte bruñido y brillante. Está deseando ver qué ocurre.

Lo que ocurre es que Edith no comprende qué hace allí aquella señorita a unas horas tan inadecuadas y, aunque no tiene ninguna intención de dejarla pasar, le pregunta dos veces, frunciendo las cejas y levantando mucho el peludo mentón, si los señores la están esperando, aunque por su aspecto ya le parece a ella que no. Luego frunce aún más todos los rasgos de su cara al conocer la inaudita respuesta (¡Dice que Daniel la ha invitado!) hasta parecerse a un pedazo de papel viejo. ¿Cómo va a haber cometido el señor Rouduiguess una imprudencia así? Lo poco que ha tratado al pobre atropellado ya le ha servido para ver que es un joven encantador y discreto, que nunca cometería el atrevimiento de invitar a una casa como aquella a mujeres tan... tan... tan mal vestidas. Y tan poco educadas.

Solo para asegurarse, Edith le pide a Nellie Bly que espere un momento, a lo que Nellie contesta con un «jum» o un «hum» que tampoco le gusta ni un poco a la criada. ¿Acaso ahora no enseñan modales a las chicas del campo? ¿Nadie le ha indicado a esta señorita lo feo que resulta responder con mugidos? Buenos están los tiempos, niega Edith con la cabeza, si la criada tiene más educación que las visitas. Cierra la puerta ante las curiosas narices de Nellie Bly, un modo drástico de decirle que no la aprueba.

Nellie cuenta los segundos que tarda la puerta en abrirse de nuevo. Le gusta hacer estas cosas. Luego, las escribe. A sus lectores les encantan esos detalles. Hay que llenar los textos de detalles, es lo más valioso que ha aprendido en su vida profesional. La gente adora los detalles. Puedes contarles cualquier patraña. Si está llena de detalles, todos te creerán.

Son exactamente cincuenta y siete segundos. Esta vez abre la puerta una Edith transformada.

—¡Señorita Bly! ¿Cómo no me ha dicho que era usted? Dios bendito, espero que no se haya enfriado. Pase, por favor, deprisa. ¡Con el frío que hace, Jesús! Deme su abrigo, yo me ocuparé de él. El señor Rouduiguess la está esperando. Y la señora Schieffelin está deseando conocerla. Qué oportuno que haya usted llegado justo a tiempo para desayunar.

Nellie Bly está acostumbrada a los cambios de actitud que su nombre provoca. Le entrega el abrigo y los guantes a Edith, quien los cuelga en el único perchero —tan brillante y bruñido como el picaporte— que se ve en el despojado vestíbulo. Mientras Edith se afana en estirar bien las prendas, para que no se arruguen, Nellie se fija en que el único adorno de la pared principal es un retrato de un señor antiguo que, supone, debe de ser algún antepasado de la familia. Tiene la nariz rectilínea, los labios finos y una sombra de barba en el mentón. ¿Bizquea un poco o el retratista no atinó con la última pincelada? Fue inmortalizado de perfil, con una ceja más alta que otra, la mirada ladeada y una expresión que si se observa mucho parece de burla. Lleva una chaqueta sencilla de solapas muy anchas, que tanto puede ser fruto de la moda de otros tiempos como del mal gusto, y sobre el pecho le caen las volutas de un lazo blanco. El marco es oval y dorado, con un remate horrible en forma de lazo, también de oro, como para rubricar aún más la relevancia del personaje.

—¿Quién es? —le pregunta a Edith.

Edith se acerca a mirar el retrato, que es nuevo en la casa y al que aún no conoce bien.

—Para mí que es el padre del señor Schieffelin —dice—. Tal vez iba a una fiesta de disfraces.

A continuación, sin hacer más caso al asunto, Edith se apresura a abrir la puerta de la sala y hacerse a un lado:

—Por aquí, señorita Bly, si me hace el favor.

Por ahora, todo sale según lo esperado, se dice Nellie. La criada es necia y seguro que la señora lo será también, además de presumida e insoportable. Ni siquiera se molesta en sonreírle a Edith cuando ella le hace una breve reverencia y cierra la puerta.

Se siente como Alí Babá entrando por primera vez en la cueva de los cuarenta ladrones.

Preguntas

Lo primero en lo que repara Nellie Bly al entrar en la sala del 865 de la avenida Madison es en la desconcertante austeridad que allí reina, tan distinta a lo que esperaba. Solo hay una alfombra, pocos muebles, muchos libros y por todo adorno una serie de elefantes de porcelana, todos diferentes entre sí. La ausencia de dorados, pinturas, colmillos de elefante o armaduras de la época del rey Arturo es tan sorprendente como la sencillez y el buen gusto. En el rincón, un piano (cerrado). La mesa del desayuno está dispuesta con primor para tres comensales. Catherine Schieffelin va vestida con un kimono de seda rojo que Nellie envidia en el acto. Sonríe con una serenidad extraña. A su lado se sienta Daniel, visiblemente ruborizado. Su pie vendado reposa sobre un escabel.

La señora de la casa se levanta al verla, se acerca a estrecharle la mano, a la usanza masculina.

—Qué detalle tan bonito que haya usted venido a ver a Daniel tan pronto —le dice—, espero que no se haya preocupado más de lo necesario. Intentamos cuidarle tan bien como podemos.

A una indicación de la señora, Nellie ocupa el lugar libre en la mesa. Daniel la mira, con más embeleso si cabe que el de la señora de la casa. Catherine le pregunta a Nellie si desea té o café.

—Café, por favor.

—Es usted de las mías —dice Catherine, sirviéndole ella misma el brebaje—. Ya sé que no ha venido a verme a mí, pero espero que no le moleste que los acompañe en el desayuno.

Daniel hace un gesto, incómodo. ¿Cómo va a molestarle? Están en su casa. Pero Catherine le detiene:

—Los dejaré solos enseguida, no se preocupen. Es que estaba deseando conocerla, señorita Bly. Soy una gran admiradora suya, ¿sabe? Su visita es un gran honor para nosotros. Por cierto, disculpe a mi marido, está ocupado en un asunto muy importante, enseguida bajará para saludarla.

Catherine se ahorra las explicaciones. Desde que recibió los once cuadernos de su hermana, Eugene no hace otra cosa sino leer. El día no tiene horas suficientes. Ayer le dijo que estaba pensando en escribir sus recuerdos de infancia. Unas memorias, una biografía, no sabe qué. Está completamente abstraído. Come arriba, en su habitación, sin interrumpir la lectura, y tan frugalmente que Catherine se ve obligada a regañarle. Apenas duerme. No se comporta como un marido. Por lo menos, no como el marido que ha sido siempre. Necesita pedirle a Ludlow que le reprenda.

—Faltaría más —contesta Nellie, tomando un dulce de una bandeja—. Y, se lo ruego, llámeme Nellie.

Catherine sonríe, halagada por la confianza que le da.

Nellie Bly está desconcertada. La amabilidad de la anfitriona la hace muy diferente a otras damas ricas que ha conocido. Es natural, risueña, no parece envarada, la habitación no es un museo dedicado a su grandeza, ¡y además lee los periódicos! Varios, incluido el *World*. Y dice ser admiradora suya. Decididamente, no es corriente. Y a Nellie Bly le encantan las rarezas. Tiene la teoría que del asombro salen buenos artículos.

—No sabe qué cantidad de preguntas me gustaría hacerle, Nellie —le dice Catherine mientras extiende un poco de mantequilla irlandesa sobre una tostada—. No se preocupe, no voy a ser tan impertinente. Espero que tengamos otra ocasión. Porque deseo que esta sea solo su primera visita a esta casa. Le avanzo, eso sí, que leí su artículo sobre su estancia en el manicomio con el alma en vilo, temiendo a cada línea que la descubrieran, que la desenmascarasen. Qué maravilla tener jóvenes de su talento, valentía e inteligencia, querida, hace usted que podamos sentirnos orgullosos de formar parte de esta sociedad.

Nellie no sabe qué decir. Se le da mejor contestar a los ataques que a los halagos. Menos mal que en ese instante se abre la puerta y aparece el rostro desconcertado de un señor enjuto, despeinado, vestido con un batín de seda y calzado con unas zapatillas. Es raro ver a Schieffelin de esa guisa, porque es raro que a las horas que son no haya aún salido de casa. Nellie piensa que tiene la misma nariz rectilínea, los mismos labios finos y la misma sombra oscura en el mentón que el señor del retrato del vestíbulo.

—Ah, qué bien que estés aquí, Eugene —saluda Catherine—. Ven a desayunar con nosotros. Te presento a la señorita Bly, la famosa reportera del *New York World*, que ha tenido la amabilidad de visitar a Daniel. Nellie, este es el señor Schieffelin, mi esposo. Le ruego disculpe lo desastrado de su indumentaria.

Nellie hace ademán de saludar, de la manera más educada posible (desde que ha entrado en la casa le parece que sus modales no son suficientes). Daniel intenta también, y como puede, ponerse en pie, dejando en suspenso el pie inútil.

—Mucho gusto, señorita —dice Schieffelin, antes de volverse hacia Daniel—. ¿Ha descansado usted bien, señor Rouduiguess?

—Mucho, gracias.

Schieffelin se sienta, toma una servilleta, la despliega cuidadosamente y se la pone sobre las piernas, se sirve una taza de café, le echa tres cucharadas de azúcar, toma una ciruela, la mordisquea un poco, la deja sobre el plato, toma una tostada, busca sobre la mesa algo que extender sobre ella, pero al parecer ni la mantequilla ni los tres tipos de mermelada disponibles le parecen adecuados, deja la tostada sobre el plato, remueve el café, le añade leche, mordisquea de nuevo la ciruela, se lleva la taza a los labios, sonríe de un modo enigmático. Todos le observan, pero él no parece darse cuenta. Nellie Bly sigue sus movimientos con atención y una curiosidad infinita. He aquí otra rareza, parece decirse, lo extraño hubiera sido que no lo fuera, con una esposa como la suya.

Pero Schieffelin supera todas sus expectativas. Al fin, él pregunta.

—Entonces, señorita, ¿es usted pariente de Daniel?

—¡Eugene! —le regaña Catherine—. La señorita Bly *no* es pariente de Daniel, es su amiga.

—Ah, excelente —repite él, ausente, con la tostada en la mano.

—Además de reportera del *World*. ¿No recuerdas la de veces que hemos hablado de ella? ¿No te acuerdas de la zozobra con que leí «Diez días en un manicomio»?

—Sí, sí, claro —dice Schieffelin, con poca convicción, mientras unta de mermelada de arándanos la tostada—. Los artículos del *Times*.

—¡Eugene! La señorita Bly trabaja en el *World*. El diario que es propiedad del señor Pulitzer. Y va a publicar un libro.

—¿Un libro? ¡Estupendo! ¿Sobre qué?

—Un libro con sus artículos del *World*, naturalmente, Eugene, por favor, ¿dónde tienes la cabeza?

Nellie Bly comienza a reírse sin disimulo. Eugene detecta la dureza de la mirada de Catherine y se afana a sonar convincente.

—Discúlpenme, por favor. Últimamente estoy distraído. No me quito del pensamiento ciertas lecturas que estoy realizando. No puedo evitarlo.

—Vaya, debe de ser un autor muy bueno para causar ese efecto en usted —dice Nellie.

—Lo es, en verdad. Pero no es autor, sino autora.

Nellie levanta la mirada.

—¡No me diga que está usted leyendo a Edith Wharton!

Schieffelin sonríe algo avergonzado.

—No, no, no se trata de ese tipo de autora. Aunque también admiraba a Edith Wharton y la comparación hubiera sido de su agrado. Se trata de mi hermana, Martha Schieffelin. Me dejó en su testamento los diarios que escribió a lo largo de su vida y eso es lo que estoy leyendo.

—Oh, vaya. —Nellie está impresionada—. Debe de ser una lectura muy triste.

—¿Triste? Bueno, puede ser. Pero solo a veces. Hay ocasiones en que tengo la impresión de estar conociendo a mi hermana por primera vez. En otras, sus escritos me transportan a épocas muy remotas de mi propia vida, que vivimos juntos. Esta mañana, por ejemplo, he leído un fragmento sobre el día en que conocí a Catherine.

—Por favor. Hace mil años de eso —responde Catherine, que comienza a incomodarse.

Catherine piensa que este no es lugar para hablar de asuntos tan personales. Aunque no cree que Schieffelin lo haga, porque no es en absoluto su estilo, busca el modo de desviar la conversación, cuando Nellie pregunta:

—Y dígame, señor Schieffelin, ¿recordaba usted los episodios que compartió con su hermana tal como los escribió ella?

—Sí, más o menos. Aunque desconocía la opinión que ella tenía de mí por aquel entonces. Me tilda de tonto y de ignorante. ¡Todo porque no me sabía las obras de Shakespeare de memoria! Algo que ella juzgaba imperdonable.

—Shakespeare tuvo la culpa de todo —explica

Catherine, y como Nellie Bly da signos de no comprender nada, aclara—: Nos conocimos en una fiesta shakespeariana en mi casa. Hubo una representación en la que Martha tomó parte.

Nellie frunce el ceño.

—Veamos, querido —interviene Catherine—. Si vas a contarle nuestra vida a la invitada, hazlo de un modo en que pueda comprenderla. Comienza por el principio, por favor.

Schieffelin está de acuerdo. En el principio, por lo menos en este principio que para él es importante, está Titania, la reina de las hadas.

Titania
1849

Superada la fase inicial de su educación con más tropezones que aciertos, Eugene Schieffelin recaló en la Universidad de Columbia, donde cursó estudios de Química, como dictaba la lógica, el sentido común y cierto orgullo familiar, puesto que había sido su padre, Henry Hamilton Schieffelin, el impulsor de esa universidad y esos estudios. Con ello no solo pensaba mejorar el mundo, sino también su mundo en particular, ya que —con mucha visión de futuro— sabía que los futuros licenciados serían los mejores clientes de su negocio.

Eugene Schieffelin fue un universitario átono, despistado y poco dado a la disciplina. Lo cual siempre extrañó a sus profesores, empeñados en compararle con su progenitor, y muy aficionados a hacerle saber sus conclusiones:

—Aprenda de su padre, señor Schieffelin, qué gran hombre.

—Intente no avergonzar a su familia, Schieffelin, esfuércese.

—¿Cómo puede la rama ser tan diferente del tronco que la engendró?

El mayor aprendizaje de Eugene en aquellos años fue la resignación. ¿No cumplía con lo que esperaban de él quienes le comparaban con su padre? ¿No se parecía a sus importantes antepasados? ¿No compartía el gusto por las diversiones mundanas de sus compañeros de generación? ¿Seguía siendo, para algunos que le conocían desde niño, «el loco de los pájaros?». Su hermano Bradhurst, el único de la familia que conocía el apodo, lo utilizaba para mofarse de él:

—¿Sigues con tus locuras aviares, hermanito? ¿No piensas cambiar nunca?

Eugene había decidido no angustiarse. ¿Qué podía hacer? Cada criatura de la creación tiene su naturaleza, y tratar de contravenir la suya era tan absurdo como inútil. Él no podía convertirse en quien los demás deseaban que fuera. Además, para qué. En su familia estaban ya todos los papeles repartidos. Sus cuatro hermanos mayores dirigían la compañía familiar con buena mano. Henry Hamilton Schieffelin había renunciado hacía mucho a comprender el comportamiento de su hijo y su madre decía de él cosas misteriosas como: «El día en que conozca a la chica adecuada, cambiará». A lo cual a veces Bradhurst añadía por lo bajo, explotando de risa:

—Me pregunto si existen chicas con plumas.

Es decir, nadie esperaba nada de él, salvo que no entorpeciera los planes de los demás. De modo que Eugene se concentró en lo único que creía poder hacer a la perfección: no estorbar. Disponía de una asignación paterna más que suficiente para sus modestos propósitos y lo único que debía hacer para garantizarla era terminar aquellos estúpidos estudios, comportarse de un modo decoroso y, llegado el momento, procurarse una esposa. Ninguna de las tres cosas le costó un gran esfuerzo.

La primera vez que Eugene Schieffelin habló con Catherine Hall ella llevaba un par de alas a la espalda, porque iba vestida de Titania, la reina de las hadas de *El sueño de una noche de verano*. Eugene interpretó ese detalle como una señal del destino.

Ocurrió durante una fiesta en casa de los Hall. Por alguna extraña razón, allí se celebraba el cumpleaños de William Shakespeare. En un extremo del salón se había instalado una tarima a modo de escenario sobre la cual se leía: «Feliz 285 cumpleaños, Mr. Shakespeare». Era el 23 de abril de 1849. Catherine tenía diecisiete años y Eugene no llegaba a los veinte. Él había acudido a la fiesta arrastrado por Martha, quien solo un día antes le había dicho muy en serio:

—Si no vienes a verme actuar, dejaré de hablarte durante un año entero.

Martha era una de las protagonistas de la función. O sería más apropiado decir que era uno de los protagonistas, porque interpretaba un papel masculino, el de Teseo, el duque de Atenas. Cada vez que alguien le preguntaba por qué encarnaba a un hombre, ella respondía enfadada:

—¿Y por qué no? En época de Shakespeare todos los papeles femeninos eran interpretados por hombres. No veo por qué las mujeres modernas no podemos hacer lo mismo al contrario.

El elenco estaba formado por varios de los hermanos Hall y algunos primos, la mayoría con muy poco talento escénico. Martha era la única del equipo artístico que no formaba parte de la familia.

Eugene se sintió raro toda la tarde. Nunca había conocido a nadie que celebrara el cumpleaños de Shakespeare. Su relación con el gran dramaturgo era más bien escasa: un par de funciones escolares en el Trinity, en las que le asignaron —por el bien de todos— papeles secundarios, y las inevitables lecturas escolares de lo imprescindible: *Hamlet*, *Otelo*, *El rey Lear*... Sus sentimientos hacia Shakespeare oscilaban entre la costumbre y el aburrimiento, según los casos, y estaba lejos de formar parte de las hordas de devotos admiradores de su obra, a quienes algunos denominaban, con no poca guasa, bardólatras, y entre quienes sí se contaba su hermana Martha. Por si todo eso fuera poco, Schieffelin detestaba los eventos sociales. Nunca sabía qué decir cuando le presentaban a alguien, le acompañaba un temor constante de hacer el ridículo y, lo peor, cuando la reunión ya había terminado, las palabras que había dicho o había callado estaban horas o hasta días dando vueltas por su cabeza, atormentándole, recordándole sus limitaciones. Para él, lo más conveniente era quedarse en casa.

Antes de que comenzara la representación, Eugene se bebió dos copas de ponche para envalentonarse un poco. Salió a explorar el jardín trasero de la casa y lo encontró lleno de útiles de la función. El menor de los hermanos Hall le expulsó de allí a empujones. Tomó asiento. A su lado, dos adoradores del dios Shakespeare discutían acerca de si eran mejores las comedias o las tragedias. Uno de ellos afirmó que era imposible que un solo hombre concibiera una obra tan ingente y variada y se atrevió a sugerir que lo que todos conocían por William Shakespeare debió de haber sido en realidad un equipo de por lo menos una docena de personas. Su postura levantó protestas tan airadas que el señor Hall tuvo que pedirles que se tranquilizaran, puesto que los actores estaban esperando para empezar.

El público estaba formado por familiares, amigos y vecinos. En una fila lateral se sentaban los dueños de la casa, padres de más de la mitad del elenco. Un poco más allá estaba Joshua Ludlow, que por aquel entonces tenía una hermosa mata de pelo rubio sobre la cabeza y era muy amigo del primogénito de la familia, además de muy crápula y un auténtico encanto. Tenía veintisiete años y, por edad y circunstancias, estaba a años luz del tímido y retraído Schieffelin, a quien conocía de vista y de oído, y a quien procuró saludar solo de lejos para no verse en el compromiso de entablar conversación con él.

La función fue un gran éxito. Los intérpretes salieron a saludar seis veces antes de saltar del escenario y mezclarse con su público. Martha estaba tan eufórica que se bebió de un trago un gran vaso de ponche. Agarró a Titania de la mano y la llevó ante Eugene, que bebía en un rincón, solo.

—Este es mi hermano —le dijo—. Está un poco loco, pero es adorable. Hermanito, esta es Catherine. Te ordeno que la cortejes.

Eugene besó la mano de la reina de las hadas.

Ella correspondió con una reverencia afectada. Él pensó que ella era demasiado hermosa para él y ella pensó que él era demasiado serio para ella. Se pasaron la noche huyendo el uno del otro.

Fue un comienzo como otro cualquiera.

Un par de semanas después de la representación de *El sueño de una noche de verano*, Eugene Schieffelin se encontró por segunda vez con Catherine Hall, y Shakespeare volvió a estar de por medio. Martha y Catherine, fieles a su devoción, habían decidido asistir al estreno de *Macbeth* en el Astor Place. El rol protagonista lo interpretaba el cacareado William Charles Macready, quien contaba entre sus méritos el ser británico y de origen noble. La función no había hecho más que empezar cuando se desató una trifulca. Primero se oyeron bisbiseos entre el público, pero pronto los ánimos se encendieron y comenzó la riña. Afuera había una multitud dispuesta a linchar a los actores de la compañía, en especial al señor Macready. El instigador, según se supo más tarde, fue el actor, ya por entonces muy conocido por sus interpretaciones de roles shakesperianos, Edwin Forrest. Forrest había nacido en Filadelfia y estaba en lo más alto de su carrera. Sus partidarios no solo le defendían a él: creían defender también la dignidad del pueblo americano frente a la petulancia británica. El caso fue que Forrest acababa de estrenar su propio *Macbeth* tres calles más abajo, en el teatro Broadway. Y lo que habría podido ser un interesante duelo de interpretaciones se convirtió en una salvajada. Una multitud enfervorizada tomó el Astor Place la noche del estreno. La función tuvo que interrumpirse. Intervino el ejército para dispersar a los alborotadores. Los soldados abrieron fuego contra la multitud. Murieron veinte personas y otras cien resultaron heridas. Catherine y Martha escaparon por una de las puertas laterales del patio de butacas. Tuvieron suerte. Su palco estaba cerca de la salida. Eran jóvenes y tenían buenas piernas para correr. Cuando llegaron a casa de Martha, descompuestas, con los vestidos sucios y desgarrados, llorando del susto, Eugene se ofreció de todo corazón a ayudarlas. Les ofreció una bebida fresca, las tranquilizó con sus palabras pausadas y acompañó a Catherine a casa en el coche de la familia. Ella se lo agradeció de corazón. No quería volver sola, no quería volver a vivir jamás algo igual a lo de aquella noche. Se había asustado de verdad. En el camino de regreso vieron a lo lejos el Astor Place, todavía en llamas. Esa noche no podían saberlo, pero el teatro nunca volvió a abrirse.

Después de lo ocurrido, el interés de Catherine por Schieffelin aumentó. Ya no le parecía tan insípido, ni tan serio, ni siquiera tan esquivo. Le estaba muy agradecida por la ayuda que le había prestado en un momento tan difícil. Pensaba que no podría volver a ver *Macbeth* en toda su vida.

También Eugene se descubrió en ese tiempo pensando en Catherine a menudo. O lucubrando sobre qué ocurriría cuando ella se prometiera con otro. Una vez se atrevió a confesarle esos pensamientos a Martha:

—Pues si no quieres que se case con otro, pide su mano.

Pero Eugene no se decidía. ¿Para qué declararse? Estaba seguro de que una joven como Catherine nunca querría casarse con él. Mejor evitaba la ocasión de incomodarla y de ser rechazado.

Los Jacobs tampoco ayudaban. Soñó con ellos un par de veces en aquella época. En una de las ocasiones, le dieron consejos bienintencionados sobre cómo abordar a la señorita Hall, pero al despertar no era capaz de recordar ninguno. Otra, le regañaron con tal severidad que despertó hipando y con el corazón al galope. «Como sigas así, tendrás que renunciar a nuestro apellido. Si quieres ser un Schieffelin, compórtate como un Schieffelin», le dijeron.

Tuvo que ser Catherine quien tomara cartas en el asunto. Lo hizo, asesorada por Martha sobre la imposibilidad de un fracaso, durante la fiesta de Año Nuevo que los Hall celebraron en su casa y a la que Eugene, por supuesto, fue invitado. También en esta ocasión había ponche en abundancia, y la alegría y los buenos auspicios que siempre acompañan la llegada de un nuevo año. Comenzaba 1850. Ya habían dado las campanadas en el gran carillón y todos habían entonado el *Auls Lang Syne* cuando Catherine se acercó a Eugene y le dijo:

—¿Conoce la tradición que permite a las mujeres pedir la mano de los hombres al inicio de los años bisiestos?

—Pero el que entra no es año bisiesto —dijo él.

—Ah, ¿no? —Ella se mostró falsamente sorprendida—. Qué contrariedad. Entonces, olvide lo que acabo de decirle.

Y se marchó, dejándole sin energía para hablar ni para moverse.

Durante días estuvo dándoles vueltas y más vueltas a las palabras de Catherine. Al principio Martha le tomaba en serio y le daba buenos consejos, consejos de persona sensata. Luego se cansó de sus dudas y solo le decía:

—Eres tonto, Gynx. ¿Quieres hacer algo de una vez?

Pasó semanas de enorme y pasiva angustia. El asunto llegó a afectarle tanto que una de aquellas noches soñó con William Shakespeare. Tenía el aspecto, un poco intimidante, del famoso retrato de Chandos: rizada melena negra, frente tan despejada que era ya calvicie, pendiente en una oreja, como si fuera caracterizado de Shylock, el personaje de *El mercader de Venecia*. En cuanto le vio allí, y pensando que alguien de su autoridad sabría qué aconsejarle en asuntos del corazón, le preguntó que debía hacer con Catherine. ¿Le aconsejaba pedir su mano? ¿Tenía posibilidades de éxito?

El Bardo carraspeó, juntó las cejas, engoló la voz como si estuviera en el escenario, y respondió:

—Por instinto la bestia reconoce que no quiere alejarse el jinete de aquel que tanto ama.

—¿Y eso qué significa? —preguntó Eugene, más confundido que antes.

Shakespeare chasqueó la lengua, miró hacia el cielo y lanzó un suspiro de fastidio, como si pensara:

«Vaya, otro que no me entiende». Y añadió, antes de desaparecer:

—Que tenga un buen día.

Angustiado por este extraño sueño, y después de comunicar sus intenciones a sus padres —quienes se alegraron de que su hijo por fin hiciera algo útil—, la tarde del 2 de febrero de 1850 Eugene Schieffelin se presentó sin anunciarse en casa de los Hall y preguntó si el padre de Catherine podía recibirle. El señor Hall le escuchó con seriedad de esfinge durante un discurso que resultó demasiado largo y bastante tedioso y donde no se dijo nada que pudiera considerarse una auténtica novedad. Cuando el pretendiente al fin calló, Hall tomó la palabra:

—Por fin, Schieffelin. Mi hija y yo temíamos que no se decidiera usted nunca.

La boda se celebró dos años más tarde.

Intercambio

Nellie Bly está fascinada con las historias de los Schieffelin. De modo que estuvieron en los famosos disturbios del Astor Place. Ahora, cuarenta años más tarde, ya se sabe que aquello fue mucho más que el enfrentamiento de dos actores rivales que aspiraban a lo mismo: ser recordados como el mejor Macbeth. Fue también la vieja y envarada Inglaterra contra la nueva e ignorante América. El racismo y el fanatismo contra la novedad y el progreso. De algún modo, fue un anuncio de la guerra civil que estaba por llegar. Lo gracioso es que Shakespeare se viera involucrado.

—¿Qué pensaría él?, ¿se imaginan? —pregunta la reportera—. ¿Cómo vería todo este revuelo que se forma cada vez que alguien pronuncia su nombre? ¿No creen que se reiría de nosotros?

El comentario queda en el aire, pero nadie contesta. Quién sabe.

—¿Tienen ustedes hijos? —pregunta Nellie.

—No, por desgracia.

Nellie adivina que semejante brevedad esconde un dolor antiguo, ya cicatrizado, pero aún molesto.

Una de esas cicatrices que se hacen notar cuando cambia el tiempo. Mejor saltar a otra cosa.

—¿En qué parte de Nueva York pasaron la guerra?

La pregunta es demasiado descarada incluso para Nellie. Daniel se incomoda. Teme que sus anfitriones se molesten. Sin embargo, Catherine responde sin atisbo de enfado:

—En ninguna. La pasamos en Londres.

En esto los Schieffelin son como se esperaba de ellos, piensa Nellie. Ricos que utilizaron sus privilegios para escapar del infierno que tantos otros no pudieron evitar. La libertad valía, tiene entendido, trescientos dólares.

—¿Por qué Londres? —insiste ella, que nunca se cansa de preguntar.

—Adoro Londres —responde Catherine—. De niña viví mucho tiempo allí. Podríamos decir que es mi segundo hogar. A Martha también le gustaba. A Eugene le parece tolerable, una opinión mucho más positiva que la que tiene de la mayoría de las ciudades europeas.

—¿Tolerable? —repite Nellie.

—Londres es un buen lugar donde ver pájaros —explica él.

—Pájaros —repite de nuevo Nellie.

—Mi marido es ornitólogo.

—Ornitólogo.

—Sí. Aficionado.

Nellie arquea las cejas. Como si pensara: «No me diga, otra excentricidad de ricos». Para cambiar de tema y no terminar diciendo lo que no sería correcto en estas circunstancias, señala hacia la recua de elefantes de la repisa.

—Bonita colección.

—La colección es de mi esposa —explica Eugene—. Yo solo regateo con los anticuarios.

Nellie siente curiosidad. De dónde proceden, con qué criterio los compraron, cuál es el más valioso, cuánto podría costar si se pusiera a la venta, qué significado tienen las trompas hacia arriba o hacia abajo, si acaso tienen nombre, si es una colección terminada o en curso...

Tercia Daniel, que por fin ve la oportunidad de decir algo:

—La señorita Bly tiene que escribir un artículo sobre elefantes, ¿verdad, Nellie? —le sonríe, cómplice, a su amiga—. Uno que vive en el parque, justo aquí al lado.

—¡Claro, lo conozco! —salta Catherine—. Se llama Tip. Una antigua estrella del circo Forepaugh. Llegó en el transbordador *Pavonia* hace pocos días, y le hicieron desfilar por toda la Quinta Avenida, pobre animal —dice Catherine entusiasmada.

Su explicación sorprende a todos.

—¿Lo ha visto usted? —quiere saber Nellie.

—Aún no, pero es una celebridad. Los periódicos llevan días hablando de él.

Pero de pronto Catherine repara en algo y dice:

—Eugene, estamos centrando demasiado la conversación. Deberíamos dejar solos a nuestros jóvenes amigos.

Schieffelin está de acuerdo. Se levantan, se disponen a salir.

—No hace falta que se marchen —dice Nellie—, lo estamos pasando bien.

—Gracias, querida, es usted muy amable. Pero creo que ya la hemos acaparado bastante.

Ya están a punto de abandonar la sala cuando Nellie tiene una idea y, como suele, no espera para comunicarla:

—¿Quiere venir conmigo a ver al elefante, señora Schieffelin?

Catherine sonríe, encantada con la propuesta.

—Será un auténtico placer, querida. ¿Cuándo es la visita?

—Dentro de —Nellie consulta su reloj de bolsillo— cuarenta minutos.

—¡Dios santo! En ese caso, voy a rizarme el pelo.

Y salen dejando solos a Daniel y Nellie, convencidos de que contribuyen a una bonita historia de amor.

En cuanto se quedan solos, Nellie le dice a Daniel:

—¡Qué bien que haya aceptado! ¡Tengo que escribir un artículo sobre esta mujer!

En cuanto se quedan solos, Catherine le dice a Eugene:

—Gynx, escúchame. ¡Tienes que contratar a Nellie Bly como ayudante!

Velocidad
1852-1861

En los años anteriores a la guerra civil los Schieffelin estaban en plena edad reproductiva. De los jóvenes recién casados y de buena familia se esperaba que cumplieran lo antes posible con el mandato bíblico de reproducirse. Es decir, que perpetuaran el mundo al que representaban.

Los jóvenes de ese tiempo tenían muchas ganas de bailar y divertirse. Y eso era lo que hacían, en el salón alquilado del Delmonico's y mientras duraba la temporada, las suficientes veces para perder la cuenta. Los pocos que tenían salón de baile en su casa lo abrían un par de veces al año para recibir a sus congéneres. En esas veladas practicaban bailes nuevos, comentaban sus viajes por Europa y estrenaban ropa. La ropa tenía una importancia capital.

Por aquellos tiempos, las damas de posición recibían de París diez vestidos por temporada (dos de terciopelo, dos de satén, dos de seda, dos de popelín y dos de cachemir, por lo general) y los llevaban enseguida a la modista para que se los ajustara. Luego los guardaban durante, por lo menos, dos años, porque estrenarlos pronto se consideraba una vulgaridad, una muestra de impaciencia o de necesidad intolerables. Con ello hacían suya a la perfección aquella máxima que dice: «Toda elegancia es antigua». El número también era importante. Había que tener trajes para la ópera, para las cenas tempranas, para las cenas normales, para los paseos de mañana y de tarde y para las ocasiones especiales. Y chales, por supuesto, cuantos más chales mejor, finos, gruesos y de entretiempo, en colores neutros combinables con todos los modelos. Eran también los tiempos de las capelinas de tafetán adornadas con plumas de avestruz, de los sombreros de satén tocados de marabú y pedrería y de otros muchos excesos que todas codiciaban. La primera vez que Eugene Schieffelin vio salir una de aquellas cosas con plumas de un baúl, quedó tan horrorizado que le dijo a Catherine:

—¿Sabías que un precioso pájaro murió para que tú puedas lucir este sombrero espantoso?

Al principio los Schieffelin formaron parte de este grupo. No era fácil sustraerse a los mandatos de la sociedad cuando eras joven y no había nada mejor que hacer. Hasta que comenzó a ocurrir lo inevitable. En las reuniones comenzaron a aparecer embarazadas. Era fácil distinguirlas del resto porque estaban siempre en un rincón, abanicándose frenéticamente. Poco después cedieron el paso a un nuevo arquetipo femenino: la madre reciente y angustiada por haber tenido que separarse de su bebé. Las conversaciones se inundaron de pañales, nodrizas, horas de sueño, tendencias de moda infantil y trucos de crianza. Los Schieffelin se quedaron sin nada que decir.

Llegó luego para ellos el turno de las preguntas, de las intromisiones. Todo el mundo se creía con derecho a saber por qué ellos no. Por qué eran en eso diferentes al resto. «¿No tienes nada que decirme, querida?», le preguntaba a Catherine su suegra, Theresa Schieffelin, en mitad de unas comidas horribles repletas de sobrinos de todos los tamaños. Ella sonreía, prudente, y rezaba por no tener que dar explicaciones. Henry Hamilton hizo lo propio con Eugene. «¿Estás seguro de estar haciendo todo lo necesario?», le preguntó. Se oían historias de matrimonios blancos, es decir, no consumados, a veces por negligencia y a veces por ignorancia, y los padres debían encargarse de prevenir a sus hijos ante las nuevas contingencias, del mismo modo que las madres debían hacer lo propio con las hijas.

También había hermanos entrometidos, como Bradhurst, quien fiel a su capacidad innata para resultar desagradable les soltó:

—Deberíais ir de viaje a algún lugar idílico. Aunque, conociendo a Eugene, seguro que se pasaría el tiempo buscando pájaros.

Fueron a un médico. Lo primero que hizo fue avergonzar a Catherine al preguntarle, tras quitarse las gafas y mirarla a los ojos:

—¿Facilita usted las cosas lo suficiente, querida? ¿Cree que su esposo tiene motivos para quejarse de usted?

Eugene saltó de inmediato:

—Ninguno en absoluto. Y espero que Catherine tampoco los tenga para quejarse de mí.

—Bien, bien —prosiguió el facultativo—. Es necesario conocer algunos detalles, digamos, particulares. A menudo las parejas creen estar viviendo una normalidad, cuando en realidad están alejados de ella. Comenzaremos por la frecuencia. ¿Cada cuánto, aproximadamente, intiman ustedes?

El médico estaba preparado para tomar nota. Los miró fingiendo interés científico. Eugene y Catherine se miraron, a su vez, tratando de decidir quién respondía a la pregunta. Como Eugene siempre era más lento, fue ella:

—Unas siete veces. En ocasiones, más. —Eugene asentía con la cabeza, confirmando el dato—. Algunas, han sido seis.

—Entre seis y doce —concluyó Schieffelin, tratando de clarificar la respuesta.

—Entre seis y doce —repitió el médico mientras apuntaba—. ¿Al mes? ¿Al año?

Catherine y Eugene se miraron perplejos.

—No, no —dijo ella.

—A la semana, naturalmente —añadió él.

El médico los miró sin creerlos.

—¿Mantienen ustedes relaciones íntimas entre seis y doce veces a la semana?

Se encogieron de hombros casi al mismo tiempo.

—¿Qué ocurre, doctor? ¿Está mal? —La voz de Eugene sonaba angustiada—. ¿Debería ser más?

—No, no, no se apuren —siguió el facultativo—. La frecuencia es suficiente.

Después de analizar también otros aspectos, y sin saber qué decirles a sus jóvenes pacientes, el médico prescribió una alimentación especial sin carne, curas de tranquilidad, pastillas para los nervios y un viaje a las cataratas del Niágara, pero nada funcionó.

—Dios debe de tener otros planes para nosotros —intentaba resignarse Catherine—. Nada ocurre sin razón.

Tuvieron suerte de contar con la amistad de Ludlow y Margaret, y también con el apoyo incondicional de Martha. Formaron así un grupito de personas sin hijos, es decir, dueños de sus vidas, a quienes los demás miraban con conmiseración, aunque a ratos los envidiaban.

Las cosas cambiaban a toda prisa, como las modas que llegaban de Europa, y las novedades traían emociones. El primer viaje en tren, con ropa especial para protegerse de la carbonilla y un brebaje dulzón que prevenía de los mareos que ocasionaba la velocidad —¡iban a veinte millas por hora!—; el lujo de los nuevos buques transatlánticos, del que todos hablaban; la extraña magia del telégrafo, capaz de transmitir un mensaje en segundos al otro extremo de un mundo que comenzaba a llenarse de cables kilométricos y, por fin, el digno colofón a una época de sorpresas, la electrificación del bajo Manhattan. El día irrumpiendo en mitad de la noche. Nunca más ninguna generación asistirá a prodigios semejantes.

La ciudad también se extendía, como un animal que se despereza. Ya les costaba reconocer las anchas avenidas de tierra y casas bajas de su infancia, los amplios espacios donde pastaban las vacas o corría un riachuelo. Ahora todo era tráfico, suciedad y boñigas de caballos. Pero también luminarias en las fachadas de los teatros, grandes compañías llegadas de Londres, magníficas cenas en su reservado del Delmonico's. Habrían podido, de estar más atentos, reconocer que se trataba de un último estertor. Un momento crepuscular.

Y como tenían tiempo y curiosidad, no se perdieron ni una sola de las novedades. Se sabían parte de una generación afortunada por poder contemplarlas.

El día en que se inauguró el Palacio de Cristal, los Schieffelin, los Ludlow y Martha estaban allí. Entraron por una puerta especial destinada a las personalidades y ocuparon un palco frente a la exhibición de la tarde. El edificio era espléndido: una construcción inmensa de vidrio y hierro rematada por una cúpula transparente de cien pies de ancho sobre la que ondeaban las banderas de docenas de países. Ocupaba un terreno junto al depósito de agua y replicaba a su hermano londinense, el deslumbrante Crystal Palace que solo tres años antes había maravillado al mundo. Solo que este, como era americano, tenía la obligación de ser más grande. Junto a él se elevaba una torre que durante un breve espacio de tiempo fue el punto más alto de la ciudad, el observatorio Latting, en el que Eugene Schieffelin no dejaba de pensar mientras ante sus ojos se desplegaba un curioso espectáculo.

Actuaba un hombre llamado Elisha Graves Otis. Apareció ante el público con frac y sombrero de copa y se encaramó a una plataforma colgante que aguardaba en mitad de la escena, sujeta con complejas poleas. Dijo haber patentado un sistema de su invención que cambiaría la fisonomía de la ciudad. Según él, su sistema impedía «de forma totalmente garantizada» que los ascensores cayeran al vacío, y eliminaba por completo los accidentes, hasta entonces tan comunes. Terminó afirmando que gracias a él y su invento, todo el mundo perdería el miedo a viajar en ascensor. Y a continuación hizo una demostración. Cortó la cuerda que sujetaba la plataforma, la concurrencia ahogó un chillido, la plataforma bajó unos centímetros, pero quedó detenida, sujeta, a salvo, y el señor Otis recibió una enorme ovación e hizo una teatral reverencia. Por supuesto, nadie creyó que aquello fuera cierto, a pesar de que él repitió su demostración una vez cada hora durante las veinticuatro siguientes. Y para cuando su sistema cambió la ciudad y la llenó de edificios altísimos con ascensor, habían pasado tantas cosas que ya nadie se acordaba de aquella tarde en el Palacio de Cristal. Además, Otis había muerto, poco después del espectáculo que acabamos de describir, a los cuarenta y nueve años y sin haber subido nunca más arriba de un sexto piso.

Para Eugene, lo auténticamente remarcable de aquella tarde fue subir al observatorio Latting en compañía de Ludlow. Esperaron a que no estuviera muy concurrido —es decir, al anochecer— y esquivaron la pequeña multitud que se arracimaba en el mirador. Ludlow disfrutó mucho con las vistas. Queens, Staten Island, la aguja de la Trinity Church... Schieffelin buscó un lugar discreto y volvió la vista hacia el cielo. Quienes coincidieron con él le miraron con extrañeza. Un hombre joven —tenía entonces veintisiete años—, quieto, solo, que nada más se movía para apartarse el pelo de la cara, con la vista vuelta hacia el oscuro infinito. Más de uno le creyó un loco. Él obtuvo su recompensa: martinetes comunes, picogordos, carboneros, petirrojos... Y esa sensación de estar fuera del mundo de los humanos que tanto le gustaba. Cuando a finales de agosto de 1856, a inicios de la gran migración otoñal, el observatorio Latting se derrumbó, devorado por las llamas de un incendio provocado, nadie en la ciudad lo lamentó más que Eugene Schieffelin. En cierto modo, fue un aviso. Un vaticinio funesto de lo que estaba por llegar.

Pocos años más tarde estalló la guerra. Se anunciaba en las conversaciones, en los debates, en los ánimos de todos, desde hacía un tiempo. Sus compatriotas se dividieron de la noche a la mañana entre quienes se aferraban a lo de siempre y quienes ansiaban lo nuevo. Por todas partes se hablaba de libertad, de justicia, del color de la piel, de la necesidad de hacer cambios o de oponerse a ellos. Schieffelin no era aún tan mayor —tenía treinta y cuatro años—, podría haber defendido a la Unión en el frente. Se reclutaban hombres de hasta treinta y ocho, pero todos conocían muchos casos de valientes en sus cincuenta y hasta en sus sesenta que se habían alistado por propia voluntad. Sin embargo, el ardor guerrero de Schieffelin era escaso y su fortuna, notable. Decidió pagar los trescientos dólares que le eximían de ir a filas y se embarcó rumbo a Inglaterra con su mujer y su hermana. Eligieron Londres, que era, de todas las ciudades europeas, la preferida de Catherine y también en la que tenía más amigos. Schieffelin puso como condición alojarse en el hotel Langham, porque no soportaba vivir en casa de nadie. El Langham era de los pocos lugares de la capital inglesa donde la comida, el servicio y la comodidad de las camas le permitían olvidar de vez en cuando que no estaba en su casa.

Allí estuvieron unos cuantos años, en una espera entretenida y lujosa, pero no por ello exenta de preocupaciones. Cuanto más tiempo pasaban en el otro lado del Atlántico, más se preocupaban los Schieffelin por lo que encontrarían al regresar. Qué y quiénes habrían sobrevivido, cuánto se habría perdido para siempre, si reconocerían acaso su hogar entre las ruinas del desastre.

Cuando al fin llegó el momento de regresar, descubrieron que el mundo del que habían salido ya no existía. Y que debían adaptarse al nuevo si no querían convertirse en expatriados para siempre. Expatriados en su propia vida.

ABRAMOS AQUÍ OTRO PARÉNTESIS
PARA METER EN ÉL A EDITH,
LA TARTA DE MANZANA,
LAS AMIGAS SINDICALISTAS,
UNAS CUANTAS MONJAS Y
ALGUNOS CUROS BUENOS.

—¿Quién, yo? ¿En serio quiere que le hable de mí? Qué ocurrencia. Yo soy Edith Anne Kelleher, señorita, hija de Samuel Kelleher, de Tulsk, condado de Roscommon, para servirla a usted y al buen Dios.

»¡Huy! ¡Muy joven! Casi una niña. Cumplí diecinueve años en mitad del océano, figúrese, en la navegación que me trajo hasta aquí. Ahora tengo cuarenta y tres o cuarenta y cuatro, siempre pierdo la cuenta. Llevo en este país más de media vida, ya lo ve. Cuando llegué no había visto otra cosa que vacas, prados verdes y lluvia. Ahora los míos se reirían de mi acento americano y de mis modales. Qué lástima no ser de ninguna parte, ¿verdad?

»Fue por la miseria, claro. En mi casa pasaban hambre hasta las ovejas, pobres bichos. Yo era la mayor de seis hermanos. Pastoreaba, ordeñaba, cuajaba quesos, ayudaba a nacer a los animales, removía el *porridge*. Iba a la escuela tres veces por semana y a misa todos los domingos. Privaciones, frío, un tiempo de mil demonios. Esa era mi vida. Esa hubiera sido para siempre si mi madre no me hubiera dicho: "Márchate, Edith Anne, márchate a América y ayúdanos a criar a tus hermanos". En aquella época lo que mandaba una madre era como si lo mandara Dios, ¿sabe usted? Así que le hice caso. Con los ojos llenos de lágrimas y un nudo en el corazón, porque sabía que me iba para siempre.

»Si ayudé, pregunta. Pues claro que ayudé. Durante años le mandé a mi madre todo lo que gané. Una carta cada mes llena de dinero. Todo para ellos. Había mucha necesidad. Y era mi obligación. Escribí muchas cartas, muchas, en aquellos años. Le contaba todo a mi pobre madre, que nunca me contestaba porque ella no sabía escribir. Yo sí, las chicas de mi pueblo aprendimos todas, ¿sabe usted? Por entonces había en Irlanda unos sacerdotes buenos que enseñaban lo esencial a los hijos de familias pobres, no importaba que fueran varones o hembras. Todas las irlandesas sabíamos leer y escribir. Fue raro, porque cuando llegué aquí me di cuenta de que las chicas alemanas no sabían. Las italianas, tampoco. Eso nos hizo sentir importantes. Como si fuéramos más listas.

»Sí, sí, lo recuerdo muy bien. Lo primero que vi al bajar del barco fueron unas monjas. Qué susto, parecían cuervos, y en mi país los cuervos no le gustan a nadie. Nos conocían sin necesidad de escucharnos. Debíamos de llevar el hambre y la miseria escritas en la cara. "Niña, ven con nosotras", me dijeron, "te daremos comida caliente y una manta donde dormir. Pórtate bien, niña, y no te pasará nada, nosotras vamos a ayudarte."

»¿La ciudad? ¿Quiere que sea totalmente sincera? Un estercolero. Eso es lo que me pareció. No hacía más que preguntarme si me habrían engañado, porque a mí me habían pintado Nueva York como el jardín del Edén, pero sin serpientes. Luego me acostumbré, ¿sabe?, las personas nos acostumbramos a todo, nuestras narices se hacen al estiércol, y hoy por hoy me parece hasta un lugar agradable. Bonito no, eso nunca. Sucio, ruidoso, maloliente... pero agradable. ¿Usted no piensa lo mismo?

»Lo primero que me preguntaron las monjas: "Y tú, niña, ¿qué sabes hacer?". Contesté al punto: cuajar quesos, preparar *porridge*, despabilar una vela, ayudar a parir a una vaca y alinear la pata quebrada de un ternero. No le dije que según mi abuela el *porridge* hay que removerlo siempre con la mano derecha, porque hacerlo con la izquierda convoca a los malos espíritus. Nada de todo eso te sirve aquí, me dije, olvídalo, olvida lo que te han enseñado, el olvido es a veces un buen método de aprendizaje. Las monjas me mandaron a la escuela. Pasé un mes allí. Me enseñaron a planchar, a coser, a lavar ropa buena, a poner la mesa y a saludar como es debido. A mi madre le escribí contándole que estaba buscando trabajo, que todo iba despacio. Para ella habría sido una vergüenza saber que lo que me había enseñado durante toda su vida no servía para nada en América. A mi madre esta ciudad le habría parecido el infierno. Yo nunca le conté nada en mis cartas. Ella siempre me creyó instalada en el jardín del Edén.

»Oh, sí, señorita, muy útil, claro que sí, las monjas fueron buenas conmigo, se lo aseguro. Gracias a ellas conseguí mi primer empleo, en una casa donde la señora estaba loca y había siete niños. Eran católicos, eso sí. Fue lo primero que le conté a mi madre. No ganaba mucho dinero. La señora decía que me pagaba poco porque no sabía hacer nada y comía mucho. A veces me llamaba "sucia irlandesa". Una vez me llamó holgazana y le contesté. "Ah, no, señora, eso sí que no". "¿Te atreves a llamarme mentirosa?", gritó, fuera de sí, y me dio una bofetada. Sí, sí, como lo oye. Entonces no existían sindicatos, ni había nadie a quien quejarse. Las monjas siempre las defendían a ellas, a las señoras, aunque fueran malas como el demonio, sobre todo si eran de las que todos los años donaban una buena cantidad a la parroquia. Nosotras no teníamos nada. Si protestábamos, perdíamos el empleo. Yo no podía permitírmelo, ¿sabe? Mi madre esperaba mis cartas todos los meses. Qué cree que hice. Aguantar, claro. Cinco años, en aquella casa de desequilibrados. El señor había luchado con los Confederados en la guerra y cojeaba de una pierna. De pronto un día se marchó y no supimos más de él. Se rumoreaba que se había ido a Carolina del Norte con otra mujer, pero quién sabe. La guerra volvió loca a la gente de este país. Algunos disimularon, otros no fueron capaces, nadie volvió a ser el mismo. Y yo perdí mi empleo, claro.

»No me quedó más remedio que volver a la parroquia. Recurrí de nuevo a las monjas. Y fue allí donde me hablaron por primera vez de la señora Schieffelin, Dios la bendiga. Ella y el señor Schieffelin acababan de regresar de Europa y buscaban una chica que no fuera muy joven ni muy inexperta. Las monjas llevaban días buscando a la criada ideal pero les costaba dar con ella. Así, entre usted y yo, le diré que a algunas de mis amigas les habían ofrecido el trabajo antes que a mí y que lo rechazaron. Los Schieffelin les daban miedo. Tenían fama de raros, de diferentes y luego estaba todo aquel asunto de los pájaros. ¿Usted conoce a mucha gente que vuelva de Europa con un cargamento de aves? La gente no quería poner los pies en esta casa. Y yo, lo reconozco, me lo pensé dos veces. Ya había tenido bastante con una ración de locos, para qué iba a correr hacia la segunda.

»Todo gracias a la madre Agnes. Había sido muy buena conmigo cuando llegué. Fue ella quien me dijo: "Hay un matrimonio rico y honorable que busca criada, pero no puedo enviar allí a cualquiera. Necesito a alguien que no se espante ante la primera excentricidad. He pensado en ti, Edith. Tú estás hecha a todo". "¿Cuál es el problema?", pregunté, alarmada por las palabras de la madre Agnes. "Ninguno, en realidad. No tienen hijos. Él es aficionado a los pájaros." "¿A los pájaros? ¿Qué significa? ¿Se los come?" "Los estudia, según parece." "Ah. ¿Nada más?" No me parecían aquellos motivos suficientes para temer a nadie. La monja me dijo: "Dios quiera que no". "Bueno", dije, "me hubiera gustado más una casa con niños. Pero si usted necesita que vaya a casa de estos señores Schieffelin, no tengo inconveniente." La madre Agnes cerró los ojos y soltó un suspiro prolongado. "Dios te lo pague, Edith. Ahora mismo te escribo una carta de recomendación."

»No le voy a negar que me moría de la curiosidad. ¿Cómo sería aquella casa en la que otras se habían negado a entrar? Mis amigas, las mismas que rechazaron el trabajo, me pedían que les contara todo lo que ocurría entre sus cuatro paredes. De pequeña mi madre solía decirme: "Eres como los gatos, siempre tienes que husmearlo todo". Y a veces también me decía: "Cuidado, Edith, la curiosidad mató al gato". Mi curiosidad y yo llegamos a esta casa un martes por la tarde. Los señores hacía una semana que habían vuelto de Londres, pero la mayoría de los baúles seguían sin abrir y estaba todo patas arriba. En el jardín había mucha gente, todos tomando limonada y riendo. También había muchas jaulas con pájaros, no sé cuántas, por lo menos veinte o treinta. Los pájaros cantaban, las personas reían, el ambiente era de fiesta. La señora Schieffelin fue quien me abrió la puerta. "Perdone el alboroto, querida", me dijo al hacerme pasar, "llevábamos demasiado tiempo sin ver a nuestros amigos, y aunque hayamos tenido que regresar por circunstancias tristes, nunca habíamos estado más seguros de nuestras razones para estar en casa." Las circunstancias tristes a las que mi nueva señora hacía referencia eran la muerte de su suegro, ocurrida pocas semanas antes de lo que estoy contando. El pobre hombre había fallecido a una edad tan avanzada que a nadie le pareció una tragedia, y había dejado una herencia que convenía atender. Años más tarde la señora me confesó que le estaba muy agradecida a su padre político, porque de haber vivido un poco más, tal vez ellos habrían terminado, como tantos otros, por no regresar nunca. Qué serpenteantes son a veces los caminos del Señor, ¿no le parece?

»Lo primero que pensé de la señora Schieffelin

fue que iba bien vestida para no tener criada. Le dije mi nombre y quién me enviaba y le entregué la carta de recomendación que me había escrito la madre Agnes. "Espero que no se asuste por cómo está todo", dijo ella, abriendo el sobre, "me temo que soy muy mala ama de casa." Leyó la carta, la dobló, me sonrió con esa naturalidad tan suya y me dijo: "No sabe lo contenta que estoy de tenerla con nosotros, Edith. Venga, le mostraré su cuarto".

»No esperaba un cuarto tan espacioso, ni con luz natural. Tampoco una cama tan bonita, con cabecero y todo, ni que la señora me dijera: "Tómese el tiempo que necesite para acomodarse, Edith, pero baje dentro de media hora. Lo que va a ocurrir abajo va a merecer la pena", y desapareció. Me dejó muy intrigada. No necesitaba mucho rato para colocar mis pocas cosas en el armario, que olía a espliego. Desde allí oía las risas que llegaban del patio, y también los cantos de los pájaros. No entendía qué hacían allí, pero me gustaba escucharlos. Reparé en que casi nunca en mi vida me había detenido a escuchar a los pájaros. Fue entonces cuando me di cuenta de que Dios me había premiado.

»Sí, sí, querida, eso es lo que he dicho. Dios me premió. Eso es lo que pensé, y lo que sigo pensando después de veinte años. ¿No ha conocido ya a la señora Schieffelin? Entonces ya sabe que es un ángel. No es católica, pero de eso no le dije nada a mi madre. No le hubiera gustado. A mí me costó un poco acostumbrarme, también. No comprendía cómo unas personas tan buenas podían estar tan equivocadas. Hasta que me dije: "¿Para qué quieres comprenderlo todo, Edith Anne? ¿No serías más feliz si te hicieras un poco la tonta? Además, ¿no es buena contigo? ¿No dice Dios que hay que amar a los demás? Pues ya está, para qué darle más vueltas".

»Mire, lo cierto es que yo no quería bajar. ¿Sabe lo que también me decía siempre mi madre? "No vayas nunca a donde no debas estar." Un consejo que he seguido siempre al pie de la letra, señorita. Salvo en aquella ocasión. Al fin y al cabo, me pareció feo no hacer lo que mi nueva señora acababa de decirme, así que bajé y salí al patio. Allí estaban los amigos de los señores, diez o doce, entre ellos aquel poeta famoso al que luego le erigieron una estatua. También estaban la señorita Martha y la señora Schieffelin. Todos concentrados en algo que parecía a punto de ocurrir. La señora sostenía una campanilla en la mano, y cinco de los hombres se habían acercado a las jaulas. A un toque de la campanilla, todos comenzaron a abrir las portezuelas para dejar salir a los pájaros. Yo contuve la respiración procurando no hacer ruido. Algunos pajaritos escaparon enseguida, revolotearon un poco por el jardín y emprendieron el vuelo hasta perderse de vista. Otros, más tímidos, solo consiguieron salir después de varios intentos. Y a cada uno que emprendía el vuelo más allá del jardín estallaba una ovación entre los presentes. Yo también aplaudí, aunque procurando no hacerlo más fuerte que mis nuevos señores para no molestar a nadie. Hay gente a quien no le gusta que las criadas estemos presentes, y menos sin hacer nada. Fue hermoso ver cómo se alejaban los pájaros, libres. Y más aún cuando la señora Schieffelin me contó que los habían traído de Londres y que fueron el regalo de una princesa o una condesa o qué sé yo, a veces no comprendo las cosas o las comprendo al revés.

»¿Qué quiere usted que yo pensara? ¡Nada de nada! Yo no nací para pensar, señorita. Además, no soy quién para opinar si los señores son raros o no lo son. Lo de los pájaros no me pareció normal, pero tampoco malo. Además, la señora Schieffelin me trató bien desde el principio. Me ofreció un buen sueldo. Aquí tengo un cuarto decente. Se respetan mis dos tardes libres. Nunca me han criticado ni han hablado mal de mi familia (eso no lo perdono, ¿sabe usted?). No me limitan la comida, como en la otra casa en que estuve. Bueno, solo tiene usted que verme, ¿cree que estos muslos y esta barriga son fruto de las privaciones? La señora Schieffelin es generosa en mi asignación y no escatima tampoco en los gastos de la casa. ¡Pero si como yo mucho más que ellos! ¿No los ha mirado? Si parecen dos arenques. Perdone, lo retiro, eso ha estado mal, lo sé, a veces esta vieja tonta pierde un poco la cabeza. ¿Me decía?

»No, no, no. Yo no necesito sindicatos. Tengo amigas afiliadas, claro, pero no creo que... ¡Pues claro que sé para qué son! Y no critico a nadie. Solo digo que no son para mí. Ustedes, los jóvenes, creen que todo se soluciona pegando voces. Y lo respeto, se lo juro. Que vaya al sindicato quien lo necesite, lo mismo que a las manifestaciones. Mis amigas son de esas, de las que gritan por todo. A mí déjenme ustedes en paz. A mí el trabajo no me achanta. Sí, sí, claro que soy la última en acostarme, como debe ser.

Para eso ellos son los señores y yo soy la criada. Pero debe saber que en esta casa el primero en levantarse es siempre el señor Schieffelin. Y bien temprano, Dios bendito, se lo aseguro. Mucho antes que yo. Le dejo su botella de Jerez preparada, porque le gusta tomarse una copita todas las mañanas, antes de salir. Según él, el Jerez le evita contraer todo tipo de enfermedades. Cada cual con sus creencias si no ofenden a nadie. Primero se cepilla el pelo con sus dos cepillos de plata, uno en cada mano, y se perfuma a conciencia. Deja en la cocina un olor a gloria divina que se reconoce al instante, por eso nada más entrar ya sé que el señor Schieffelin ha estado aquí, en fin, ¿no es raro?, yo no he conocido a un hombre más limpio en la vida.

»Claro, señorita, volvamos a mí, si eso es lo que quiere. No, no, por desgracia ya no me queda nadie. Los Schieffelin son toda mi familia. Ellos y mis amigas, claro. Sí, sí, todas irlandesas y católicas, claro. Mi madre hace ya mucho que murió. Mi padre había muerto antes. Me costó mucho acostumbrarme a pensar en ellos como en dos muertos. Porque a los muertos, señorita, hay que acostumbrarse. Durante un tiempo más aún estuve mandando la mitad de mi paga a mis hermanos menores, por costumbre, por responsabilidad, qué sé yo. Hasta que de pronto un día eché cuentas y reparé en que el más pequeño de mis hermanos tenía ya treinta años cumplidos y me dije: "Edith Anne, ya es hora de que pienses en ti". Desde entonces ahorro todo lo que gano. Por fortuna, aquí no tengo gastos, es lo bueno de este trabajo, ¿sabe? Voy guardando para el día en que la señora ya no me necesite, que Dios quiera que tarde en llegar. ¿Qué pienso hacer? Pues quisiera alquilar una casita en alguna calle sin pretensiones y vivir tranquila, invitando a mis amigas a tomar té con *porridge*, hasta que me llegue la hora. Pues sí, señorita, ese es mi sueño, ¿qué le parece? Puede que a usted le parezca poca cosa, pero así funciona el mundo, supongo: con lo que a unos no les sirve, otros tienen para vivir con holgura.

»Y, en fin, señorita Bly, que deberíamos dejarlo ya. No es que me molesten sus preguntas. Es que se acerca la hora de encender el fuego y no quiero faltar a mis obligaciones, ¿sabe? Nunca había conocido a nadie que quisiera saber tantas cosas, por amor de Dios, no sé cómo tiene usted cabeza. Pues qué quiere que haga ahora. Lo mismo de cada día. Hornearé una tarta de manzana. Utilizo recetas de mi madre, ¿sabe? Lo único que pudo dejarme en herencia. Siempre que las hago me acuerdo de ella, honro su memoria, y rezo un padrenuestro delante del horno, y pienso que se sentiría orgullosa de que sus tartas gusten a los neoyorquinos.

»Jesús, María y José. ¡Cómo que un artículo! ¿Cómo va a poner todo esto que yo le he dicho en una página de su periódico? Dios bendito, no, no y mil veces no. Yo creía que usted preguntaba por curiosidad o por simpatía, o qué sé yo. No creía que estuviese sonsacándome. ¡Le digo que no, señorita! ¿Qué interés puede tener lo que le acabo de contar? Le juro que no quiero que escriba sobre mí. Escriba usted de mi señora, ella sí hace cosas que merecen la pena. O sobre el señor, o sobre el doctor Ludlow.

A mí déjeme tranquila. ¡Y ni se le ocurra decir que mis amigas están en el sindicato! ¿Quiere que me retiren la palabra? ¿Que sea una vieja con gato que come *porridge* sola? Ande, márchese ya, por Dios bendito, que la señora la está esperando y es feo hacer esperar. Vamos, vamos, salga ya de mi cocina y olvide todo lo que le he dicho. Jesús y María, qué dolor de cabeza y qué criatura tan indiscreta, nunca había visto nada igual.

Tip

La visita al zoológico se convierte para la señora Schieffelin y su admirada Nellie Bly en algo más que un entretenimiento. Caminan agarradas del brazo, como dos viejas amigas, hasta la misma puerta del lugar, donde un grupo de caballeros muy bien vestidos espera para entrar a ver al elefante. Todos levantan sus sombreros al ver a las señoras. Nellie suscita alguna mirada incómoda, a la que está acostumbrada y que la presencia de Catherine apacigua. Entre los caballeros está uno de los dibujantes del *World*, dispuesto a dejar memoria gráfica de cuanto aquí ocurra.

El cuidador se llama Snyder y pasa por ser el hombre que más sabe de paquidermos de todo el país. Los guía en la visita hasta la diminuta jaula donde espera el imponente animal, encadenado por una pata al suelo y sin apenas espacio para moverse.

—Les presento a Tip —dice Snyder, señalándolo.

Nellie pregunta:

—¿Por qué está atado?

Los caballeros disimulan una sonrisita condescendiente. También Snyder.

—Es una bestia salvaje, señorita, puede perder el control en cualquier momento.

—¿A qué se refiere con perder el control? —Nellie ha sacado su cuaderno y toma notas a toda velocidad.

Miradas entre los caballeros, como si supieran la verdad de un asunto obvio que la joven reportera ignora.

—Se conocen no pocos casos de elefantes que han atacado a sus cuidadores, señorita, incluso provocándoles la muerte —tono pedagógico ligeramente enojoso—. Comprenda que no podemos correr riesgos. Piense que a partir del próximo fin de semana muchos niños vendrán a conocer a Tip.

—Si a mí me tuvieran atada de ese modo también querría matarle, señor Snyder.

Catherine reprime las ganas de soltar una carcajada, y no es la única. Incluso los soberbios caballeros han tenido que disimular. No todos. Snyder finge que no ha oído nada.

—¿Alguna pregunta? —inquiere, mirando a su público.

Nellie toma la palabra:

—Tengo entendido que este animal formaba parte de la *troupe* del circo Forepaugh. Supongo que, siendo usted un experto, conocerá los métodos de entrenamiento que se utilizan en esos lugares, y sabrá que no son precisamente agradables con los animales. ¿No puede eso haber influido en su carácter? En el mío habría influido, desde luego.

Deben reconocer que la muchacha argumenta bien y que no se avergüenza de hacerlo. Si los prejuicios se lo permitieran, puede que incluso les resultara agradable.

—Yo le supongo a usted emociones algo más elevadas que las de un elefante, señorita. —La risa, más o menos disimulada, recorre el grupo, Snyder levanta la barbilla, se agarra las manos, no mira a Nellie—: ¿Alguna otra cuestión?

—¿Puedo tocarlo?

La pregunta parece más propia de Nellie, pero la ha formulado Catherine. Nadie podía imaginarlo. Una dama de su edad y posición con estas ocurrencias. Snyder vacila. Los caballeros se miran inquietos. Varios de ellos están pensando que si estas dos mujeres tan distintas salen juntas es porque algo en común deben de tener.

Snyder responde, cortante:

—No se lo recomiendo, señora.

—Lo suponía. —Catherine se quita un guante.

Snyder, urgido, viendo que la señora no obedece:

—Debo advertirle que actúa bajo su completa responsabilidad. Yo me lavo las manos.

—Gracias por la advertencia —prosigue Catherine, divirtiéndose, y mira a los demás—. Ustedes son testigos, caballeros, de que la locura es solo mía. El señor Snyder ha tratado de disuadirme.

Nellie sonríe, divertida también. Se produce un silencio expectante, impresionado. La mano de Catherine es el punto donde convergen todas las miradas. Penetra entre los barrotes, se posa sobre la trompa de Tip, la acaricia con suavidad. Ambos, dama y elefante, parecen sorprendidos. Qué curioso tocar y que te toque un animal tan diferente. Se miran a los ojos, en silencio, aunque está oscuro y es difícil saber con precisión hacia dónde mira el otro. El dibujante del *World* garabatea a toda prisa en su cuaderno. No tiene mucha experiencia en elefantes, y Tip le ha salido más orondo y paticorto de lo que es en realidad. Catherine retira la mano. Se pone el guante. Se vuelve hacia Snyder y le dice:

—¿Lo ve? No ha ocurrido nada. Sigo viva.

Snyder no sabe cómo dar salida a su nerviosismo. Se despide, dice que tiene mucho que hacer, invita a los presentes a volver cuando gusten. A Nellie no le dirige más la palabra. Tal vez piensa que todo esto es culpa suya.

Las dos mujeres se agarran de nuevo del brazo y salen de allí. Están deseando quedarse a solas para hablar de lo ocurrido, de lo asustadizos que a veces resultan los hombres, de lo que sufren cuando tropiezan con una mujer que se comporta de un modo distinto al que esperan. Ambas disfrutan de su mutua compañía y de algún modo confirman que no existen en el mundo dos mujeres, por distintas que sean, que no hallen satisfacción en criticar al sexo contrario.

Nellie y Catherine pasean por el parque a placer. Hace frío, pero lo ahuyentan caminando a buen paso.

—¿Tiene usted tiempo de que la invite a almorzar en el Casino? —propone Catherine de pronto.

Nellie nunca ha estado allí. Es un lugar exclusivo que los ricos construyeron para ellos mismos. Aunque disimula y finge una mundanidad muy convincente:

—Por supuesto que sí. Me encanta ese sitio.

A medida que se alejan se sienten más libres para dejar que la conversación se desmande. Un par de veces tienen que detenerse para reírse. Las faldas de ambas barren la nieve del camino, sus sombreros tiemblan al compás de sus pasos.

—No he sido del todo honesta con usted, querida —le dice Catherine de pronto. Están ahora bajo los mismos árboles en los que por las mañanas Eugene busca pájaros—. Mi interés por acompañarla no ha sido solo el elefante. En realidad, necesitaba hablar con usted a solas. Queremos proponerle un negocio. El señor Schieffelin y yo.

—¿Un negocio?

—Mi marido necesita un ayudante. Estoy dispuesta a pagarle con generosidad.

—¿Un ayudante para qué?

—Para escribir sus memorias.

—Vaya. —Una pausa—. No sé si yo...

—Piénselo, por favor. Y antes de negarse, escuche mi oferta económica. —Nellie calla. En realidad, no quiere escucharla—. Le ofrezco dos mil dólares.

Es una suma cuantiosa, difícil de rechazar para alguien que gana treinta y cinco dólares al mes y puede considerarse bien pagada.

A Nellie le fastidia el ofrecimiento. No le gustan los planes que no se le han ocurrido a ella. Pero le gusta Catherine, y no quiere herir sus sentimientos. Así que dice:

—¿Me permite responder cuando no tenga el estómago vacío?

—Me parece lo más sensato, querida. Vamos.

En el Casino ocupan una mesa para dos. Toman sopa de espárragos y pollo con patatas. Las dos se sienten cómodas con la conversación. Se encuentran con varios conocidos de los Schieffelin. Catherine presume de amiga y presenta a Nellie —«la valiente reportera del *World*»— a todo el mundo. Ya a solas, le pregunta por su trabajo, los reportajes que con tanto interés ha leído. Nellie, que sufre la soberbia de la juventud, se siente muy complacida de tener semejante admiradora. Están eligiendo entre la apetitosa variedad de tartas del carrito de postres cuando un mozo entra en el salón acompañado de una camarera y se dirige hacia Nellie Bly.

—Han entregado esto para usted.

El mozo —apenas un chiquillo— deja sobre la mesa una hoja de papel doblada por la mitad. Espera, firme, su propina. Catherine le entrega un centavo. Mientras el mensajero se retira a todo correr, Nellie abre la nota. Lleva membrete del *New York World* y dice:

> Señorita Bly: le ruego que se presente usted en la redacción inmediatamente. Firmado: Julius Chambers.

Nellie lee la nota y pierde los nervios. El dique de fingimiento que contenía sus auténticas maneras acaba de estallar. Se pasa la mano por la frente, se abanica con la servilleta.

—Ay, Dios, qué querrá decir esto —murmura—, ¿el señor Pulitzer habrá valorado mi propuesta? ¿O va a despedirme? —No repara en que está hablando sola hasta que observa la cara de Catherine—. Perdóneme, señora Schieffelin, tengo que irme. No le he dado una respuesta, y me temo que ahora no puedo hacerlo. Aunque si me despiden —de nuevo piensa en voz alta—, desde luego que me vendría bien el trabajo. De todos modos, dudo que quiera usted contratarme si ya no soy la famosa reportera del *World*, ¿verdad? No se apure, lo comprendo perfectamente, estoy acostumbrada a aceptar las cosas como son.

—No se atribule tanto, querida —responde Catherine, mucho más calmada que su joven invitada—. Ni me atribuya pensamientos que no tengo. Mi opinión de usted no va a cambiar.

Catherine hace un gesto al mozo para que retire el carrito de las tartas. Su angustiada amiga no está para perder el tiempo en dulces. Mientras los postres se alejan, Nellie relee otra vez la nota y vuelve a pasarse la mano por la frente.

—Antes de irme, quisiera hacerle una recomendación —dice Nellie—. Para el trabajo. Tengo un colega que sería la persona ideal. Es muy buen escritor, con una sensibilidad exquisita. Además, es un hombre. ¿No cree que su marido preferiría compartir sus recuerdos con alguien de su mismo sexo?

—Tal vez tenga razón, querida, pero no sé si un desconocido...

—No es en absoluto un desconocido —la interrumpe Nellie mientras levanta la mano para solicitar al mozo que le traiga su capa, su sombrero y su manguito—. De hecho, vive en su casa.

—¿Daniel? —se extraña Catherine.

Sin tiempo para más, Nellie se levanta, besa a Catherine y se dirige casi al trote hacia la puerta mientras todas las miradas se fijan en ella. Toma un coche de los que siempre esperan a la entrada del Casino y le pide al cochero que la lleve lo más rápido posible al 145 de la calle Nassau.

Catherine se queda pensando en la lección que acaba de darle su joven amiga. Hay personas que no ceden a la tentación del dinero, y eso hace que a sus ojos Nellie valga ahora mucho más que antes. Tal vez debería haberle ofrecido el doble, se arrepiente. Nunca sabrá si eso habría o no cambiado las cosas. El mozo se acerca a preguntar si la señora desea algo más y Catherine pide la cuenta. Es la primera vez en toda su vida que está sola en la mesa de un restaurante. Lo único que lamenta, sin embargo, es que Nellie no haya probado los dulces.

III

Londres

Los pájaros de Shakespeare
1861-1865

Eugene Schieffelin tardó veinte años en confesarle a su mujer que no le gustaba Londres. Durante la larga temporada en que ellos y Martha permanecieron allí, huyendo de la guerra y de sus deprimidos compatriotas, intentó disimularlo como pudo, adaptándose a las peticiones de sus dos mujeres. Socializó todo lo que le pidieron, las acompañó a docenas de funciones teatrales y visitó dos veces la National Gallery sin quejarse de lo mucho que aquellas caminatas perjudicaban sus pies ni reconocer que tras ver tantos cuadros de una vez todos le parecían iguales. Al fin, se aclimató al lugar, pero a fuerza de no reparar demasiado en él y de albergar siempre la esperanza de que el regreso estaba próximo.

Había dos cosas que le molestaban especialmente. La primera era el entusiasmo que despertaba en Catherine y en Martha todo lo inglés: los perros, las porcelanas, las rosas, los teatros, los postres, las hamacas y hasta las ventanas, todo era sublime para ellas. La segunda era el modo en que los trataban los ingleses y que él interpretaba como un desprecio altanero, como si todos estuvieran pensando que los americanos eran unos bárbaros o que procedían de un lugar que no podía considerarse civilización porque no hacía tanto habían decidido escindirse de ella. Para colmo de males, en aquellos años a la altanería añadían una compasión genuina que resultaba insoportable.

Los primeros dos años fueron los peores, porque Catherine tenía muchas amistades en la ciudad —y en todo el continente— y pretendía visitarlas a todas sin demora. Su compañía solo era requerida en las ocasiones de más compromiso. El resto de las veces eran las dos señoras quienes cumplían con el ritual de visitar, y pronto notó que Catherine se sentía tan orgullosa de poder llevar consigo a su cuñada que apenas le echaban de menos. A medida que transcurrían los meses la actividad fue menguando y sus preocupaciones comenzaron a cambiar. Se plantearon si debían alquilar una casita y contratar servicio o si era mejor permanecer en el hotel, donde todas sus necesidades estaban cubiertas aunque a un precio algo más elevado. Intentaron incluir la variable de la duración de la guerra en sus cálculos, pero como todos los americanos, fueron demasiado optimistas. Pensaron que la contienda iba a durar poco y que la recuperación económica sería inmediata y trepidante. Resolvieron que lo mejor, por tanto, era no complicarse la vida. Así que se quedaron en el Langham.

A Schieffelin Londres le causaba una viva nostalgia de Nueva York. Cuanto más disfrutaba de sus librerías, sus sastrerías, sus anticuarios o sus restaurantes, más deseos sentía de regresar a las librerías, las sastrerías, los anticuarios o los restaurantes neoyorquinos. Aunque había algo de Londres que envidiaba y disfrutaba a partes iguales, y que constituía su alivio en una ciudad que, de otra forma, no le habría dado respiro: sus parques. Para él era la máxima expresión de la civilización occidental. Se perdía en ellos cada vez que tenía ocasión.

Fue en uno de sus paseos tempraneros por Hyde Park donde conoció a un igual. Uno de esos ingleses orgullosos de serlo y que han hecho de su afición algo con que adoctrinar al resto del mundo. Le conoció porque los dos estaban en el mismo extraño sitio a la misma hora insólita tratando de ver a un pájaro cuyo canto los tenía embelesados y que parecía esconderse en las frondosas ramas de los árboles. Schieffelin había llegado a la conclusión de que podía tratarse de un ruiseñor y estaba emocionado porque nunca había visto ninguno. El otro caballero, en cambio, sabía con certeza que se trataba de un ruiseñor, porque había visto muchos y era su pájaro favorito.

—Soy Richard Owen —dijo el hombre.

—Eugene Schieffelin —dijo Schieffelin, y aventuró—: ¿Un *Luscinia megarhynchos*?

—¡Exacto! —palmoteó el otro.

—Eso me parecía —respondió Schieffelin sin disimular su satisfacción.

Como los dos iban solos y su gusto común por los pájaros acababa de quedar de manifiesto, entablaron fácilmente una conversación. Qué habían visto, dónde, cuándo, como el don Giovanni de Mozart presumiendo de sus conquistas. El señor Owen celebró saber que Schieffelin era americano. Deseaba visitar Nueva York para observar la fauna. No solo le interesaban los pájaros, también los mamíferos, los invertebrados y los fósiles. Sentía debilidad por los animales prehistóricos, según dijo. Y, como se fue manifestando después, también por las hembras de su misma especie (aunque ese interés no era solo científico). No tardó en mostrar sus credenciales: era el impulsor del Museo de Historia Natural y uno de los hombres más activos de la Sociedad Británica de Aclimatación. ¿La conocía? No, seguro que no, eran aún una sociedad joven, algo así como un grupúsculo de filántropos inquietos. Estaba seguro de que no tenían nada parecido en América. Schieffelin tuvo que reconocer que no por partida doble.

—Mire, precisamente hoy celebramos una *soirée* —dijo de pronto Owen—. ¿Por qué no nos acompaña? Mis colegas estarán encantados de conocerle.

—Viajo en compañía de mi esposa y de mi hermana —dijo, en un intento de excusarse.

—¡Que vengan las señoras también! —respondió Owen—. En nuestra sociedad son muy bien recibidas. Debe saber que nuestra principal benefactora es una dama, la baronesa de Burdett-Coutts, tal vez ha oído usted hablar de ella. La velada de hoy la ha propiciado esa notable señora.

Schieffelin no contestó por no mostrar su ignorancia. Tampoco halló un modo educado de negarse. Cuando llegó al hotel y dio la noticia descubrió que, a diferencia de lo que a él le ocurría, Catherine y Martha sí sabían quién era la baronesa de Burdett-Coutts.

—Dicen que su fortuna es casi tan grande como la de la reina Victoria —señaló Martha—. ¿De verdad no sabes quién es, Gynx?

—¿Estás seguro de que la baronesa asistirá? ¿No lo habrás entendido mal?

No resultó nada fácil a sus mujeres decidir qué debían ponerse para asistir a una *soirée* ornitológica organizada por una baronesa en el club social de una sociedad de la que no sabían nada. Schieffelin lo tenía más fácil. Si era por la tarde, debía llevar levita. Por suerte, acababa de comprarse una en su sastrería favorita de la calle Burlington, solo fue necesario sacarla del papel de seda con que venía envuelta.

Llegaron cuando la velada estaba a punto de comenzar, sin tiempo para las presentaciones. El señor Owen los recibió con entusiasmo y los acomodó en tres sillones isabelinos. Sobre la tarima había un atril, y en el atril unos papeles a la espera de quien debía descifrarlos. En el mismo momento en que el reloj de péndulo dejó de tocar las cuatro de la tarde —la hora convenida—, un joven subió al escenario y reclamó la atención de los presentes.

—Buenas tardes, damas y caballeros. Me presento para quienes no me conozcan: soy William Lehman, secretario personal de la señora baronesa de Burdett-Coutts, que hoy ha querido honrarnos con su presencia.

—¿Tiene acento americano? —preguntó, con disimulo, Martha, al oído de Catherine.

Catherine, que tenía la misma duda, se limitó a mirar a su cuñada con ojos de «¿A ti también te lo parece?». En todo caso, si lo tenía, era un acento americano muy desgastado por años de convivencia con las consonantes británicas. Había otras cosas de él que también llamaban su atención. Su juventud: no debía de tener más de veinte años. La armonía de sus formas, que las dos damas apreciaron sin hacer comentarios —su amplitud de espaldas, la altura, sus manos grandes y bien arregladas...—; aquella retórica grandilocuente (como si hubiera llegado demasiado rápido a la edad adulta y no supiera bien cómo emplear ciertas palabras) y un gran encanto personal. Vestía los cortes clásicos de un traje impecable, aunque se había atrevido a ponerse un chaleco bordado en tonos azules. Un pañuelo del mismo color sobresalía del bolsillo superior de la levita. Por último, llevaba una perilla y un bigote muy bien arreglados que enmarcaban una hermosa sonrisa y una hilera de dientes perfectos.

—Como todos ustedes saben —siguió el orador—, todas las acciones de la baronesa de Burdett-Coutts persiguen la grandeza del Imperio británico y la mejora de la vida de sus contemporáneos. En la conferencia de hoy, auspiciada por nuestra benefactora, se dan ambas cosas. —Lehman hizo una pausa, aturdido por su propio razonamiento, y continuó después de unos segundos—: Hoy nos convoca aquí William Shakespeare, de quien la baronesa es devota, como bien saben. El joven abogado James Edmund Harting nos presentará unos trabajos a los que viene dedicándose desde hace años. Su conferencia se titula *Los pájaros de Shakespeare*. Disfrútenla.

Durante el aplauso que siguió todas las miradas

se dirigieron a la baronesa, una mujer en su esplendorosa madurez, a quien habían sentado en una especie de trono, como la reina apócrifa que era. El orador subió al estrado. La chaqueta le quedaba grande y lucía en mitad del rostro un bigotón espeso y de extremos puntiagudos que parecía puesto ahí para llenar un espacio demasiado amplio. Se aclaró la garganta, saludó a los presentes, agradeció a la baronesa su apoyo —ella correspondió bajando con gravedad los párpados— y mostró a los presentes un retrato de William Shakespeare.

—¿Notan algo extraño en este retrato? —preguntó a bocajarro el conferenciante, haciendo gala de un estilo tan directo que sorprendió a todos.

Harting permitió un silencio elocuente antes de seguir.

—Todo el mundo conoce a su protagonista, por descontado, pero... —otra pausa—, ¿conocen a su acompañante? —señaló el brazo de Shakespeare, que había mantenido semioculto a propósito hasta ese instante. Sobre él se veía un halcón encapuchado. Prosiguió el orador—: Así es como nuestro gran dramaturgo se paseaba por el Londres de sus grandes éxitos. Acompañado de su querido halcón gerifalte, a quien él mismo había entrenado, y del que no se separaba ni un momento. Nuestro genio era, además de un prodigio de las palabras, un experto cetrero.

Harting hizo una pausa, levantó la mirada de sus papeles y comprobó el efecto que sus palabras causaban en los asistentes. No percibió ninguna señal de alarma, así que prosiguió:

—También fue un experto en todo tipo de aves. ¿Cuántas de ellas dirían que nombró en sus obras? Permítanme decírselo: cincuenta y cuatro. Algunas aparecen constantemente, como los cuervos, a los que nombra treinta y seis veces en total; o las palomas (treinta y tres veces). También los búhos y las lechuzas, por los que sentía debilidad (veintisiete veces). Pero también está el extremo contrario. Pájaros que merecieron una sola mención, como la tórtola, la motacilla, el estornino, la emberiza, el ánade real o muchos más. Cuando se publique el libro en el que estoy trabajando podrán ustedes consultar las referencias exactas: de qué modo se nombra a cada uno de los pájaros, con qué frecuencia, en qué verso concreto de qué escena de qué acto de qué obra. Y cuál fue la intensa relación del Bardo con la naturaleza, por qué estoy seguro de que fue un ornitólogo experto. Espero tenerlo pronto listo para entregarlo a la imprenta.

—¡Yo quiero ese libro! —susurró Martha junto al oído de su hermano, y este asintió. También él sentía interés por ese trabajo, que aunaba las pasiones de ambos: los pájaros de él, el Shakespeare de ella.

Martha se acercó de nuevo a su hermano.

—¿Imaginas a todas esas aves volando sobre Nueva York?

Tras la conferencia se sirvió algo llamado «el refrigerio» y que en realidad era una cena de seis platos, entre ellos perdiz americana, ganso campestre euroasiático y gacela africana. Se habló mucho de la caza del pato, que muchos de ellos practicaban. Richard Owen mencionó que la totalidad de las recetas del menú tenían como ingrediente principal alguna de las especies que la Sociedad iba a introducir en Inglaterra muy pronto y recordó el gran éxito que habían cosechado recientemente con la introducción en Australia de pavos reales, faisanes, cisnes, pardillos, estorninos y «otras especies que los hombres del futuro sabrán agradecernos».

—Ah. ¡Y conejos! No olvidemos a los conejos —dijo alguien.

—Desde luego —apostilló Owen—. Por lo visto, su introducción está siendo un éxito sin precedentes. ¡Brindemos por ello!

Brindaron por los conejos. Y también por la baronesa, por el señor Harting y por los pájaros de Shakespeare.

Durante los licores, Martha se acercó a felicitar al joven ornitólogo y le preguntó cuándo se publicaba su libro.

—Pronto, espero. Cuando deje de corregirlo.

Martha le dijo que estaba muy interesada en leerlo, y Harting se comprometió a enviarle uno de los primeros ejemplares que salieran de la imprenta.

Hablaron de *El sueño de una noche de verano*, de la que Martha recordaba un fragmento que trataba del cuco, el reyezuelo, la alondra y el gorrión. Dijo que era su obra favorita. Harting apuntó el dato de que precisamente esa comedia era, de toda la obra shakespeariana, la que más referencias ornitológicas incluía. Veintisiete, citó de memoria. Y apuntó que se trataba sin duda de una comedia muy notable, pero que él prefería las tragedias, en especial las históricas.

—¡Cómo puede decir eso! —saltó Martha—. Las tragedias son lo que el público esperaba de su autor. Sangre, muerte, felonías... Su verdadero talento se mostró en las comedias.

A Schieffelin, recién llegado a la conversación, le interesaba por qué algunos pájaros aparecían solo una vez en la obra del genio.

—Oh, por motivos diversos —contó el joven Harting—. A menudo, utilitarios. Por ejemplo, le interesa incluir en una de sus obras a un pájaro capaz de enloquecer a un hombre, y elige un estornino. No creo que hubiera visto uno en su vida, por cierto. Debió de citarlo a partir de fuentes literarias. Plinio dijo en su *Naturalis Historia* que el estornino es capaz de imitar la voz humana. Shakespeare había leído a Plinio. Ahí lo tienen.

—¿Por qué dice que no había visto nunca ninguno? —se interesó Martha.

—Sinceramente, porque lo que dice de ellos no les hace justicia. Creo que si Shakespeare hubiera visto el baile de los estorninos a orillas del Támesis, habría escrito de ello. ¿Ustedes lo han visto? Es un espectáculo que no se olvida.

Tuvieron que reconocer unánimemente que nunca habían visto tal prodigio.

—Eso tiene fácil arreglo, queridos —dijo una voz decidida a su espalda.

Era la baronesa, que justo en ese momento cruzaba el salón en diagonal, como una reina en el tablero de una partida ganada, para unirse al grupo:

—Vengo a conocer un poco a mis invitados americanos. Díganme, queridos. ¿Están disfrutando de la velada? ¿Les ha interesado la conferencia? Estoy deseando conocer su opinión.

—Desde luego, baronesa —dijo Catherine, haciendo una reverencia algo insípida, que Martha imitó—. Ha sido una velada encantadora.

—Por favor, señoras, llámenme Angela —dijo la baronesa—. Aunque ustedes sean apenas unas niñas y yo avance hacia la vejez, les aseguro que por dentro no me siento nada vieja.

ABRAMOS AQUÍ OTRO PARÉNTESIS
PARA DESCRIBIR CON CALMA
A LA BARONESA, UNA MUJER TAN
ÚNICA EN SU ESPECIE QUE MUCHOS
PODRÍAN TOMARLA POR PERSONAJE
DE FICCIÓN, Y NO.

Si alguna mujer ha merecido alguna vez que le abran un paréntesis, esa fue la baronesa Angela Georgina Burdett-Coutts, quien, en efecto, a sus cincuenta y cinco años cumplidos mantenía una figura esbelta que, combinada con su nulo afán por la ostentación y su agilidad de movimientos, le otorgaba un aspecto de eterna jovencita. La baronesa no gastaba nada en coqueterías, más allá de la excelente tela y el buen corte de sus trajes ligeramente pasados de moda. Que una mujer como aquella fuera soltera y no tuviera intención de casarse sorprendía a todos sus contemporáneos, que no cesaban de inventarle desgracias sentimentales que nunca habían existido o pretendientes que aún menos. Eran reacios a creer la verdad: que la baronesa era una mujer que no necesitaba de la anuencia de ningún hombre para llevar adelante sus asuntos, algo que, por cierto, se le daba francamente bien. Se decía que había profesado un amor misterioso por su institutriz, quien murió de vieja en su casa. También se rumoreaba que le había dado calabazas al mismísimo duque de Wellington y que el rey Eduardo había dicho de ella en público:

«No hay mujer más remarcable en todo el mundo después de mi madre».

Angela Georgina Burdett-Coutts, baronesa por gracia de Su Majestad la reina Victoria, no se molestaba en dar explicaciones. ¿Para qué? Se consideraba muy por encima de ellas y de quien debía escucharlas. Al nombrarla única heredera de su descomunal fortuna, su abuelo había hecho de ella, no solo la segunda mujer más rica de Inglaterra, sino también la más libre y una de las más satisfechas de serlo. Podría haber elegido gastar su dinero en caprichos y lujos, pero prefirió ayudar a quienes pensaba que lo necesitaban de acuerdo con sus variadas preocupaciones e intereses.

Entre sus muchas contribuciones, pagó las campanas de la catedral de Saint Paul, protegió a los campesinos refugiados de la guerra ruso-turca, fundó escuelas de costura para chicas pobres, estableció y mantuvo —junto a su buen amigo Charles Dickens— una casa en North London para mujeres descarriadas (prostitutas y ladronas), construyó un monumento funerario en memoria de los cadáveres desalojados de sus tumbas del cementerio de Saint Pancras tras la construcción (también a su cargo) de una línea ferroviaria, compró un lote de cien manuscritos griegos del siglo vi y los regaló a una biblioteca de Highgate, envió sacerdotes a varias poblaciones del norte de Irlanda para que enseñaran a leer a niños y niñas, sin distinción; mandó construir una fuente en Victoria Park para dar de beber a los paseantes sedientos y poco después encargó otra para que sus perros pudieran hacer lo mismo.

Además de en estas inversiones de utilidad inmediata, la baronesa gastó mucho dinero en causas filantrópicas. Así, financió en todo o en parte diversas sociedades, en cuyas reuniones de patronato fue siempre la única mujer, como el Instituto Horológico (especializado en la preocupación, tan decimonónica, de medir el tiempo), la Asociación de Apicultores, la Organización de Apoyo a los Aborígenes de Borneo, la Asociación de los Abastecedores de Algodón o nuestra Sociedad Británica de Aclimatación, que nació a imagen de las de París y Madrid y con el objetivo de «velar por los animales, pájaros, peces, insectos y vegetales del Reino Unido», algo que la baronesa siempre creyó que era muy de su incumbencia, como lo era tratar de arreglar un poco el desarreglado mundo. Sin ese interés y sin su presencia en la sociedad de aclimatación londinense la baronesa nunca hubiera tenido un papel en esta historia. Lo cual habría sido una lástima.

No es inoportuno incluir en el paréntesis al secretario. El señor Lehman, personaje singular, atildado, de modales exquisitos, por mucho que algunos se sorprendieran al saber de sus orígenes americanos. En todo caso, solo eran eso, los orígenes. Había nacido en Nueva Jersey y tenía familia en Filadelfia, pero su padre era británico, y él estudió en Oxford, donde aprendió a practicar la tradición y a desconfiar de la modernidad. Los escándalos, por otra parte, le traían sin cuidado. Por lo demás, está casi todo dicho. Sirvió con afán a la señora baronesa, treinta y siete años mayor que él, desde que era poco más que un niño. Y ella, qué curioso, mostró hacia él una debilidad que habría podido confundirse con otra cosa de haberse tratado de alguien menos respetable. Pero quién iba a pensar mal de señora tan principal, que era además inglesa, millonaria y victoriana. Semejante cosa habría sido un escándalo, y aunque sabido es que los escándalos nunca afectan mucho a las mujeres como ella. Cada vez que alguien le hablaba de rumores, habladurías o maledicencias de la peor calaña, ella contestaba, con un rictus petrificado:

—Que hablen, si eso les divierte.

St. James Park
1865-1869

Martha y Catherine no eran, como la baronesa había dicho, ningunas niñas, sino dos señoras de cuarenta y tres y treinta y seis años que acusaban por primera vez el paso de los años. Eran, además, dos especímenes raros de mujer de su tiempo, la una por soltera y la otra por no haber tenido hijos, y en aquellos días de su exilio londinense, en que cada presentación conllevaba las mismas y repetidas preguntas, tomaron plena conciencia de ello. De lo que eran y también de lo que no serían nunca.

Para Martha la soltería ya hacía mucho que había dejado de ser un problema. Como la baronesa, había tenido pretendientes que le habían parecido poco interesantes y a los que había renunciado. Había elegido los libros como compañeros de vida y para el resto, para esas tediosas ocasiones en que se requería un hombre, ya estaba su hermano. Cada vez que alguien le preguntaba por su marido, o daba por sentado que debía tener uno, ella respondía:

—Mi marido se quedó soltero. Una lástima.

En cuanto a Catherine, al llegar a Londres aún no se había librado del todo de aquella punzada de decepción que producían ciertos sobreentendidos —«¿Viajan con la niñera?», «¿Han dejado a los niños en el hotel?», «¿Qué opinan sus hijos?»—, pero con el paso de los años, y sin que ella se diera cuenta, fue diluyéndose hasta desaparecer. Se conformó, se resignó, se olvidó, le vio ventajas a su situación... quizá un poco de todo. Ayudó mucho, sin duda, el hecho de que su marido nunca sacara el tema. Si para él era también una decepción punzante, lo sospechó más que lo supo. Y, por supuesto, nunca hubo por su parte ni un atisbo de reproche. Catherine hizo suya una máxima que aprendió de la baronesa: «Mejor vivir celebrando lo que tienes que lamentando lo que te falta». Al fin y al cabo, a todo el mundo le falta algo de lo que se considera fundamental.

Ocurrieron algunas cosas sorprendentes en los días que siguieron al evento de la Sociedad Británica de Aclimatación. Owen invitó a Schieffelin a unirse a sus tertulias semanales de los jueves en la sede de la calle Strand, y él aceptó. «La llamada de la naturaleza», le llamaba Catherine a esas convocatorias regulares a las que él no oponía resistencia. También las señoras recibieron invitaciones interesantes. Como una de la baronesa. Se sentiría muy honrada de que la acompañaran en su palco el día del estreno de *La comedia de los errores* en el Colosseum y, si lo creían oportuno, podían tomar el té un poco antes de la función y salir juntas desde su casa de la calle Stratton. El joven sirviente que entregó el billete tenía instrucciones de aguardar a recibir la respuesta. Aceptaron sin pensarlo.

La función era a las siete, así que las tres y media fue considerada una buena hora para tomar el té antes de salir en el cabriolé de la baronesa. A la baronesa le gustaba hacer las cosas con tiempo. Nunca se había conducido con prisa, por nada ni nadie, y estaba convencida de que la calma era el principal ingrediente de la elegancia. Lo de tomar té por la tarde era una costumbre de la señora Burdett-Coutts derivada de sus otros hábitos de desayunar temprano, cenar tarde y no almorzar —como muchos de los de su condición, la baronesa consideraba muy desagradable tener que comer a mediodía—, lo cual resultaba en que por la tarde estaba desmayada de hambre. El resto habían sido ocurrencias de su cocinera: la tetera repleta, la leche, las galletas, las tartaletas dulces y los sándwiches salados, incluido el de pepino, que era su favorito. Por supuesto, Catherine y Martha nunca habían visto un sándwich de pepino. Nunca se les hubiera ocurrido meter rodajas de ningún vegetal entre dos rebanadas de pan sin cortezas embadurnado de mantequilla y rociado con limón. La baronesa se ufanaba de tener una cocinera muy creativa mientras mordisqueaba aquella delicia, que gran parte de sus contemporáneos no aristócratas hubiera considerado insípida o directamente asquerosa.

Por supuesto, todo se desarrolló bajo la supervisión del secretario William, quien se encargó de enviar el coche a las invitadas, recibirlas a su llegada, conducirlas hasta el jardín y anunciarles que la baronesa no tardaría en bajar.

—¿Tú dirías que vive aquí? —preguntó Martha

a su cuñada, en cuanto se quedaron solas, refiriéndose al joven secretario.

—No lo creo. Qué escándalo.

La baronesa apareció de pronto, efusiva en los saludos, tan elegante como siempre. Tampoco aquella vez llevaba joyas ni adornos superfluos, solo un pequeño broche de plata en el pelo y una sortija con un solo brillante en el anular de la mano derecha. Les contó que siempre recibía en la biblioteca pero que el magnífico tiempo le había animado a cambiar los planes.

—Al fin y al cabo, esto es Londres, queridas. Una tarde de sol es un regalo escaso que no debe desaprovecharse.

En el jardín empezaban a abrirse las rosas —a las que la baronesa se refería por su nombre: damascenas, de Provenza, Bourbon, noisette..., y a las que decía cuidar «como a las hijas que nunca tuve»—. De vez en cuando, el aleteo de algún pájaro contrastaba con el tintineo de las cucharillas dentro de la porcelana. En más de una ocasión acudieron las aves a posarse cerca de ellas. Incluso hubo una que se atrevió a hacerlo en la misma mesa, justo en el centro de la reunión.

—¿No es como tomar el té en el paraíso? —sonrió la baronesa viendo al atrevido pajarito picotear unas migajas del plato.

El pájaro saltó del plato al servilletero, y de allí a la fuente de varios pisos, donde quedaban aún algunos sándwiches sin probar. Levantó la cabeza, miró a un lado y al otro y se marchó.

—¿Era un gorrión? —preguntó Catherine.

La baronesa asintió. Un *Passer domesticus*. Vivaracho, ágil, un pequeño milagro en movimiento. A Schieffelin le hubiera agradado verlo.

Una sola conversación basta a veces para establecer lazos que durarán décadas. En aquella, las tres hablaron como si fueran viejas amigas. Y, precisamente por eso, comenzaron a serlo.

—Y ahora, señoras —dijo la baronesa, agitando una campanilla de plata que reposaba sobre la mesa—, sigamos con nuestros planes.

El mayordomo se presentó como si estuviera detrás de la puerta.

—Dígale a Joseph que esté listo en veinte minutos y a Mary que caliente las tenacillas —ordenó la baronesa.

Joseph era el cochero. Una herencia de su difunto padre, quien al morir dejó en testamento que todo su servicio fuera repartido entre las casas de sus hijos. A la baronesa le correspondieron un cochero, un jardinero y Mary, la doncella.

—¿Desean rizarse un poco el pelo antes de salir? —preguntó la baronesa a sus invitadas.

Con las tenacillas al rojo, Mary les esculpió unos rizos muy bien definidos —y un poco anticuados— en sus melenas lacias. Luego, con un manojo de tirabuzones idénticos sobresaliendo de sus sombreros de noche, las tres se fueron en el cabriolé a su cita con William Shakespeare.

Por la noche a Schieffelin se le indigesta la cena y tiene sueños raros, febriles.

Está en el parque de St. James y hay nieve por todas partes. Por alguna razón, va vestido de etiqueta, como para asistir a un estreno, y conduce un trineo con renos que se deslizan sobre la nieve pero sin rozarla. En medio de la blancura mullida distingue de pronto un punto negro. Una pulga brillante hacia la que se dirige a toda velocidad. Cuando llega a su lado, los renos se detienen. La pulga es un hombre que lleva jubón y medias —los pies no puede verlos porque los tiene enterrados en la nieve—, barba, bigote, una melena poblada, y un halcón gerifalte sobre el brazo izquierdo. La pulga es... ¡diablos! Pero si es William Shakespeare. Vestido según aparece en el retrato que les mostró Harting, sin faltarle un detalle (ni siquiera el halcón, que parece aterido o tal vez disecado). Como en todos los retratos, se le ve triste, como si tuviera el estómago vacío. Sus ojos son perrunos.

—¡Señor Shakespeare! —le saluda él emocionado—. ¿Qué hace usted aquí? Se va a acatarrar.

—¡Ciertamente sí! —Shakespeare habla con un marcado acento. Es decir: marca mucho las tés, canta un poco, silabea como si estuviera dando lecciones de dicción y suena muy arrogante—. Vengo a darle un consejo, señor Schieffelin.

—¡Sabe usted mi nombre! Qué gran honor.

—En realidad, no lo sé en absoluto. Pero esto es un sueño, ¿no es así? Carece de toda lógica.

—Tiene usted razón, señor Shakespeare. ¿Puedo llamarle William?

—Ciertamente no. Me gusta mantener las distancias. ¿Quiere oír mi consejo o no?

—Por supuesto. Dígame.

—Escuche su voz interior. El susurro como una brisa suave, ¿recuerda?

—Qué curioso. Mi abuela decía lo mismo.

—No es curioso en absoluto. Es ella quien me manda.

—¿Mi abuela Hannah? ¿La conoce?

—¡Ciertamente! En el reino de los muertos nos frecuentamos todos. Bien, hemos terminado.

—Espere un momento. ¿Podría decirme algo más? ¿Aclararme algún misterio sobre usted?

—¿Misterio? ¿A qué se refiere?

—Cuénteme algo que nadie sepa.

—Difícil. La gente sabe de mí más que yo mismo.

—Por ejemplo: ¿alguna vez vio usted un estornino?

—¿Estornino?

La palabra, que tiene una te muy sorda, una a larga y neutra y una ge muy vibrante, *starling*, sale temblando de la boca de Shakespeare y se queda un momento suspendida en el aire, negra, brillante y moteada de iridiscencias, como uno de los pájaros a los que hace referencia. Luego la palabra emite un trino afónico y sale volando hacia el norte.

—Ignoro de qué me habla —reconoce el Bardo.

—¿No los conoce usted? Son pájaros. Plinio los menciona. Y usted también, en su drama *Enrique IV*, en la escena...

—¡Me aburro!

Shakespeare pone ojos aún más perrunos.

—¿Puedo hacerle una pregunta, señor Shakespeare?

—Pero abrevie.

—¿Tuvo usted un halcón gerifalte?

El halcón del brazo del Bardo no se mueve, no se ha movido en ningún momento, ni lo hará. Shakespeare lanza un bufido de fastidio.

—¿Usted cree que yo tenía tiempo de cuidar de un halcón gerifalte? ¿Dónde iba a meterlo? ¿Usted sabe las malas pulgas que tenía mi casera? ¿Quién le ha dicho semejante estupidez?

—Un ornitólogo muy importante. Ha investigado mucho. Asegura que era usted experto en pájaros.

Shakespeare chasquea la lengua.

—¿Se puede saber qué les pasa a ustedes conmigo? ¿A qué vienen tantas bobadas? ¿Sabía usted que en mis obras utilicé exactamente 138.198 comas, 15.785 signos de interrogación? ¿Que hice 401 referencias a orejas? ¿Que escribí 105 veces la palabra *maldito*? Hay idiotas que han dedicado su vida a contabilizar todas esas cosas, a extraer conclusiones, a contradecir a otros con conclusiones opuestas. ¡Soy el tema favorito de la humanidad!

Se le ve alterado. Intenta respirar más despacio.

—Unos creen que fui experto en pájaros, en plantas, en astrología, en medicina, en navegaciones por mar, en todo cuanto en mi tiempo podía saberse o aprenderse... Otros afirman que un pueblerino como yo no pudo escribir mis obras, y niegan mi existencia, o afirman que bajo mi firma se esconden varias personas. ¡Si hasta han dicho que cuanto yo firmé lo escribió la reina Isabel! —Otro suspiro, esta vez más profundo. Al Bardo le cansa el tema—.

¿Tenían que hacerlo? ¿Tenían que convertirme en una especie de dios, es decir, en un engendro? ¿Por qué no puedo ser humano? ¿Solo un humano que hizo bien su trabajo? —Schieffelin pretende contestar, pero Shakespeare está demasiado enfadado para escucharle—: Yo soy un escritor, señor Schieffelin. Un comediante. Un hombre de la farándula. Escucho, aprendo, pregunto, imito, repito las cosas según convenga (como los estorninos de Plinio, que por lo visto son también los míos), y todo ello según el énfasis conveniente a cada ocasión, ¿entiende? Escribo para aparentar que sé algo. El primer deber de un mentiroso es convencer a los crédulos. Invertí en ello mi vida entera.

—Entonces... —Schieffelin se reconoce un poco desolado—. ¿No fue usted cetrero? ¿Ornitólogo?

—¡Nada! Yo no fui experto en nada, excepto —levanta un dedo índice con la uña mordisqueada— en mi arte, el de contar historias con rimbombancia. Es decir, el de la literatura. Lo demás es cosa de los fanáticos. Los convencidos. Y la maldición de la posteridad. ¿Estamos?

Schieffelin asiente. Se siente un poco avergonzado.

—¿Quiere subir al trineo, señor Shakespeare? Puedo llevarle a casa.

—Gracias, prefiero caminar. —Y dicho esto, comienza a hundirse en la nieve, despacio.

Schieffelin lamenta que la conversación termine tan pronto, porque la estaba disfrutando. Intenta alargarla.

—¿De verdad piensa usted que la posteridad es una maldición?

—No lo pienso. ¡Lo sufro!

—Pero su legado es impresionante. Una influencia para todos nosotros. Lo más grande que se ha...

—Bah —le interrumpe—, dejémoslo.

—¿Nunca pensó usted en la posteridad, en nosotros?

—¿En ustedes? No, ciertamente. Pensaba en ganar dinero. En mi suegro, a quien debía una buena suma. En comprarme la segunda mejor casa de mi pueblo. En no hacer el ridículo delante de mi mujer. ¿Le parece raro? ¿Me va a decir que usted no piensa en estas cosas?

Shakespeare sigue hundiéndose. La nieve le llega ya a la cintura y cubre la mitad del cuerpo del halcón.

—Yo pienso en legar algo a mis sucesores —confiesa Schieffelin.

—Oh, qué sublime —el Bardo pone los ojos en blanco—, es usted admirable. ¿Lo dice usted en serio?

—Completamente.

Shakespeare levanta una ceja, luego la otra. Está hundido hasta el cuello.

—¿Quiénes son sus sucesores? ¿Los conoce? ¿Cómo sabe lo que querrán?

—En realidad no lo sé, señor Shakespeare, solo deseo dejarles un mundo mejor al que yo encontré. Es lo menos que podemos hacer por la humanidad, ¿no cree?

—¿Por la humani...? —El Bardo suelta una carcajada.

Tiene una risa aguda, impertinente. La boca se le llena de nieve y se atraganta. Cuando deja de toser, la nieve ya le llega a los ojos. Solo sobresale el escaso pelo, la calva, la coronilla, nada. A pesar de todo, se le oye decir, desde alguna parte:

—¡Suerte con la posteridad, señor Schieffelin!

Bajo el caparazón de flemática corrección inglesa de la baronesa de Burdett-Coutts dormía un espíritu alborozado.

Cierta vez, viendo que había dejado de llover y salía el sol, exclamó:

—¡Vayamos a dar un paseo hasta el parque de St. James!

Estaban a finales de octubre y hacía frío. La tarde declinaba. Londres resplandecía. Salieron de la calle Stratton y tomaron enseguida Piccadilly —la casa era esquinera—, y de allí, otro giro inmediato las condujo al paseo de la Reina, cuyo lado derecho estaba jalonado de frondosos árboles de colores cambiantes y el izquierdo, de las impresionantes mansiones de algunas de las familias más relevantes de la historia de Inglaterra. Dejaron el coche al llegar a la plaza del Palacio, donde Joseph ayudó a bajar a las tres damas y se quedó, cobijado por varias mantas, a esperar su regreso.

—Este es mi lugar favorito del mundo —dijo la baronesa, que parecía contenta y rejuvenecida—. Fue dispuesto según el capricho de los reyes donde antes solo había ciénagas. A Carlos II le debemos el lago. Al parecer, le gustaba nadar en verano y patinar en invierno. Los patos se criaban para sus banquetes, pero él disfrutaba alimentándolos personalmente. O eso dicen. Tal vez todo son invenciones del pueblo. Los ingleses no soportaríamos estar gobernados por personas normales y corrientes, ¿no se han dado cuenta?

Estaban justo al principio del paseo arbolado conocido como The Mall. Si el clima endiablado de Londres lo permitía, a la baronesa le gustaba recorrerlo a pie, ensuciándose de barro los zapatos y señalando los árboles para después nombrarlos —«un roble escarlata», «un plátano», «un fresno», «un abedul»...—, y así hasta llegar a la isla de los patos, su lugar favorito. Según les contó, solía ir hasta allí en compañía de William —las dos cuñadas se intercambiaron una mirada pícara— a compartir la pausada contemplación del paisaje.

Aquella tarde, todo invitaba al disfrute. Los olores —avivados por la lluvia recién caída—, el cielo súbitamente azul, el sol dorado, los ocres y pardos de las ramas, el rumor de las aguas y, por supuesto, el espectáculo de los patos, que producía en la baronesa el mismo efecto que una buena comedia. Le gustaba acomodarse a mirarlos en un banco junto a la orilla y reír a carcajadas.

—¡Miren, miren! —decía entre ataques de risa—. ¿Han visto qué desvelos de aquel pobre cisne para conseguir una hembra?

O:

—¿No les parecen cómicas las fochas, con su parloteo y sus carreras sobre el agua? ¡Son tan graciosas!

La baronesa era capaz de identificar a cada una de las especies que hacían su aparición en el gran escenario acuático. «Miren, un pato canelo, ahí, junto a la orilla, metiendo la cabeza en el agua, ¿lo ven?» «Y allí, más a la derecha, un friso, ese que camina tan tranquilo.» «¡Allí, allí! Un ánade real, ese de la cabeza verde y como de metal, ¿no es maravilloso?» De pronto la baronesa sacó de un bolsillo entre sus faldas una bolsa de migas de pan y se la ofreció a sus amigas.

—Tomen, siéntanse como reinas.

Lo pasaron en grande alimentando a aquella colonia tan sorprendente de aves acuáticas.

—No me marcharía de aquí nunca —suspiró Martha.

El cielo se teñía de violetas y naranjas cuando emprendieron el camino de regreso. No había apenas viento y el mundo parecía a la espera de algo. De pronto llegó a sus oídos un rumor que venía de lo alto de las copas de los árboles.

La baronesa se detuvo.

—Escuchen.

Algo estaba irrumpiendo. Vagamente amenazador, tumultuoso.

—Es el murmullo —dijo la baronesa.

El sol era un disco incandescente en huida. El cielo imitaba a un cuadro de Turner.

—Van a ver algo extraordinario, queridas —anunció la aristócrata, orgullosa como si ella misma lo hubiera propiciado—. El baile en el cielo del que les habló el señor Harting, ¿recuerdan?

La baronesa levantó un dedo, señaló un punto distante del firmamento.

—Miren, por allí.

Las dos americanas observaron entonces algo inexplicable, por extraño, por nunca visto. En el cielo se movía una voluta oscura. Una inmensa sombra en movimiento. El murmullo que hace un momento parecía aún lejano era ahora atronador. Procedía de una turba veloz de pájaros danzantes. Lo más curioso era que se movían todos juntos, como si atendieran a una única voluntad. Giraban a una, se disgregaban, se disolvían y se volvían a agrupar de nuevo, transformados en una mancha negra y densa que se contorsionaba.

Las dos foráneas se estremecieron de frío, o de emoción.

—Los estorninos —anunció la baronesa.

Durante el rato que duró aquel espectáculo sobre el cielo en llamas, Catherine y Martha experimentaron la extraña emoción de la belleza. La misma que en aquel mismo lugar llevó al poeta Samuel Coleridge a escribir que el estornino «brilla o tiembla, tenue, sombrío, espeso, profundo, oscuro». Así somos los seres humanos: nos sobrecogemos ante lo hermoso y un segundo después hacemos lo imposible por retenerlo o lloramos amargamente su pérdida.

Por la noche, cuando Martha escribió en su diario sobre los estorninos de St. James Park, reparó en algo importante: hay cosas que no pueden escribirse. El lenguaje es útil para los asuntos prácticos, pero no alcanza para hablar de las emociones profundas. Comprendió también que la abundancia de adjetivos de los versos de Coleridge eran el torpe intento del poeta de capturar aquel instante que se había ido para siempre. Y que no lo había logrado, a pesar de todo, del mismo modo que ella tampoco lo conseguiría. En su cuaderno, Martha escribió: «Ni que viva mil años olvidaré el espectáculo que he presenciado esta tarde». Y también: «Ojalá los estorninos pudieran bailar algún día sobre las aguas de la bahía de Nueva York».

Regreso a casa
1869

La estancia europea del terceto Schieffelin no dio lugar, en contra de lo que podía pensarse, a una abundante correspondencia. Ninguno de los tres era muy dado a los largos intercambios epistolares y preferían utilizar el correo con concisión y brevedad. Eugene, por ejemplo, despachaba una vez a la semana los asuntos de su familia, que consistían en escuetas comunicaciones del secretario de William Henry sobre la marcha de los negocios y el modo en que aquel desastre estaba afectando a la economía familiar. Mucho, desde luego, pero no lo suficiente como para replantearse sus costumbres. Eugene respondía acusando recibo de todo e informando lacónicamente del buen estado de salud tanto de él como de las mujeres. Las novedades más personales siempre llegaban en los *post scriptum*: «Su hermano Bradhurst desea que sepa que ha sido padre por quinta vez» o «Por expreso deseo de su hermano Samuel, me es grato notificarle que su sobrina Mary Angela ha sido presentada en sociedad». A veces estas apostillas transmitían noticias pésimas: «Lamento tener que comunicarle que su sobrino Henry Bradhurst, el cuarto hijo de su hermano Bradhurst, murió la semana pasada de causa desconocida a la tierna edad de tres meses». En estas ocasiones funestas, y casi solo en estas, Eugene tomaba la pluma y escribía a la familia. Una misiva parca, cargada de buenos sentimientos, en la que se confesaba muy afectado por la muerte de aquel niño al que no había conocido. Deseaba que Dios le hubiera recibido en su seno y que allí se encontrara con todos los parientes fallecidos de la familia.

Una vez, después de la misiva de condolencia, decidió mandar otra para William Henry, ofreciéndole de todo corazón sus servicios en cualquier empresa que pudiera ser útil para la compañía, es decir, para la familia. «Ya sé que mi condición de benjamín me ha apartado desde siempre de los negocios familiares, pero quiero que sepas que me siento muy capaz de representar en suelo europeo los intereses de Schieffelin & Co. y que estaré muy honrado de poder hacerlo en aquello que se estime conveniente.» La respuesta de su sobrino fue amable y taxativa: «Querido tío, te agradezco de corazón tu amable ofrecimiento, pero por ahora no encuentro necesario molestarte con aburridas cuestiones de negocios».

Schieffelin comprendió el mensaje, que, por otra parte, era el mismo de su vida entera: «Limítate a no estorbar y deja lo importante a quienes saben gestionarlo».

La corresponsal más regular de los Schieffelin en su etapa londinense fue Margaret Ludlow, quien escribía un par de veces por semana desde su casa de Albany, donde ella y su marido se habían refugiado hasta que sus compatriotas dejaran de matarse entre ellos. Fue Margaret, pues, quien mantuvo al terceto de expatriados al día de las sangrientas novedades, de los momentos de esperanza o de las bajas que se iban produciendo entre aquellos de su círculo de amistades que habían decidido ir a la lucha. ¿Recordaban a su amigo Gus Barker? Pues bien, había muerto en una carga de caballería por culpa de una bala confederada. ¿Marcus Lindberg? Ahora era un tullido al que le faltaban las dos piernas y que no se atrevía a salir de casa.

En abril de 1865 sus cartas comenzaron a mostrarse más optimistas. La guerra estaba próxima a su fin, aseguró, el ejército confederado estaba casi deshecho, y los animaba a plantearse el regreso para unas pocas semanas después. Ya se imaginaba a los cinco en su mesa del Delmonico's, devorando como en los viejos tiempos media docena de gordas langostas de Maine regadas con varias botellas de Chablis. ¿No les resultaba tentador?

Desde luego que sí. Eugene comenzó a hacer planes, a hablar de los preparativos, de la cantidad de cosas que habría que empaquetar en la vuelta a casa, del modo en que había pensado que debían embalarse los elefantes de porcelana para que no sufrieran daños... No le importaba si al regresar se encontraba a su país en un estado lamentable. Estaba dispuesto a ayudar a su reconstrucción, formaba parte de esa raza de estadounidenses optimistas que lo son a pesar de cualquier circunstancia.

Al día siguiente el botones del hotel les anunció la llegada de un cable desde los Estados Unidos. Era el primero que recibían en su vida, y comprendieron en el acto que para dar buenas noticias no eran necesarias tantas prisas. El mensaje era breve y espeluznante: «Lincoln asesinado. Posponed regreso». Lo mandaba Margaret Ludlow.

Los detalles los conocieron primero —aunque varios días más tarde— por la prensa inglesa: «Con horror hemos sabido que un acto de violencia ha arrebatado la vida al presidente de los Estados Unidos», decía un medio afín a la Unión. «La aclamada caballería de los estados sureños de América ha consumado su patriotismo con el asesinato del presidente Lincoln», proclamaba otro, simpatizante de los Confederados. «Es difícil predecir qué consecuencias tendrá este crimen sobre las democracias del resto del mundo», publicaba un tercero. La tensión llegó también al Parlamento inglés, donde algunos *tories* que antaño habían expresado su apoyo a los estados del Sur, ahora eran vistos como cómplices de una rebelión injustificable.

Las largas crónicas epistolares de Margaret los convencieron de que lo mejor era esperar un poco más. El asesino del presidente, qué increíble, era un actor. John Wilkes Booth. ¿Lo recordaban? Era el menor de la familia Booth, muy famosa en Maryland y en el resto del país. Había interpretado varios roles de Shakespeare con notable éxito, aunque el famoso era su hermano mayor, Edwin, para algunos el mejor Hamlet americano de todos los tiempos. Margaret estaba dispuesta a avivar su memoria: ¿Recordaban aquella función de *Julio César* del Winter Garden a la que fueron poco antes de que empezara la guerra? Fue una velada especial, como sin duda no habían olvidado: se recaudaban fondos para construir una estatua al Bardo en Central Park. Actuaban varios de los Booth, incluido John en el rol de Antonio. Había buscado entre sus papeles —le gustaba guardar los programas de las obras de teatro a las que había asistido— y se le había helado la sangre al comprobar que se trataba del mismo hombre. Así que, sin proponérselo, ellos y los Schieffelin habían aplaudido a ese fanático esclavista, el mayor criminal de la historia de su país.

El relato, emocionante y terrible como un cuento de misterio, prosiguió en la siguiente carta, también muy larga: John Wilkes Booth, el actor asesino, había sido abatido por los soldados de la Unión en un bosque de Virginia donde se refugió tras el crimen. Antes de morir, de varios disparos en la espalda, se miró las manos y gritó: «Inútiles, inútiles». Margaret les preguntaba: «¿No os recuerda a los desvaríos de lady Macbeth después de matar? ¿Es posible que la vida sea tan extraña?». Y añadía: «En resumen, queridos, las cosas por aquí no están muy tranquilas. La guerra ha terminado, pero la locura persiste. Estaréis mejor en Londres».

Algunos de los expatriados en Inglaterra y otros lugares de Europa no se recuperaron jamás de esta tragedia. La sola idea de regresar a un país donde alguien podía disparar contra el presidente durante una función de teatro les horrorizó. De modo que muchos tomaron la decisión de no regresar.

A los Schieffelin les costó cuatro años más decidirse. Y lo hicieron a la fuerza, tras recibir el segundo telegrama de su vida, escueto y terrible como el primero:

> Padre murió anoche. Urge abrir testamento. Volved lo antes posible.
>
> Samuel B. Schieffelin

—Hay que embarcar pasado mañana como muy tarde. Necesitaré cuatro doncellas para empaquetarlo todo. Ocúpate tú de las notas de despedida, Gynx. Tal vez Martha quiera ayudarte. Pensaré en una lista de personas, no debemos olvidar a nadie. Mañana iremos a despedirnos de la baronesa. Puedo ir sola si vosotros no os sentís con ánimo. Todo lo que hagáis es comprensible. Además, el tiempo apremia.

Schieffelin fue a despedirse de Owen y de los señores de la Sociedad Británica de Aclimatación. Muchos le prometieron visitas que nunca cumplirían. Brindaron por la memoria de su difunto padre y guardaron un minuto de silencio en la sala de fumar bajo una humareda densa como la niebla londinense.

—Voy a echar de menos a los gorriones ingleses —le dijo Catherine a su amiga la baronesa la última vez que tomaron el té juntas en la calle Stratton.

Habían estado hablando de Henry Hamilton, el padre y suegro, ahora difunto. Un hombre notable, relevante para la historia de su país, abogado de éxito, benefactor de la universidad, creador —por propio interés— de los estudios de Farmacia, continuador de la labor de su padre al frente de la próspera compañía familiar de la que todos vivían, hombre cabal y respetado por todos. Tomaban el té refugiadas en la biblioteca, porque llovía, como siempre. La baronesa les agarró las manos y susurró unas palabras emocionadas:

—También yo voy a extrañarlas mucho, queridas. Estos años de amistad han sido un tesoro para mí. Gracias a ustedes y a mi querido William me he sentido joven otra vez. Prométanme que regresarán cuando las circunstancias sean más felices.

Lo hicieron con convencimiento, y trataron de lograr un pacto recíproco de su aristocrática amiga, pero ella les dijo:

—No quiero decepcionarlas, queridas, pero a los cuarenta me prometí a mí misma que nunca más volvería a embarcarme. El mar no me favorece.

Y cuando ya se iban, con las manos entrelazadas y una expresión de tristeza en los labios, la baronesa añadió:

—Tendré que pensar algo para que se acuerden de nosotros.

Todo salió muy bien, dadas las circunstancias. El Langham puso a disposición de las señoras cuatro doncellas que se encargaron de empaquetar todo el equipaje y también de comprar catorce baúles nuevos donde meter las distintas adquisiciones que los Schieffelin habían hecho en las tiendas londinenses, incluida la colección de elefantes de porcelana que nadie sabía cómo embalar para que llegaran de una pieza y que ocupaban media docena de los baúles más grandes. El señor Lehman acudió a ayudarlos tres mañanas completas, en las que coordinó con eficacia todos los trabajos y supervisó el traslado de todo el equipaje a Liverpool. También se ocupó de adquirir los pasajes en el único barco disponible, el City of Brooklyn, de la compañía Inman. Solo quedaban dos camarotes de primera clase, que reservó sin demora. Los Schieffelin hubieran preferido tres camarotes y un barco de la Cunard, pero no podían elegir. El día de la partida el director del hotel acudió al puerto a despedirlos y allí encontraron también a Owen, quien, muy circunspecto, le dijo a Eugene:

—Anímese a fundar en América su propia sociedad de aclimatación, amigo mío. Su país necesita algo de lo que alegrarse.

Eugene prometió pensarlo.

Hacía bastante buen tiempo (para ser Liverpool). Los mozos acababan de subir a bordo del City of Brooklyn el último de los treinta y seis baúles de los Schieffelin. Dos grandes barcazas de carbón estaban descargando en las bodegas del barco, bajo la atenta vigilancia de varios técnicos y una multitud de curiosos. Los Schieffelin, que ya se habían despedido del director del hotel y de Owen y se dirigían hacia el puente de mando para saludar al capitán, percibieron de pronto un extraño revuelo en los muelles. Como habían navegado lo bastante para saber que el momento del embarque era siempre el más divertido y sorprendente de un viaje, se volvieron a mirar qué era aquello.

Se acercaba lo que parecía una última remesa de equipaje tambaleándose sobre una carreta. Parecían maletas pequeñas, o tal vez cajas, aunque era imposible saberlo porque estaban cubiertas por una gran lona oscura. Delante de la carreta iba un guardia a caballo abriendo paso. Detrás, dos empleados de la aduana sujetaban la carga y, más allá, los curiosos se exclamaban al ver la mercancía.

De pronto la carreta se detuvo, muy cerca de la pasarela por la que aún subían viajeros. El conductor le dijo algo al policía, quien le transmitió el mensaje a un vigilante, y este se lo hizo saber al oficial de la pasarela, quien a su vez se dirigió al encargado de la segunda cubierta, y este al tercer oficial a bordo, hasta que la instrucción llegó, clara y diáfana, a su destino:

—Equipaje para la señora Schieffelin.

Catherine abrió mucho los ojos.

—¿Para mí? No puede ser. Nuestros baúles ya están todos en...

El tercer oficial interrumpió su desconcierto:

—Me han pedido que le entregue esto, señora.

Era un sobre azul con el escudo de armas de la baronesa de Burdett-Coutts. En el interior, con caligrafía impecable, decía:

> Feliz viaje de vuelta, querida.
>
> Confío en que ahora no echará usted nada de menos.

De pronto distinguió abajo, en el muelle, al señor Lehman. Iba tan elegantemente vestido como de costumbre y sonreía a su modo encantador mientras agitaba una mano enguantada. Como siempre, lo había supervisado todo.

El regalo, que los mozos del muelle se afanaban por subir a bordo, no podía ser más extraño: treinta pequeñas jaulas de madera que contenían tres decenas de parejas de *Passer domesticus*. Es decir, gorriones comunes.

IV

Aclimatación

Augusta Victoria

Querido Melville:

No te lo vas a creer. ¡El señor Pulitzer se ha puesto de mi parte! Chambers ha tenido que tragarse sus palabras y autorizar mi vuelta al mundo. Mi salida es inminente. Tengo tanto que hacer que apenas me queda tiempo para dormir. Por favor, dile a la señora Schieffelin que piense en lo que le dije y que me disculpe por el modo en que abandoné el restaurante del Casino ayer. En cuanto a ti, confía en tus sueños del mismo modo en que confiaste en los míos. Si lo consigo, lo celebraremos a lo grande. Y si no, tal vez llore sobre tu hombro (no sería la primera vez). Ah, y no te olvides de mí. Prométtelo.

Nellie

Llevábamos un buen rato sin ver a Daniel por aquí —por necesidades de la historia— y le echábamos de menos. El billete, que un mozo ha entregado a primera hora en casa de los Schieffelin, lleva su nombre impecablemente escrito en el anverso. Nada más abrirlo, se siente halagado de que su amiga se haya acordado de él. Se apresura a transmitir el mensaje a Catherine.

—¿Vuelta al mundo? —pregunta la señora de la casa.

—La señorita Bly pretende batir la marca de Phileas Fogg, el personaje de la novela de Jules Verne, en el mismo recorrido alrededor del mundo.

Catherine y Eugene quedan muy impresionados.

—No creo que haya nada que la señorita Bly no pueda lograr. ¿Cuándo se marcha?

Daniel no conoce los detalles. Solo que la salida de Nellie es «inminente», como ella le ha escrito.

La edición de la tarde del *World* aclara algunas de sus dudas: «Nellie Bly, la intrépida reportera con enaguas, saldrá mañana hacia Southampton a bordo del Augusta Victoria. ¿Logrará batir el récord?», reza un gran titular. Catherine lee con interés todos los detalles.

—Por lo visto, planea llevar solo un bolso de mano —les cuenta a Daniel y Eugene, que la escuchan.

—¿Y dónde va a meter todos sus objetos personales? —pregunta Eugene—. ¿En los baúles de algún acompañante?

—Viajará sola —informa Daniel.

—Espero que, por lo menos, vaya armada —susurra Schieffelin.

—¿Armada? —Daniel menea la cabeza—. No, imposible.

—Señor Rouduiguess. —Catherine se vuelve hacia Daniel casi con violencia—. Debe ir usted a despedirla. Vaya al puerto. Le conseguiremos un par de muletas. Deséele suerte. Podría no regresar. Lo que se propone es muy peligroso. Mucho más para una mujer sola. Lo hará, ¿verdad?

Daniel balbucea un asentimiento.

—En ese caso, voy a escribirle una carta para comunicarle nuestros mejores deseos —añade Catherine—. Así tendrá usted una buena excusa para acercarse a ella.

Tal y como Catherine le ha prácticamente ordenado, a las nueve en punto del día siguiente, desoyendo las punzadas de dolor de su tobillo, Daniel trata de abrirse paso entre el gentío que se ha congregado en el muelle de Lackawanna para alcanzar la pasarela por donde Nellie Bly tendrá que subir a bordo del Augusta Victoria. El capitán y parte de la tripulación están ya en cubierta para recibir a la reportera. Hay una banda de música, varios enviados de diversos periódicos —no solo de la ciudad de Nueva York— y una horda de curiosos deseosos de ver a la viajera más famosa de la historia.

Daniel ve a Nellie llegar a bordo de un carruaje. Saluda a la multitud, que la vitorea. Se abre camino hacia la pasarela. Está exultante, muy cómoda en su papel de celebridad. Ya casi alcanza la pasarela y aún no ha reparado en su presencia. Lleva un abrigo a cuadros y su ya famoso bolso de mano. Al pie de la pasarela se detiene a hablar con la prensa.

—¿Puede decirnos qué ha metido en el bolso, señorita Bly? —le pregunta alguien.

—Claro, con mucho gusto —responde ella—:

dos gorros de viaje, tres velos, un par de zapatillas, un juego de artículos de aseo, tintero, plumas, lápices y papel, alfileres, agujas e hilo, un salto de cama, una chaqueta, una botella pequeña y un vaso, varias mudas de ropa interior, una buena cantidad de pañuelos y cintas nuevas, mi pasaporte recién expedido y un gran frasco de crema facial, que no había modo de meter por mucho que empujara. ¿Por qué los harán tan grandes?

—¿Y eso es todo para un viaje tan largo? ¿No lleva ropa para cambiarse?

—Solo el vestido que ven —se ufana Nellie—, además de este abrigo especial para todo tipo de climas confeccionado a prueba de manchas y roturas.

Los periodistas toman notas frenéticamente. Le desean buen viaje. Nellie posa para los retratos. Les dice que debe irse y se da la vuelta. Entonces ve a Daniel, sus muletas, su cara de dolor. Su expresión se ilumina de alegría.

—¡Melville! ¿Qué haces aquí? Si estás tullido.

—La señora Schieffelin te manda un mensaje. —Le entrega la carta de Catherine.

Apenas le salen las palabras. Quiere que Nellie cumpla sus sueños, pero no soporta que se aleje. Le gusta que todos la conozcan, pero le duele perder a su única amiga. Daniel convive con las contradicciones. Nellie se da cuenta de que tiene los ojos húmedos.

—¿Has venido hasta aquí caminando con muletas para entregarme una carta de la señora Schieffelin?

—También quería decirte adiós. —La voz casi

se le rompe. Calla para no delatarse. Pero lo hace a la frase siguiente—: Te echaré de menos.

Nellie le agarra las manos. Lleva guantes, porque hace frío, aunque el día no puede ser más luminoso ni el cielo más azul. Una mañana perfecta para hacerse a la mar. Durante unos segundos, permanecen así, agarrados de las manos, sin saber qué deben decirse. Luego ella le estampa un beso rápido en la mejilla y le dice:

—¡Debo irme! ¡Sé bueno, Melville!

Y sube al trote la pasarela.

Sociedad Americana de Aclimatación
20 de abril de 1871

—Perfecto, caballeros, ¿por dónde empezamos?

Estamos en la nueva casa de los Schieffelin en la avenida Madison. Alrededor de la mesa del jardín, bajo un sol desleído, se sientan nueve caballeros ricos y elegantes, unidos por su complacencia y su afán de mejorar el mundo. Albert Edwards, William Clark, Joseph Westerfield, Joshua Ludlow..., todos viejos conocidos, medio parientes, colegas, iguales. Son los miembros fundadores de la nueva Sociedad Americana de Aclimatación. Un capricho de Eugene Schieffelin, que, tras llegar de Europa con un cargamento de gorriones y liberarlos como un aficionado, ha decidido tomarse las cosas un poco más en serio. Sobre la mesa reposan grandes vasos de limonada recién exprimida y el acta fundacional de la sociedad, con la tinta aún fresca, donde se afirma que persiguen «la introducción de aquellas especies animales o vegetales que puedan resultar útiles o interesantes».

La Sociedad Americana de Aclimatación llega con un cándido retraso: ya en Europa la aclimatación declina elegantemente, lo mismo que sus seguidores. Quienes creyeron en ella hace cincuenta años, en lugares tan civilizados como París, Madrid o Londres, han terminado por aceptar que tal vez no era tan buena idea. Que acaso las especies animales y vegetales deben quedarse donde están. Los conejos australianos de los que tanto se vanagloriaron son hoy un dolor de cabeza. Charles Darwin ha refutado al tibio lamarckismo que fue la inspiración de todos ellos. Los tiempos cambian, aunque ellos aún no lo perciben.

Antes de comenzar la reunión, Eugene Schieffelin les ha mostrado a sus amigos y colegas un libro recién aparecido en Inglaterra: *Los pájaros de Shakespeare*, de James Edmund Harting. El autor ha tenido la deferencia de enviarles un par de ejemplares, uno de ellos gentilmente autografiado para su hermana Martha. Les cuenta que en Londres conocieron al señor Harting y tuvieron ocasión de escuchar una conferencia sobre sus investigaciones. Recuerda algunos datos: los halcones, los cuervos, las alondras, los estorninos... Luego deja el libro sobre la mesa y repite la pregunta:

—¿Por dónde empezamos, caballeros?

Nadie sabe qué decir. ¿Animales o plantas? ¿Alguna sugerencia? Alguien propone que constituyan una comisión de mamíferos y otra de peces. Y qué hay de los pájaros. Sí, sí, claro, también una de pájaros. Se habla de las ballenas del Aquarium. A alguno le parecería bien invertir varios centenares de dólares en comprar cetáceos para que los neoyorquinos los admiren en sus grandes peceras. Alguien dice que las peceras dan disgustos porque se rompen.

Mejor apuntar a objetivos más elevados. Pájaros. Sí, eso, hablemos de pájaros. Son un símbolo de la belleza, de la sutileza, no necesitan piscinas y son de un tamaño manejable. A nadie le disgustan los pájaros. Se valoran diferentes especies. Pinzones ingleses, gorriones de Java, alondras, faisanes... Schieffelin niega con la cabeza con la vista puesta en la superficie de la mesa.

—Yo pienso que nuestra sociedad debería comenzar con algo más... llamativo —dice Westerfield.

—Ambicioso —puntualiza Edwards.

—Muy bien —tercia alguno—, ¿qué sugieren ustedes?

Schieffelin no ha traído una propuesta concreta. Esperaba que sus colegas tuvieran una participación más activa en la reunión. Que no se limitaran a firmar el acta y hablar de ballenas. Y lo peor es que no ve en ellos el menor propósito de enmienda. Intenta decir algo que esté a la altura de sus propias expectativas. De pronto repara en el libro de Harting y exclama, presa del entusiasmo:

—¡Introduzcamos en la ciudad todos los pájaros nombrados por Shakespeare en sus obras!

Los otros parecen despertar de un letargo. La idea es hermosa, desde luego. Bellísima. Y no solo eso. Tiene otras virtudes. Les hace parecer más cultos y refinados de lo que son. Es la idea de un grupo de caballeros con intereses elevados. Schieffelin ve sus rostros de aprobación y se apresura a añadir:

—Aquí está todo. —Señala el trabajo de Harting—. Son cincuenta y cuatro especies. Algunas muy presentes en la obra del Bardo, otras no tanto.

Podríamos elaborar una lista según el número de menciones de cada una. Y empezar con los más nombrados. Los cuervos, por ejemplo, o los búhos.

La idea no es bien recibida.

—¡Me opongo a los búhos! —dice Edwards—. Shakespeare los odiaba. No tiene sentido introducir en nuestro país especies que el genio hubiera querido erradicar del suyo.

—¿En qué se basa para decir que Shakespeare odiaba a los búhos? —protesta otro.

—Búhos y lechuzas —aclara Edwards—. Escribió horrores de las estrigiformes, ¿no lo sabe usted? Dijo que las brujas usaban alas de lechuza para cocinar sus pócimas mágicas. Estaba convencido de que los búhos anuncian la muerte y atraen las desgracias. Las llamaba «criaturas fatales». Lady Macbeth oye chillar a una lechuza mientras comete su asesinato. Ricardo III las oye también, y las interpreta como signos de la muerte. En *La comedia de los errores* las lechuzas son amigas de las hadas... En fin, ¿necesitan ustedes más argumentos? ¡Yo voto por expulsar a los búhos y las lechuzas de nuestros planes, como el propio Shakespeare hubiera querido que hiciéramos!

Todos quedan impresionados con los conocimientos de Edwards sobre el asunto.

—Pero todo eso, amigo mío, son supersticiones de gente ignorante —se atreve a decir Clark.

A lo que Edwards salta de inmediato:

—¿Acaso está usted llamando ignorante y supersticioso al gran Shakespeare?

Se instala entre ellos un silencio acusador.

—¿Y si lo hacemos por orden alfabético? —interviene Schieffelin, para tratar de calmar los ánimos—. En ese caso, deberíamos empezar por el busardo, una especie de aguilucho. Aunque está el problema de que Shakespeare solo lo mencionó dos veces.

—¿Y cuál sería el siguiente?

—El gallo lira. Siete menciones.

Schieffelin consulta los índices de Harting, deliciosamente prolijos.

—¿Ese orden se basa en los nombres en latín?

—No, señor, en inglés.

—No apruebo el criterio. Deberíamos utilizar los nombres de Linneo. Es lo correcto, dadas las circunstancias. ¡Somos una sociedad científica!

No todos comparten la misma opinión sobre «las circunstancias», pero les gusta la idea de incluir latines en sus decisiones. Todo esto de los nombres de los pájaros es un tremendo embrollo que no han previsto.

—En ese caso —continúa Schieffelin—, los primeros deberían ser el *Accipiter gentilis* y la *Alauda arvensis*. Es decir, el azor y la alondra.

—La alondra estaría muy bien. Tiene un canto hermoso. Pero lo del azor... —opina Westerfield.

Se quedan pensativos. Los azores no despiertan sus simpatías. El orden de Linneo tampoco les sirve. No parecen avanzar hacia ninguna parte.

—Es una gran empresa, señores. Nos llevará años completarla —dice Clark—. Lo digo para que lo tengamos en cuenta.

—Cierto —observa Schieffelin—. Pero los objetivos a largo plazo imprimen seriedad a nuestros planes, ¿no les parece? Está bien quedar por gente ambiciosa y constante.

Los señores fundadores cabecean. Dicen «bien» y «ajá» varias veces y empiezan a vislumbrar el lío en el que se están metiendo. Algunos comienzan a arrepentirse de estar aquí. No está mal tener una excusa para viajar a Europa. Aunque tal vez algunas aves podrían conseguirse de otro modo. Se elabora una lista de propósitos concretos. Westerfield se encargará de las alondras. Edwards, de las tórtolas. El cisne blanco, el ruiseñor y la golondrina no son adjudicados. De la gallina, el pavo o el faisán, por ahora, no piensan preocuparse. Demasiado vulgares. Ludlow aprueba en silencio, como ha hecho durante toda la reunión. ¿Dirán algo a la prensa? Aún no. Prefieren esperar a los primeros resultados. Así lo acuerdan. Nadie quiere hacer el ridículo.

—No será fácil, caballeros —concluye Edwards—, pero lo haremos por nuestro país. Y por el futuro. El cielo que verán las generaciones venideras será más hermoso que el que disfrutamos hoy.

—Desde luego —proclama Joshua Ludlow eufórico—. Trabajar por el futuro es el más noble de los propósitos. Nuestros descendientes nos lo agradecerán.

—Brindemos por eso —dice Schieffelin—. Por el cielo del futuro. Por la belleza que verán nuestros nietos gracias a nosotros.

No hay duda en su gesto. Se creen lo que dicen. Levantan las copas de limonada y brindan. Está claro que no tienen ni idea de lo que están haciendo.

Y, YA QUE HA SALIDO EL TEMA,
ABRAMOS AQUÍ UN CUARTO PARÉNTESIS
PARA HABLAR DEL FUTURO QUE
IMAGINAN SCHIEFFELIN Y SUS COLEGAS
Y QUE, COMO SUELE PASAR, NO TENDRÁ
NADA QUE VER CON EL REAL.

Un avión L-118 Electra, operado por la compañía Eastern Airlines, se detuvo a las 17.35 del 4 de octubre de 1960 al principio de la pista número 9 del Aeropuerto Internacional de Logan, Boston, Massachusetts. La tripulación, formada por ocho personas, había llegado aquel mismo día del aeropuerto de La Guardia, en Nueva York. Tras las labores de repostaje y limpieza, se les asignó el número de vuelo 375 con destino a Filadelfia. Llevaban setenta y dos pasajeros. Volarían a diez mil pies. Estimaban llegar a las nueve de la noche. El tiempo en Filadelfia era estable y la temperatura prevista era de 63 grados Fahrenheit, 17 centígrados.

A las 17.39, el capitán del avión, Curtis W. Fitts, recibió de la torre de control la autorización para despegar. Puso los cuatro motores a máxima potencia y se dispuso a emprender la marcha. Era un veterano, de modo que sabía bien lo que se hacía. También sabía que el momento del despegue es siempre el más delicado. Como un colega de Fitts contó a los investigadores unos días después, «el despegue es ese instante crítico en que un avión deja de ser un pesado vehículo terrestre pero aún no se ha convertido en una ligera máquina de volar».

Cuatro segundos más tarde, cuando el aparato estaba solo a cincuenta y seis pies del suelo —unos diecisiete metros—, una bandada de pájaros impactó de frente contra el avión. El capitán Fitts vio como docenas de aves negras estallaban contra el cristal de la cabina. El aparato se inclinó hacia el lado izquierdo, pero siguió ascendiendo. Tres de los cuatro motores fallaron. El número uno se incendió. El dos y el cuatro sufrieron una considerable pérdida de potencia. El motor número tres, el único que había salido ileso del choque, no fue suficiente para convertir el avión en «una ligera máquina de volar».

El Electra se inclinó hacia delante. Dos azafatas que viajaban en la parte trasera dijeron que habían oído «una fuerte explosión» antes de que el avión se inclinase. Testigos presenciales afirmaron que adoptó una posición vertical solo un instante antes de partirse en dos. Estaba solo a noventa metros de altura. Los ocho pasajeros y las dos azafatas que viajaban cerca de la cola salieron despedidos y cayeron al agua de la bahía, donde algunos barcos acudieron a rescatarlos. De los diez, nueve resultaron gravemente heridos. Fueron los únicos supervivientes del accidente.

El piloto Curtis W. Fitts, su segundo, Martin J. Calloway, y el mecánico de vuelo Malcom Hall, así como los sesenta y dos pasajeros que quedaron en la parte delantera del avión, corrieron mucha peor suerte. El piloto Fitts era un hombre experimentado: tenía cincuenta y nueve años y 23.195 horas de vuelo, de las cuales 1.053 las había pasado en el asiento izquierdo del L-188. Era natural de Bell-Meadow (Georgia), llevaba al servicio de Eastern Airlines desde 1934. El copiloto Calloway era de Atlanta, había prestado siete años de servicio en la compañía y pocos meses antes superó un examen necesario para operar vuelos comerciales. Tenía 5.820 horas de vuelo, aunque apenas 201 en el L-188. Lo mismo le ocurría al ingeniero Hall: nacido en Memphis (Tennessee), era otro profesional cualificado, con 7.796 horas de vuelo (369 en el L-188). Es decir, el Boston Electra estaba en buenas manos.

En la lista de pasajeros que perdieron la vida en el accidente figuran solo cuatro mujeres (esposas de grandes empresarios, todas ellas). Aparecen nueve jóvenes de menos de veinte años, sin profesión definida: nuevos reclutas del centro de entrenamiento de Marines en Parris Island. Varios profesionales del calzado: dueños de grandes compañías, empleados, representantes, vendedores... que volvían a casa tras asistir a un congreso de zapatería que se había celebrado en Boston. Un fabricante de muebles, el encargado del Departamento de Cirugía Ortopédica del Hospital Universitario de Pensilvania y un ciudadano coreano de veintinueve años, del que solo sabemos que había nacido en Seúl. Seis de los cuerpos nunca pudieron recuperarse, y en la lista de fallecidos figuran al final, tras el epígrafe «Perdidos o presumiblemente muertos». Entre ellos, los del piloto C. W. Fitts y su segundo de a bordo, Martin J. Calloway.

Lo que quedaba del Electra cayó en una zona de

aguas pantanosas y poco profundas, donde el impacto fue muy fuerte y las labores de rescate resultaron muy complicadas. A pesar de todo, el 8 de octubre los cuatro motores y todos los fragmentos de fuselaje habían sido recuperados del fondo del mar. Las fotos que muestran a los grandes buques de carga de la Marina estadounidense extrayendo de las aguas los fragmentos del gran artefacto resultan aterradoras.

Los testigos de la tragedia describieron escenas de auténtico horror. La peor, sin duda, es esta: una hilera de cuerpos recuperados del lodo, aún amarrados con el cinturón de seguridad a sus asientos, que los bomberos fueron dejando sobre la arena blanca de la playa. Muchas de las víctimas fueron propulsadas y se hundieron lentamente en el barro sin poder escapar.

Las investigaciones duraron meses. Había mucho en juego. La compañía Lockheed, responsable de la fabricación del L-188, necesitaba que el nuevo modelo fuera un éxito de ventas para recuperar la enorme inversión que había supuesto su diseño. Iban camino de lograrlo. Tenían muchos encargos y las previsiones de producción a medio plazo eran muy favorables. El accidente cambió las cosas. Todos los clientes anularon los pedidos existentes y, por supuesto, no hubo nuevos encargos. El modelo cayó en desgracia. Tratar de sacudirse la culpa fue la estrategia que eligió la compañía ante la inminencia del desastre total. Se responsabilizó a la empresa que diseñó los asientos. Se buscó un fallo humano en el comportamiento del copiloto, el señor Calloway, y también se habló de la falta de mantenimiento de la cabina. Todo muy bien voceado por los medios de comunicación.

Según pruebas realizadas por la compañía, la entrada de un solo pájaro en un motor Allison 503-D13 —los que llevaba el Boston Electra— provoca un fallo temporal. Transcurridos unos segundos, el motor recupera de forma automática su funcionamiento. Lo mismo ocurre si los pájaros son dos, cuatro o incluso seis. El informe genera dudas sobre las consecuencias de la colisión de ocho pájaros contra un mismo motor al mismo tiempo, pero deja claro que lo realmente catastrófico es la entrada de ocho aves en dos grupos de cuatro y en un intervalo de varios segundos. Eso fue lo que, al parecer, le ocurrió al motor número uno del Boston Electra, el único que al rescatarlo del fondo del mar presentaba fallos irreparables. Los demás funcionaban perfectamente.

El informe no habla de «pájaros» ni «aves». Habla de «estorninos». Porque esa fue la especie que colisionó contra el L-188. *Sturnus vulgaris*, estorninos pintos o —como se les conoce en Norteamérica— estorninos europeos. Un pájaro de tamaño medio de la familia de los estórnidos, de unos quince centímetros de longitud, plumaje negro con iridiscencias verdes y violetas y pico amarillo intenso. Nunca se había hablado tanto de ellos. Los estorninos que impactaron contra el Boston Electra volaban en bandada porque eso es lo que hacen los de su especie en otoño cuando cae la tarde. De hecho, en ese lugar de la bahía de Massachusetts llevaban haciéndolo aproximadamente medio siglo, desde que llegaron a la zona procedentes del sur. Muchos veraneantes, curiosos y aficionados a los pájaros acudían allí solo para verlos, porque los vuelos en bandada de los estorninos gozan de fama en todo el mundo. Murmuraciones, las llaman, por el sonido que emiten las aves. Danzas, por su movimiento singular. Quien ha visto alguna vez las caprichosas figuras que forman en el cielo las describe como hipnóticas, fascinantes e incluso mágicas. Tantos pájaros volando juntos, girando al mismo tiempo en la misma dirección, dibujando negras volutas sobre los colores del atardecer. Uno de los más fabulosos espectáculos de la naturaleza, a decir de muchos. Por suerte, este fenómeno no solo ocurre en la bahía de Massachusetts, sino allí donde esta especie tan versátil ha logrado establecerse.

Los expertos calculan que la bandada que se estrelló contra el vuelo 375 estaba formada por unos veinte mil individuos. En realidad, era una bandada pequeña —las hay de hasta un millón de ejemplares—, pero sus miembros volaban muy juntos. Acercarse los unos a los otros durante el vuelo es una de las estrategias que emplean estos pájaros para tratar de escapar de sus depredadores (por lo general, halcones). Un ave solitaria siempre resulta más vulnerable que un grupo numeroso, aunque solo sea por la ley de probabilidades. Los pájaros de Massachusetts tomaron al Boston Electra por un gran depredador y trataron de hacer lo posible para zafarse de él. Sin éxito, claro. No es lo mismo enfrentarse a un halcón hambriento que a un avión turborreactor.

Se calcula que unos ciento veinte estorninos murieron en el acto, bien triturados por los motores del

Electra, bien al estrellarse contra el cristal de la cabina. Otro centenar quedaron diseminados por la pista de aterrizaje número 9, heridos de gravedad o muertos. Los investigadores nunca pudieron aclarar cuántos de ellos exactamente fueron tragados por los motores. Alcanzaron una primera conclusión: los cuatrimotores turbohélice fabricados por la compañía Lockheed para cubrir distancias cortas y medias dentro de los Estados Unidos resultaron especialmente propensos a sufrir accidentes por culpa del impacto de pájaros. Siguió una segunda conclusión: había que tomar medidas urgentes para evitar otra desgracia parecida. La del Boston Electra aún hoy es la peor catástrofe aérea por impacto con aves de toda la historia de la aviación civil y propició el cambio de las políticas medioambientales no solo en los Estados Unidos, sino en el mundo entero.

Otra consecuencia: los estorninos saltaron a la fama. De pronto, todo el mundo comenzó a hablar de ellos. De lo muy perjudiciales que eran. Para el campo, para las cosechas, para otros pájaros. Alguien reparó en que no se trataba de una especie autóctona, genuina de los Estados Unidos. No estaban ahí cuando unos insensatos holandeses desembarcaron por vez primera en un islote pedregoso y lo llamaron Nueva Ámsterdam. Tampoco cuando los neoyorquinos expulsaron de la ciudad a los colonos ingleses. Ni cuando Abraham Lincoln habló por primera vez de abolir la esclavitud. Nunca hubo estorninos sobre los campos de algodón del Sur. Decidieron que eran una peste, una plaga, una invasión.

Los pájaros extranjeros, dicen algunos, como si

los pájaros necesitaran pasaportes para moverse a sus anchas por el mundo. Como si alguien fuera extranjero en alguna parte. Como si la destructiva especie humana tuviera derecho a acusar de invasora a alguna otra. En internet puede comprarse una trampa para estorninos por ochenta y seis dólares. El Starlicide es un insecticida diseñado solo para ellos. Provoca un fallo renal lento, imparable y —dicen los humanos— indoloro. El Gobierno de los Estados Unidos invierte todos los años miles de dólares en exterminar estorninos. En todos los reportajes donde se habla de ellos se nombra también a Eugene Schieffelin. Rico caprichoso, idiota, descerebrado, irresponsable: son solo algunos de los epítetos que le dedican sus admiradores. Aunque no falta quien le perdona: «Tuvo una mala idea —afirma alguno— pero, sin duda, fue una mala idea muy hermosa».

En fin, terminemos de una vez. Salgamos a dar un paseo por Nueva York. Central Park está repleto de estorninos. Acompañan a los visitantes en sus paseos, refulgen bajo el sol de primavera, contemplan el panorama desde la fuente del Ángel de las aguas, frecuentan las altas copas de The Ramble y se posan en las falsas almenas del castillo de Belvedere. También los hay a la orilla del Hudson, junto a la Ciento cuarenta y cuatro, en el parque de Riverbank, justo en el lugar donde antaño estuvo la charca de los patos de Rooka Hall. Y, por supuesto, habitan los raquíticos arbolitos que rodean la iglesia de Saint Mary, en lo que hoy es un barrio poblado por emigrantes latinoamericanos, y donde la reverenda, también llamada Mary, se esfuerza por incorporar el castellano a sus oficios de los domingos y ofrecer a sus parroquianos la sensación de que no están tan lejos de casa. Incluso podría ser que mientras los feligreses sostienen sus cantorales y entonan con devoción *His Eye is On The Sparrow* haya un estornino piando en la alta ventana cenital, como si supiera que todo esto también es de su incumbencia.

Dificultades

Como ya sospechábamos, no hubo forma de que la Sociedad Americana de Aclimatación cumpliera un mínimo calendario en las introducciones de aves. Hubo intentos aislados que terminaron en fracaso y numerosas faltas de coordinación. El señor Owen les ofreció generosamente su ayuda para capturar varias de las especies elegidas y enviarlas en la bodega del primer barco a motor que cruzara el Atlántico, pero cuando Schieffelin le escribió para preguntarle qué tal iba todo, no obtuvo respuesta. Ni esa vez ni las siguientes, ni tampoco a los cables que, cada vez más desconcertado, decidió enviarle. Era como si se lo hubiera tragado la tierra. Encontrar otro colaborador en Inglaterra resultó tarea imposible. Eso desanimó a Schieffelin y dio un buen pretexto a sus colegas para desentenderse de la cuestión.

Con el paso de los años —era inevitable— la indiferencia fue atrapándolos. De pronto aquella empresa de introducir en Central Park los pájaros de Shakespeare no parecía tan ambiciosa, ni tan admirable, ni siquiera tan bonita. Además, era mucho más complicada de lo que habían imaginado (y eso que nunca pació fácil). Ninguno de ellos estaba muy acostumbrado a las adversidades ni a tener que esforzarse por vencerlas. Al fin y al cabo, ¿por qué empeñarse en traer esos bichos a Nueva York si todos y cada uno de los miembros de la Sociedad podían ir a verlos a las campiñas inglesas cada vez que les viniera en gana? ¿No había algo de ridículo en querer imitar a Europa en todo? ¿No iba siendo ya hora de que Europa comenzara a imitarlos a ellos, si es que algo así podía llegar a ocurrir algún día? ¿Y si importaban plantas en lugar de pájaros? ¿Qué tal si en algún lugar hermoso y céntrico del parque inauguraban un jardín shakespeariano? ¿No hablaba también Shakespeare de plantas, flores y hierbas en abundancia? Además, ¿el Bardo aún le importaba a alguien? ¿Seguiría haciéndolo ahora que el progreso y la tecnología gobernaban el mundo?

En resumidas cuentas, perdieron las ganas.

Solo Schieffelin mantuvo el entusiasmo, aunque no por mucho tiempo. No tardó en ocurrir lo de siempre: la pereza ganó la batalla.

No hacer nada siempre ha sido más fácil que hacer algo.

El deseo de Martha

Recordemos que dejamos a Daniel Rodríguez en el muelle de Lackawanna, viendo cómo se alejaba el Augusta Victoria, con Nellie Bly a bordo, rumbo a su loco periplo. Al joven le cuesta reunir fuerzas para marcharse. Cuando al fin se decide, el buque es ya una mota apenas visible sobre el horizonte y él un témpano humano. Maximilian le espera, sentado en el pescante, tiritando de frío. Regresa a la avenida Madison, donde los Schieffelin le estarán esperando ávidos de noticias. Su tobillo palpita de dolor.

Mientras tanto, en casa de los Schieffelin ha habido novedades. El señor se ha levantado a la hora acostumbrada, se ha tomado su copita de Jerez, pero no ha salido a pasear. Parece haber olvidado el interés que no hace tanto sentía por el búho nival. En realidad no lo ha olvidado, tan solo lo ha modificado: ahora está convencido que el búho fue una señal, una advertencia, tal vez Martha diciéndole algo desde el más allá.

Se lo han confirmado los Jacobs esta noche, en un sueño embarullado y repleto de reproches y regañinas.

—Eres un bobo, hijo —le decía el tatarabuelo Schäuffelin.

—Sí, hijo. Un alelado. Siempre lo has sido —añadía el bisabuelo Scheuffelin.

—Y siempre lo serás. Eso es lo malo —apostillaba el abuelo Schieffelin.

Y los tres, a coro:

—¡Ya no sabemos cómo decírtelo, Eugene Schieffelin!

Sentado en la butaca de la sala, ha esperado nervioso a que Catherine se levantara para contárselo todo. Nada más verle, Catherine ha reparado en que Eugene sostenía entre las manos uno de los cuadernos de Martha y que tenía un dedo entre sus páginas, como para marcar un pasaje. Eugene se ha puesto los lentes, ha dado con la página y ha empezado a leer. Era la descripción de un vuelo acrobático que, sin duda, Catherine recuerda, porque estaba allí. El baile de los estorninos, lo llamó su hermana, la murmuración. Un espectáculo de una belleza sobrecogedora que la hizo sentir afortunada y feliz. El estilo del fragmento, escrito con palabras sencillas pero plagado de ideas profundas, les devuelve a ambos el entusiasmo de Martha, su alegría, su inteligencia, aquel modo suyo de ser natural y al mismo tiempo extraordinaria. El pasaje termina con una frase reveladora: «Ojalá los estorninos pudieran bailar algún día sobre las aguas de la bahía de Nueva York».

Schieffelin ha cerrado el cuaderno. Le ha parecido que Catherine adivinaba sus pensamientos, pero aun así ha añadido:

—Es lo que quiero hacer. No sé cómo no se me

ha ocurrido antes. —Ha hecho una pausa—. Quiero cumplir el deseo de Martha. Que los estorninos bailen sobre Nueva York. Será mi modo de rendirle homenaje.

Catherine ha visto en el acto la dificultad de la empresa, pero no lo ha dicho. Todo lo contrario, si eso es lo que su marido desea, lo que necesita hacer para sentirse bien, está dispuesta a apoyarle.

—¿Has pensado cómo lo vas a hacer?

—Aún no. No puedo contar con Owen, ni con nadie en Londres. Lo mejor será que vaya yo mismo.

—¿Tú?

—Me gustaría que me acompañaras.

—Claro. Con una condición. —Ha sonreído, es obvio que la condición será benévola—. Que contrates a un ayudante. Podrás escribir al fin tus recuerdos, pero te ayudará en todo lo demás. Tengo un candidato perfecto.

Schieffelin siempre está dispuesto a darle la razón a su mujer. También esta vez. Le vendrá bien un poco de ayuda.

—De acuerdo —ha admitido.

Y con esa frase ha empezado su viaje.

Un asunto europeo

Cuando Daniel llega a casa de los Schieffelin, encuentra a los anfitriones sentados en el salón esperándole. Le asusta su formalidad. Por un momento piensa que van a afearle en algo su conducta o que van a pedirle que se marche. Se sorprende de escuchar:

—Tenemos una oferta para usted, señor Rouduiguess —le dice Catherine.

—De trabajo —puntualiza Eugene.

Daniel se sienta, expectante, frente a ellos. El pie le late, como si el corazón se le hubiera desplazado hasta el tobillo. Habla Catherine:

—Mi marido y yo necesitamos un ayudante.

—¿Un ayudante? —pregunta Daniel—. ¿Para qué?

—Quiero escribir mis recuerdos de infancia —explica Eugene—. Hace mucho que lo intento, pero siempre estoy en el mismo punto, como si mis escritos fueran el tejido de Penélope. Y también hay cierto asunto europeo del que deseo hablarle.

—¿Asunto europeo? —inquiere Daniel.

—Un asunto de pájaros. Estorninos.

—¿Estorninos? —repite de nuevo Daniel.

—Acomódese, haga el favor —le pide Catherine—. Ponga el pie en alto. Le daremos los detalles. Así podrá decidir si acepta o si, por el contrario, debemos buscar a otra persona.

Antes de que los Schieffelin, por turnos, comiencen a contarle su descabellada idea de viajar a Londres a capturar estorninos, antes de que le ofrezcan una cantidad de dinero tan descomunal que le cueste trabajo incluso imaginarla y antes de saber que ha sido Nellie quien le ha recomendado para el puesto, antes de todo eso Daniel ya sabe que va a aceptar el trabajo.

No se hace rogar. Les da a los Schieffelin una gran satisfacción.

—No sabe lo contenta que estoy, señor Rouduiguess —le dice Catherine la primera vez que hablan a solas—. Mi marido se aburre mucho en las navegaciones, ¿sabe? Trabajar con usted le mantendrá distraído. Además, una vez que lleguemos a Inglaterra necesitaremos mucha ayuda. Un secretario, un ayudante de campo, un colaborador de confianza. En fin, no sé, un poco de todo, señor Rouduiguess, pero necesitaremos a alguien. Le necesitaremos. Hoy mismo Maximilian se encargará de comprar los pasajes. Saldremos la semana que viene, o tal vez la otra, en todo caso no queremos esperar, será seguro antes de Navidades, o tal vez inmediatamente después. Es difícil conocer todos los detalles. Viajará usted en segunda clase, en un camarote con todas las comodidades, espero que no le siente mal la navegación, al principio cuesta un poco acostumbrarse, pero luego ya verá que no es nada. Le va a encantar, estoy segura. ¿Ha viajado alguna vez a ultramar? ¿No? Es de lo más emocionante. En Londres se alojará usted con nosotros en el hotel Langham. Tengo entendido que ahora hay baños privados en todas las habitaciones, ¿no es fabuloso? Los ingleses siempre han sido unos avanzados. ¿Le gusta la cultura inglesa? A mí me fascina.

Daniel balbucea. No ha salido nunca de la ciudad. Bueno, una vez fue a Bedford Hills en el ferrocarril. Esa es toda su experiencia viajera.

—Mi familia procede de Europa, de España —dice, por decir algo.

—Ah, cierto. Qué lástima que España quede tan lejos, tan abajo, de lo contrario podría usted ir a conocer a su familia. Aunque yo no se lo aconsejo, querido, tengo entendido que en España los caminos son horribles y que asaltan a todos los viajeros.

Aquella misma tarde, Daniel escribió un billete al señor Chambers. Le dijo que el médico aún no le dejaba apoyar el pie y que en pocos días se iba a Londres en calidad de secretario de los señores Schieffelin. Cuando releyó el mensaje, antes de cerrar el sobre y escribir en él la dirección, le pareció que había sido un poco brusco, pero no corrigió nada. Le alentaba una especie de ánimo perverso, como si se estuviera vengando.

Maximilian recibió la orden de entregar el mensaje y esperar la respuesta. En el billete de vuelta, el muy ocupado Julius Chambers había escrito solo dos palabras: «Buen viaje».

Una reunión de judíos comilones mantuvo a

Ludlow apartado de sus amigos durante todo el día. Los visitó por la tarde, cuando ya había anochecido, y se sorprendió de encontrar a los Schieffelin de un humor tan festivo.

—Nos vamos a Londres —fue lo primero que dijo Catherine al verle.

—Vaya —murmuró el doctor, dejándose caer en su butaca verde.

Apareció Edith con la bandeja, el Oporto y un pastel de carne. El aroma abrió el apetito de todos los presentes. No el de Ludlow, porque desde el mismo momento que cruzó el umbral confesó estar hambriento como un león.

Mientras daba cuenta del pastel y requebraba a la vieja criada irlandesa, el médico escuchó todo lo que sus amigos tenían para contarle. Les dio su bendición, les dijo que de ningún modo se les ocurriera pedirle que fuera con ellos y se levantó para inspeccionar el tobillo de Daniel, del cual dependía una parte de la aventura.

—Esto está hecho un asco, muchacho. Si quiere usted caminar por la capital del Imperio británico, tendrá que hacerme más caso.

Cuando, después de aplicar un ungüento y de reforzar su reprimenda, Joshua Ludlow se dejó caer de nuevo en la butaca, sorprendió a todos con un grito de dolor.

—¿Qué diablos...? —masculló mientras hurgaba en las entrañas del asiento.

Algo se había clavado en su nalga derecha. Un objeto punzante. Un arma al acecho. Un aguijón traidor.

Extrajo un lápiz. Lo miró con extrañeza. Eugene cambió la cara.

—¡Aquí está! ¡Mi lápiz! —dijo tan feliz como si hubiera encontrado un tesoro—. ¡Lo has encontrado, amigo mío! Te estoy muy agradecido.

—No hay de qué, querido —dijo Ludlow—, aunque a mí me parece que ha sido el lápiz quien me ha encontrado a mí.

Murmullo

El camarote de Daniel Rodríguez está en la cubierta de segunda clase. A diferencia del de los Schieffelin, no tiene electricidad ni baño ni alfombras ni vistas —por el pequeño ojo de buey lo único que acierta a ver es el lateral de un bote salvavidas—; no hay —como en el cuarto de los señores— un mayordomo dispuesto a atenderle a cualquier hora del día o de la noche. Pero este primer viaje transatlántico se parece para él a un sueño, o tal vez a una novela de Herman Melville, y no deja de dar gracias a la suerte que tuvo la mañana en que un coche de caballos le atropelló frente a la farmacia Hudnut's y de pensar en el extraño modo que tiene la vida de llevarnos hacia alguna parte.

Daniel no se pierde ni un detalle. Durante el desatraque, mientras los Schieffelin se refugian en el lujo de su compartimiento privado, él permanece en cubierta, con su cuaderno en las manos, listo para tomar nota o hacer algún esbozo del natural, pero tan embelesado con todo lo que ve que no es capaz ni de empuñar el lápiz. El mar resplandece, la ciudad le parece más hermosa cuanto más se aleja en el horizonte y muy pronto descubre que la brisa marina es helada incluso cuando no sopla, y que las personas se comportan en alta mar de un modo distinto a como lo hacen en tierra.

Intenta descansar, como le ha recomendado el doctor Ludlow, pero no puede. Primero, a causa de los nervios. Luego, a causa del mareo. Todo el mundo le ha alertado de ello, pero no pensaba que fuera a ser tan feroz. El pobre Daniel se pasa el día vomitando en el orinal de su camarote —cuando acierta— y se encuentra tan mal que llega a olvidar el tobillo dolorido y a convencerse de que no llegará vivo a la otra orilla.

Por la noche está invitado a la mesa de los Schieffelin y comparece pálido y descompuesto, sin ganas de probar bocado. Alguien le dice que el mareo se pasa comiendo, Daniel ocupa su lugar en la mesa, donde aguardan media docena de cubiertos diferentes y cinco copas de distintos tamaños. El chef le sirve un pedazo de pato en salsa y por un momento a Daniel se le disparan las pulsaciones. Hasta que Catherine, atenta a todo, se acerca a él y susurra junto a su oído:

—Haga usted lo mismo que yo. —Y toma un cuchillo de filo serrado y el tenedor de mayor tamaño.

Los sabores resultan tan nuevos para él como los temas de conversación de sus compañeros de mesa. La mayoría, viajeros experimentados que se deshacen en alabanzas sobre las novedades de las rutas por mar. Todos ellos han conocido la placidez sin prisas de los viajes a vela —alguno la añora—, las zozobras y las suciedades de las primeras máquinas a vapor y los tiempos en que cada quincena se batía un nuevo récord de velocidad.

—Si mi madre supiera que hoy día es posible llegar a Europa en poco más de una semana, lloraría de la emoción —dice alguien.

De todas las novedades que incorpora aquel transatlántico, la más comentada durante la cena, aunque bajando la voz, es la del retrete privado. Por supuesto, semejante cosa solo está disponible en los camarotes de gran lujo —de los que todos los presentes disfrutan, excepto Daniel—, y les parece un avance en todos los sentidos, qué cómodo, qué limpio, qué moderno, qué inglés, pero da un poco de miedo mirar al interior del agujero, es como si pudiera tragarte de pronto. Además, a horas intempestivas de la noche, a quién le apetece salir de la cama para evacuar, ¡y a oscuras! Así que todos ellos siguen conservando sus orinales y dejan tales progresos para las generaciones más jóvenes, que con tal de llevarles la contraria serían capaces de desaguar desde el puente del capitán. Todo esto escucha Daniel sin pronunciar palabra y con el rostro de un color como el del impoluto mantel. Se excusa antes del postre y consigue llegar a su camarote justo a tiempo de vaciar todo el contenido de su estómago en el orinal. Pasa la noche dormitando y tiene sueños geométricos y repetitivos que le hacen sentir fatal.

Al segundo día se encuentra mucho mejor. Se presenta en el desayuno aseado y oliendo a agua de colonia y lo primero que hace es excusarse ante los Schieffelin. Catherine le pregunta si se siente con ánimo para comenzar el trabajo y Daniel contesta con entusiasmo que nunca se ha encontrado mejor. Así que, tras tomar tostadas con abundante mantequilla y tres tazas de café, Daniel va en busca de sus notas y sus cuadernos y comparece en la biblioteca, donde el señor Schieffelin le ha citado.

Schieffelin le espera atildado como para un desayuno con la reina, con su bastón de plata en la mano y las piernas cruzadas. Como todo el mundo está en cubierta, disfrutando del hermoso día o tomando el sol, la biblioteca está casi desierta, con la única excepción de un par de ancianos aletargados.

—¿Por dónde empezamos? —pregunta Daniel, y ante la cara de estupor de Schieffelin, se ve forzado a añadir—: Si lo cree oportuno, yo soy partidario de comenzar por el principio.

Se encallan un rato en esta cuestión. Dónde comienzan las historias. Si es posible distinguir un principio de otro momento cualquiera. Ventajas e inconvenientes de comenzar por el principio y posibles riesgos de no hacerlo. Si esta opción tiene más partidarios que detractores o todo lo contrario. Qué tipo de personas prefieren las historias que comienzan por el final. Los disgustos que provoca la cronología. Si lo que se escribe debe avanzar o no con la misma lógica con que lo hace la vida. Qué sentido tiene escribir si no puede uno permitirse ciertas licencias, como las de alterar el tiempo a su antojo o, más aún, tergiversarlo, deformarlo, juguetear con él como a cada soberano autor le venga en gana. Cuántas narraciones han conocido ambos en las que un exceso de originalidad en el tratamiento de estos asuntos da como resultado un tremendo embrollo que nadie es capaz de comprender. Aunque el tiempo, convienen, siempre es un embrollo, de hecho, el mayor embrollo que un narrador puede afrontar, la piedra con la que tropiezan todos los novelistas y la mayor causa de disgustos por parte de los lectores, siempre tan atentos a los errores y tan dispuestos a señalarlos. Al fin, tras analizar todos los pormenores de la cuestión y citar media docena de ejemplos literarios más, el señor Schieffelin y su joven y esforzado secretario regresan al punto de partida. Es decir, a la pregunta, ¿por dónde empezamos? Y a la respuesta: por el principio.

Bien, ¿y cuál es el principio?

—Me interesaría conocer la historia de sus antepasados —añade Daniel.

Eugene le habla de su abuelo Jacob, y también del bisabuelo y el tatarabuelo, tratando de recordar los relatos de la abuela Hannah. Le habla de Rooka Hall, de John Monday, de la señorita Pynkhurst. De Martha y de la charca de los patos. De su colección de tesoros. A veces, a instancia de Daniel, que toma nota de todo, repite nombres o fechas. Durante unas pocas horas, se olvida de que aquella escena tiene lugar a bordo de un barco y en medio del océano.

El tema favorito de las sobremesas es Nellie Bly. Todos allí han oído hablar de ella, y se dividen entre quienes admiran su valentía y quienes critican su temeridad.

—Ya iba siendo hora de que una mujer demostrara que nosotras podemos hacer lo mismo que los hombres, e incluso mejor —dice una señora cuyas joyas compiten en vistosidad con sus arrugas, y de inmediato apostilla—: Aunque no me extrañaría que la asesinara cualquier desaprensivo en uno de esos países de salvajes en los que pretende meterse. En cierto modo, se lo ha buscado.

—No debería desearle algo tan desagradable a quien no le ha hecho nada —dice Daniel mirando fijamente a los ojos de su compañera de mesa.

Catherine se apresura a intervenir:

—Nuestro joven secretario es muy amigo de la señorita Bly —sonríe—. Y también mi marido y yo le tenemos mucho aprecio.

La señora enjoyada se ve obligada a suavizar un poco, si no su opinión, por lo menos el modo de expresarla.

—Una chica atrevida, sin duda —opina—. Deben de estar ustedes muy preocupados por ella.

El resto de los comensales reciben la noticia con entusiasmo y comienzan a avasallar a Daniel con preguntas.

—¿Pero es cierto que viaja completamente sola?

—¿No tiene familia?

—¿Cómo va a hacer para lavar la ropa?

—¿Alguien sabe dónde debe de estar en este preciso momento?

Daniel lo sabe. Lleva sus propios cálculos.

—Rumbo a Calais, lo más probable —contesta.

Y unos días más tarde informa:

—Hoy la señorita Bly debe de haber llegado a Brindisi.

Y siempre hay alguien que suspira y repite:

—Brindisi...

Catherine Schieffelin encuentra Londres muy cambiada. Mucho más ruidosa, afectada por ese mal de la velocidad del que ya nada escapa, más poblada y a la vez más impersonal que nunca. El hotel Langham está como siempre, con la salvedad de los ascensores y los baños privados, a los que no se acostumbran. Daniel, en cambio, los celebra con alborozo, y llega a pasar horas dentro del ascensor dando conversación al ascensorista, que resulta tener su edad y su desparpajo.

Enseguida se ponen manos a la obra. Eugene se encamina a la Sociedad Británica de Aclimatación, donde le esperan algunos disgustos. El señor Owen no solo está desaparecido para él, sino para el resto de sus carcamales colegas. No queda allí rastro de aquella actividad frenética de otros tiempos, y menos aún del espíritu que la alentó. A nadie le entusiasma la idea de llevar animales de una parte a otra del mundo y en la sociedad solo los libros de los estantes conservan la prestancia de antaño. A pesar de ello, Eugene expone sus planes y encuentra algunos ecos. Capturar estorninos no es una tarea complicada en las campiñas que rodean Londres. Varios de los almidonados miembros que perviven bajo la niebla del salón de fumar se apuntan a la escaramuza, que queda fijada para diez días más tarde «para que los subalternos tengan tiempo de encargar las jaulas, alquilar los coches y ultimar todos los preparativos».

Las novedades que encuentra Catherine son más gozosas. En cuanto Catherine se considera instalada le da a Daniel instrucciones para que lleve un billete de su puño y letra hasta la calle Stratton. En la nota anuncia su llegada y solicita el favor de un encuentro. El mensajero se pierde por el camino varias veces. No entiende el trazado de esta ciudad, dice. La respuesta de la baronesa es escueta:

Nos complacerá mucho que venga usted mañana a tomar el té de la tarde, sola o en la compañía del señor Schieffelin.

«Nos complacerá», dice la nota, y el plural aviva su curiosidad.

Al día siguiente, a las cuatro en punto, el coche de Catherine se detiene en la esquina de Piccadilly y Stratton Street. Un mayordomo joven ocupa ahora el lugar del viejo Joseph, que —imagina— debió de morir hace años. La casa está exactamente tal como la recordaba.

El mayordomo le pide que espere en la biblioteca. Se sienta en la semipenumbra familiar, recuperada, pensando en lo extraña que es la memoria, en lo poco que necesita para recobrar todo lo que parecía perdido para siempre. Un ligero crujido le anuncia la llegada de alguien. Catherine se levanta y mira hacia la puerta. Sus ojos se encuentran con la imagen de la baronesa. Está tan esbelta como siempre, a pesar de sus casi ochenta años. Acaso la espalda un poco menos derecha. El pelo completamente blanco y el rostro y el cuello labrados de arrugas. Conserva esa elegancia que no necesita adornos para destacar. Sus ropas son algo anticuadas. Su sonrisa, de alegría auténtica. Va agarrada del brazo del señor Lehman, que ahora está en los cuarenta. El primer instante les sirve a los tres para constatar el paso del tiempo, para acostumbrarse a sus estragos, por pequeños que sean. Luego, la memoria se encarga de dar importancia solo a lo que la tiene.

—Mi querida Cat —dice la baronesa, emocionada, agarrándola de las dos manos—. Qué inesperada alegría recibir su visita. Espero que se quede lo suficiente como para poder disfrutar de su compañía. ¡Tenemos muchas conversaciones pendientes! Pero antes, dígame, ¿no ha venido Martha con usted?

Catherine se arrepiente en el acto de no haber escrito a su amiga para darle la noticia. Debe hacerlo ahora. Pasa un mal trago.

—No lo esperaba en absoluto —dice la baronesa—. Tan joven. Tan alegre. ¿Por qué siempre parece que la muerte se lleva antes a los mejores? Debe de haber sido para ustedes un golpe terrible, cuánto lo siento.

Catherine se lamenta por el descuido de no informarla.

—Soy yo la que soy una corresponsal nefasta —replica la baronesa—. Sé muy bien que nuestra correspondencia se interrumpió por mi culpa, y no por la suya o la de su cuñada. ¿Sabía que dejé la última carta de Martha sin responder? ¡Cuánto me arrepiento! Deberíamos ser capaces de advertir lo que va a ocurrir para no cometer este tipo de errores irreparables, ¿no cree? En fin —la baronesa intenta parecer más jovial—, no nos martiricemos con lo que no tiene solución. Le pido humildes disculpas por mi pereza epistolar y le prometo que intentaré repararla. Lo importante es que ahora que volvemos a vernos la siento tan cercana como si nunca se hubiera marchado. ¿A usted también le ocurre? Y, ya que hablamos en confianza, dígame sin temor a molestarme, ¿cuántas maldades le han contado sobre nosotros desde que llegó a la ciudad?

¿Siguen criticándome o ya han encontrado un mejor objetivo?

Catherine no sabe a qué se refiere.

—Ay, querida, ¿cómo es posible? —pregunta la baronesa—. Ya veo que también yo he cometido olvidos imperdonables.

William sonríe de un modo enigmático, con la cabeza ladeada. Catherine se da cuenta de que con una de sus manos abraza las de ella, en un gesto de familiaridad que extralimita las funciones de un secretario, por mucho tiempo que lleve al servicio de su señora.

—El señor Lehman y yo nos casamos hace ocho años —dice la baronesa—. Por razones básicamente dinásticas, resolvimos que la ceremonia se celebrara en la intimidad más estricta y que él adoptara mis apellidos y no al revés, como suele hacerse. Ya veo que está sorprendida, querida. No puedo extrañarme. Déjeme añadir algo que solo usted comprenderá: los últimos ocho años han sido los más felices de toda mi vida.

—Que dios los bendiga, queridos míos —salta Catherine—. Cuánto le habría gustado a Martha conocer esta felicidad suya.

La baronesa aprecia la alegría de Catherine, que sabe sincera. Es algo que no puede decir de la mayoría de sus amigos y conocidos, menos aún de sus conciudadanos, para quienes se ha convertido en una vieja loca capaz de perder el sentido y una buena parte de su herencia por un hombre que podría ser su hijo, menuda vergüenza para su clase y para su sexo. Hasta la reina le afeó la conducta en público.

—No diré que no los comprenda —dice—. Tengo treinta y siete años más que mi marido. Soy demasiado vieja hasta para ser su madre.

Pasan a la mesa, donde les aguarda el impecable servicio del té. La baronesa despide al mayordomo con un gesto y William sirve las tazas mientras la conversación prosigue.

—Si viera usted lo humillados que aún se sienten algunos por no haber podido retirarme la palabra. Pero necesitan mi dinero —dice la baronesa mordisqueando uno de esos extraños sándwiches de pepino—. Y también necesitan a William. ¿Sabía usted que se ha metido en política? Va a presentarse a las próximas elecciones.

William atiende a su invitada con exquisitez. De vez en cuando su mano se escapa hasta el brazo del sillón de su esposa y sus dedos meñiques se entrelazan. A Catherine le conmueve este gesto, que le recuerda los amores inocentes, juveniles o furtivos. Admira en silencio al antaño secretario y le parece que le sientan bien todas sus nuevas condiciones: rico propietario, administrador plenipotenciario cuando no por derecho propio, socio en los negocios de su esposa, habitual de los eventos de la alta sociedad y —es solo cuestión de tiempo— político carismático, candidato al Parlamento y representante electo por el distrito de Westminster. Y le ve aún más allá, en el futuro: político retirado, viudo sin consuelo, heredero universal de una inmensa fortuna, albacea y, por fin, continuador de la labor filantrópica de la baronesa, la mujer a la que, por muchos motivos, nunca será capaz de encontrar una sustituta. Nada hay más misterioso que el amor verdadero.

Los meses de invierno son en Inglaterra los más adecuados para capturar estorninos. En esa época los hay en mucho mayor número, debido a las migraciones que llegan desde el norte. Eligen St. James Park.

La labor no es complicada. Consiste en depositar la trampa en el suelo, en un lugar resguardado, y retirarse a esperar. Las trampas son jaulas de tamaño medio con un acceso en forma de embudo a cada lado. En el interior se deposita una cantidad generosa de frutas y semillas, el reclamo. Los estorninos entran con mucha facilidad por los embudos atraídos por la comida, pero una vez terminado el banquete no logran salir. Tras conseguir el objetivo, es importante trasladar enseguida al pájaro a una jaula mayor. Los estorninos se ponen muy nerviosos cuando descubren que están atrapados y pueden llegar a hacerse daño tratando de escapar.

De todo eso se ocupa Daniel. Merodea por los campos helados mirando bien por dónde pisa. Las irregularidades del terreno no son buenas para su tobillo, que aún no se ha recuperado del todo y de vez en cuando se lo recuerda con una punzada de dolor intenso. Daniel organiza como puede los equipos de voluntarios, los invita a beber cerveza o a comer pastel de riñones en una taberna cercana. Recibe a los ocasionales curiosos. Supervisa la eficacia de las trampas. Al final de cada jornada, comunica los resultados a Schieffelin, quien siempre parece algo desilusionado: «Hoy han caído diecisiete», o bien «Hoy el día ha sido flojo. Solo ocho». En un par de ocasiones tiene la fortuna de contemplar, extasiado, el espectáculo del baile de los estorninos en el cielo crepuscular. También él experimenta entonces la embriaguez extraña de la belleza. Ese arrebato repentino que le da sentido a todo, incluso a lo que nunca lo tuvo.

Ochenta y siete estorninos

Los días londinenses de Daniel fueron desde el principio muy ajetreados. Antes de que aparecieran en su vida los estorninos, se dejó seducir por una ciudad que parecía demandarle todo el tiempo y todas las energías; dio largos paseos, se perdió en el laberinto de sus calles, y hasta tuvo tiempo de curiosear en sus tiendas y entrar en sus tabernas. También trabó amistad con una prima del ascensorista, que por casualidad era una de las camareras que atendían la habitación de los Schieffelin, una muchacha encantadora que le escuchaba hablar con embeleso, como si nunca hubiera oído a un americano, y que le daba unos besos muy largos y muy pringosos con sabor a compota de manzana. La invitó varias veces a merendar y a dar paseos por Hyde Park, y un día le preguntó si posaría desnuda para uno de sus dibujos. Le enseñó algunos bocetos de estorninos, de cazadores, de puestas de sol y trató de convencerla de lo importante que resultaba ser la modelo de un pintor, lo cual la convertiría en alguien inmortal. Ella le soltó a bocajarro:

—¿Vas a casarte conmigo? —Y ante el silencio

incómodo de él, añadió—: Entonces, no quiero volver a verte.

Daniel no había empezado aún a escribir las memorias del señor Schieffelin, a pesar de que comenzaba a acumular tantas páginas de apuntes que temía no saber ordenarlas. Intentó conseguir la concentración necesaria para dedicarse a la laboriosa escritura, y cuando ya parecía que lo estaba logrando conoció a una costurera de Camden que tenía los pies más pequeños y el pelo más rojo que había visto en su vida y que estaba deseosa de convertirse en criatura inmortal. La pintó por lo menos treinta veces en unos pocos días, con unos resultados tan satisfactorios —no solo en el terreno artístico— que le distrajeron de casi todo lo demás.

Su existencia sufría de múltiples urgencias. A su tarea de escritor que no escribe se sumaba la de secretario de ultramar y, por último, la de encargado de las mil minucias que requería el proyecto de los estorninos. ¿Había que urgir al artesano para que terminara las jaulas? Daniel se desplazaba hasta Covent Garden para hablar con él. ¿Había que consultar algo en un tratado de ornitología? Daniel iba a la calle Strand a conseguir el ejemplar. ¿Había un cambio de planes repentino a causa de una lluvia torrencial? Daniel acudía a avisar a los voluntarios de que al día siguiente no habría captura.

Con la llegada de los primeros estorninos todo fue a peor. Las catorce jaulas que el artesano de Covent Garden había terminado a tiempo comenzaban a ocuparse. Todas tenían grandes comederos, travesaños para que las aves pudieran hacer ejercicio y una puerta levadiza con cierres de seguridad. Cada una de ellas estaba pensada para albergar a seis pájaros. De momento, habían capturado diecisiete, pero la operación continuaba y cada día había nuevas incorporaciones.

Por ahora, las aves esperaban el momento de partir en un salón de casa de los Burdett-Coutts. Se habían dispuesto sábanas en el suelo para que no se mancharan las alfombras y nada más entrar se percibía un intenso olor a gallinaza. Daniel acudía allí dos veces al día. Por la mañana observaba el estado general de los animales y les suministraba agua, fruta y gusanos secos. Limpiaba los pringosos excrementos con una gamuza y se aseguraba de que todos seguían vivos y en un razonable estado. Detestaba el olor que impregnaba toda su ropa cuando terminaba estas tareas.

Por la tarde, además, introducía en las jaulas los nuevos ejemplares. No era fácil capturar a un animal volador y nervioso dentro de una jaula sin hacerle daño. A veces necesitaba varios intentos, a pesar de que comenzaba a convertirse en un experto. Cuando al fin conseguía atraparlo, sentía el corazón del estornino latiendo con fuerza dentro de su puño. También el suyo latía muy fuerte.

A veces se quedaba mirándolos. No eran pájaros muy grandes. Veinte centímetros, a lo sumo. Los machos tenían el plumaje negro moteado de multitud de manchas iridiscentes violetas, verdes y blancas, que a la luz del sol desprendían destellos como si fueran de metal. Las hembras eran de un pardo manchado, común pero hermoso, y un poco más pequeñas. Lo único que les faltaba para ser perfectos era un bonito canto. En lugar de ello, emitían píos cortos, sin gracia, que a veces se volvían insoportablemente agudos y otras se encadenaban hasta parecer un chasquido mecánico. El señor Schieffelin le había hablado de la habilidad de los estorninos para imitar voces humanas, pero por ahora Daniel no había encontrado a ninguno que supiera pronunciar una sola palabra.

Daniel no había dejado de pensar en Nellie. A los pocos días de llegar se dio cuenta de que los periódicos ingleses nada decían de su viaje. El *New York World* llegaba a Londres con casi diez días de retraso. Su impaciencia no podía soportarlo.

Se presentó ante el corresponsal de su periódico en la ciudad, el señor Tracey Greaves, y le dijo que era el responsable de la sección meteorológica de Nueva York. El cargo debió de impresionar —tal vez por novedoso— al veterano periodista, porque le proporcionó la información de que disponía (que no era mucha), y que los Schieffelin celebraron también con alborozo.

—Nellie fue recibida por el mismo Jules Verne nada más llegar a Europa —les informó—. El señor Greaves arregló la visita y la acompañó hasta Amiens, donde viven los Verne. Fue un encuentro muy cálido, aunque el señor Verne no habla inglés y Nellie no sabe ni una palabra de francés.

A veces las noticias eran desagradables:

—Nellie ha sufrido un retraso de cinco días. Tal vez no lo consiga.

Otras, alentadoras:

—Ha salido de Singapur y surca el mar de la China.

El viaje de Nellie tocaba a su fin. Además de los escuetos mensajes que ella había logrado transmitir desde oficinas telegráficas de todo el mundo, no se sabía nada de cómo había discurrido. Daniel imaginaba un encuentro en el Twain's donde ella le contaría todos los detalles, incluidos los que no iba a escribir en ninguna parte. También él tendría muchas cosas que contarle cuando volvieran a verse.

Así que mientras Daniel limpiaba excrementos de estorninos, solo pensaba en regresar a Nueva York. Quería estar en el puerto para ver la llegada de su amiga. Quería ser de los primeros en recibirla, aunque estuviera rodeada de una turbamulta de admiradores. Quería comprobar los efectos que todo aquello había tenido en ella. Y, en lo más profundo de su candidez, la idea de estar los dos embarcados al mismo tiempo, surcando los mares del mundo desde extremos opuestos hacia el mismo objetivo, le parecía tan hermosa que le disparaba el corazón.

Y en estas, Schieffelin dijo:

—Tenemos ochenta y siete ejemplares. Más de los previstos. Regresaremos en un par de días. Esos pájaros no pueden esperar.

Nicoletta

En los grandes barcos que cruzaban el Atlántico los animales viajaban cerca de las cocinas, porque —según una costumbre que tenía más que ver con el menú que con la zoología— era el cocinero mayor de a bordo quien cuidaba de ellos. Claro que normalmente la gente viajaba con un perro, un par de gatos o tal vez un loro en su jaula. Aquello era muy diferente. Ochenta y siete estorninos en catorce grandes jaulas no eran una carga corriente. Armaban mucho más ruido que un perro o dos gatos, ensuciaban mucho, olían fatal. Había que alimentarlos y darles de beber, limpiar sus jaulas y sacarlos al sol. Todo eso llevaba varias horas al día. A pesar de todos esos cuidados, los bichos tenían la indelicadeza de morirse. No mucho, porque si algo habían demostrado ya en aquella singladura, era su extraordinaria resistencia.

El cocinero del Oceanic, el señor Boris Yasenko, un ruso que había pasado más tiempo en alta mar que en tierra firme, renunció nada más verlos a hacerse cargo de ellos. Los Schieffelin, ajenos a cualquier cosa que ocurriera más abajo de la cubierta de primera clase, delegaron en Daniel toda la responsabilidad y, por supuesto, todo el trabajo. Al fin y al cabo, para eso le habían contratado. O aunque no fuera para eso, pero con lo que le pagaban bien podía ensuciarse las manos un poco. Además, estaba ya familiarizado con ellos —con los pájaros y con sus excrementos—, lo cual le convertía, para su desgracia, en el único experto en estorninos de todo el continente americano.

Lo único que hizo Schieffelin fue convencer a los Burdett-Coutts de que mediaran por él ante Su Majestad para conseguir el permiso de expatriación de las aves. Al fin y al cabo, se trataba de seres que eran propiedad del Imperio británico. Ya con todos los papeles en regla, y en los ocho días y medio de navegación, solo acudió dos veces a la bodega, y las dos veces pegó la nariz a los barrotes de madera y preguntó, sonriendo de un modo bobalicón:

—¿Cómo están mis pequeños pioneros?

Así que Daniel tuvo un viaje de regreso horrible. Comenzaba el día muy de mañana revisando las jaulas en busca de bajas. Arrojaba al mar los animales muertos. Sacaba las jaulas a cubierta por turnos para que los pájaros tomaran un poco el sol —aunque fuera el sol frío de los últimos días de febrero—, y mientras tanto acudía a la biblioteca, donde el señor Schieffelin le estaba esperando vestido con traje de mañana y sombrero, con las piernas cruzadas, acompañado siempre de su bastón de plata. Parecía muy ocupado en entresacar de su memoria los distintos episodios que quería contarle a Daniel. Estas sesiones intelectuales eran ahora más cortas. Apenas una hora y cuarto, a lo sumo, durante la cual Daniel tomaba notas frenéticamente y llenaba sus cuadernos de interrogantes allí donde pensaba que debía verificar algún dato, y de subrayados cuando la anécdota le parecía lo bastante sustanciosa. Luego, guardaba el cuaderno en el bolsillo de su chaqueta y corría hacia las escaleras que conducían a las cubiertas inferiores, donde efectuaba el cambio de las jaulas que había dejado al sol por las siguientes en el orden. A los pájaros les perjudica la oscuridad continuada, pero también el sol excesivo, de modo que esta tarea debía realizarse con enorme precisión y puntualidad. Antes de la hora del almuerzo de los humanos, Daniel suministraba a los estorninos su dosis de semillas y gusanos secos y soportaba las caras de profundo asco de Yasenko, que en un par de ocasiones llegó a amenazarle con servir en la cena estorninos en salsa bearnesa.

—Estoy seguro de que causaría sensación —se atrevió a decirle—. Al fin y al cabo, durante el sitio de París la gente se comió a los bichos del zoológico. Tengo un amigo que se hizo de oro sirviendo a su selecta clientela trompa de elefante asado. Los seres humanos se lo comen todo.

Por la tarde, después de la última limpieza de jaulas, Daniel se reunía con Schieffelin en la cubierta de primera para rendir cuentas del estado de la peculiar carga.

—Hoy ha habido dos bajas, señor.

O:

—Todo bien. Nada que lamentar en el día de hoy.

Schieffelin recibía la noticia cabeceando.

A veces Catherine intervenía en las conversaciones de ellos dos con algún comentario que pretendía ser amable, como:

—Está usted adelgazando, señor Rouduiguess. Espero que coma usted lo suficiente.

A Daniel no le quedaba ahora tiempo ni energía para acompañar a los Schieffelin en sus almuerzos de gala. Tampoco le importaba estar adelgazando. Habían sido las responsabilidades de Londres, como lo eran ahora las del viaje, las que habían hecho que para él la alimentación pasara a ser un asunto secundario. Y Catherine no era la única de a bordo que se preocupaba por el joven cuidador de pájaros.

No habían hecho más que dejar atrás la península de Lizard cuando Daniel descubrió al lado de las calderas un par de grandes ojos fijos en él. Era una de las camareras del comedor de segunda, una muchacha de piel muy blanca y pelo muy negro, quien, sin dirigirle la palabra y mirándole con una sonrisa, le ofreció un plato de sopa donde flotaban dos patatas y tres albóndigas:

—*Per te, occhi azzurri** —susurró.

Daniel tomó el plato y, sin dejarle tiempo ni para agradecérselo, la muchacha desapareció.

Aquella misma noche se repitió la escena. Agazapada a la entrada de la bodega aguardaba la chica de piel clara y pelo muy oscuro. Esta vez en el plato había pollo con arroz. Y en un recipiente aparte, una porción deliciosa de tarta de queso cubierta de mermelada de arándanos.

* Para ti, ojos azules.

—*Per te*.

De nuevo la chica se marchó sin que Daniel hubiera podido darle las gracias. Y lo mismo al día siguiente, tras ponerle en las manos un bol de puré de calabaza con salchichas. Por las noches, cuando Daniel llegaba exhausto a su camarote, se enfrentaba con la confusión de notas que Schieffelin le había proporcionado sobre los diferentes episodios de su vida. Intentaba trabajar, pero cuando no le vencía el sueño, se sucedían las interrupciones. A veces debía dejar el trabajo recién empezado por exigencias de Yasenko:

—¡Los malditos bichos están estrellándose contra los barrotes de las jaulas! ¡Los voy a empanar a todos! —gritaba.

Una noche, oyó un sonido diminuto al otro lado de la puerta y, cuando abrió, se encontró a la chica de la piel muy clara y los cabellos muy negros con un pedazo de tarta de chocolate en las manos. Sin que él dijera nada, ella entró en su dormitorio y se metió en su cama. Daniel no encontró el modo de pedirle que se fuera. Aquella noche tampoco pudo trabajar. Cuando despertó por la mañana, ella ya se había ido. Los horarios del comedor eran aún más estrictos que los suyos.

Cuando aquel día, a la hora del almuerzo, la muchacha se presentó junto a las ruidosas calderas con un plato de sopa de pescado, Daniel le preguntó cómo se llamaba.

—Yo —dijo en español señalándose el pecho con el pulgar— Daniel Rodríguez.

—Nicoletta Cavarero —dijo ella, bajando la mirada como si no hubieran pasado una noche juntos.

Daniel la llevó de la mano a ver los estorninos. Juntos sacaron varias jaulas al sol. Le gustó el modo en que ella contemplaba a los pájaros.

—*Bellissimi*.

Llevaban cuatro días de viaje cuando Daniel se atrevió a preguntarle al señor Schieffelin si podía quedarse con uno de los estorninos:

—¿Quedárselo?

—Si es posible, señor.

—¿Para qué lo quiere?

—Como mascota. Me gustaría entrenarlo para que hable.

Hasta ese momento habían muerto siete hembras y cuatro machos. Las hembras eran más importantes para la introducción, pero se decía que los machos eran más capaces de imitar voces humanas. No había razones para negarle al entregado cuidador su capricho.

—No veo por qué no —dijo Schieffelin—. No hay duda de que sabrá cuidarlo.

Dos noches después, cuando Nicoletta llamó de nuevo a la puerta del camarote de Daniel —la tarta esta vez era de manzana y había ración doble—, se asombró de descubrir allí a aquel extraño huésped alado. El estornino vivía en una caja de cartón, pero Daniel le permitía salir y revolotear por el camarote de vez en cuando. A veces se posaba en el cabezal de la cama y los observaba con curiosidad. Otras, revoloteaba de aquí para allá y Nicoletta perdía los nervios y se tapaba la cabeza con las mantas mientras emitía unos chillidos agudos que asustaban tanto a Daniel como al pájaro.

Había decidido llamar a su estornino Mortimer, porque el señor Schieffelin le había contado que eso era lo que el complicado personaje de Shakespeare pretendía que el pájaro aprendiera a decir. Pero no eran esas las palabras que él se esforzaba por enseñarle, sino otras muy distintas. Varias veces al día, quitándole tiempo a sus muchas ocupaciones, Daniel se sentaba ante la caja del pájaro, lo miraba muy fijamente y repetía la misma frase una y otra vez. Deprisa, despacio, vocalizando como si estuviera enseñando a hablar a un niño o fingiendo naturalidad.

—Nellie Bly es la mejor —repetía—. Nellie Bly es la mejor.

Luego esperaba con paciencia a ver los resultados sin perder la esperanza. El pájaro le miraba, indiferente y, como mucho, emitía uno de sus trinos afónicos, o uno de sus chillidos agudos, que le sacaban de quicio. Daniel achacaba el escaso éxito al poco tiempo que podía dedicar al entrenamiento, aunque no por eso dejaba de intentarlo. Al resto de sus obligaciones sumaba ahora la de atender a su invitada nocturna, quien había adquirido la costumbre de dormir con él cada noche. Nicoletta y Mortimer se llevaban bien. A veces, al regresar de atender algún imprevisto, encontraba al estornino comiendo de la mano de ella, que reía a carcajadas, desnuda sobre la cama.

Una vez Daniel le pidió, señalando al pájaro:

—No le hables.

Ella se encogió de hombros y arrugó la frente.

—¿Cómo?

—No le digas nada. Nada, ¿comprendes?

—*Niente* —dijo ella, con el ceño fruncido, negando con la cabeza.

Daniel no se preocupó más del asunto.

En los últimos días murieron algunos pájaros, pero menos de los que Schieffelin había previsto en el mejor de sus pronósticos. La última noche los Schieffelin insistieron en que Daniel los acompañara durante la cena, porque deseaban brindar con él por el éxito del viaje. Todos querían conocer más detalles de aquellos pasajeros tan curiosos, y Schieffelin satisfizo su curiosidad. Les habló de las danzas en el cielo crepuscular, de lo útiles que resultarían para los campesinos americanos y de su capacidad de resistencia. A modo de conclusión, dijo:

—Se parecen un poco a nosotros, los humanos. Se adaptan a todo.

Un caballero que había permanecido muy atento a las explicaciones le preguntó:

—¿Está seguro de que es una buena idea?

Schieffelin no comprendió a qué se estaba refiriendo hasta que el hombre aclaró:

—Todo eso de llevar especies de un continente a otro. ¿No cree que podría causar problemas?

—¡De ningún modo! —saltó Schieffelin, un poco más jovial que de costumbre a causa del champán—. ¿Qué problemas podrían causar unos inofensivos pajaritos que no miden ni ocho pulgadas y solo comen frutas e insectos?

—No sé —dijo el hombre, dispuesto a arruinarle la velada a su compañero de mesa—. ¿Ha oído usted hablar del problema que tienen en Australia con los conejos?

—Claro que sí, pero es un caso que no puede compararse. Los conejos se reproducen con gran rapidez. No había depredadores para ellos. No me negará que, desde el punto de vista de la aclimatación, fue todo un éxito.

—Lo fue, en efecto. Y también un enorme desastre. ¿Quién le asegura a usted que sus pajaritos no van a causar uno parecido en nuestro querido país?

Schieffelin se echó a reír, apuró su quinta copa de champán francés y dijo:

—Sinceramente, caballero, ojalá la introducción tenga tanto éxito que debamos preocuparnos por eso.

Daniel llegó a su camarote dando tumbos. Lo único que quería era aprovechar las pocas horas que le separaban del puerto de Nueva York durmiendo a pierna suelta. Encontró a Nicoletta dormida junto a la puerta, con un plato de pastel de arándanos en el regazo. Intentó abrir sin despertarla, pero Nicoletta abrió los ojos y dijo:

—*Ciao, occhi azzurri.*

No le quedó más remedio que invitarla a entrar.

Llegó a Nueva York exhausto. Mientras el horizonte se llenaba de edificios, Nicoletta lloraba desconsoladamente. Cuando se despidieron, ella le dijo:

—*Mi mancherai così tanto, occhi azzurri.**

Joshua Ludlow y el cochero Maximilian los esperaban para acompañarlos a casa. Para su sorpresa,

* Te echaré mucho de menos, ojos azules.

también estaba allí Bradhurst, envarado, deseoso de saber qué estaba ocurriendo, tan impertinente como de costumbre.

—¡Industrias Schieffelin amplía el negocio! —dijo—. ¡Ahora importamos pájaros!

De los ochenta y siete ejemplares que salieron de Inglaterra habían llegado a América sesenta y cuatro. Era un balance excelente. Al ver el elegante plumaje negro y moteado de algunos, Ludlow observó:

—Se dan un aire a la reina Victoria.

Los estorninos ingleses viajaron hasta la avenida Madison muy bien apilados en un par de carretas. Edith se santiguó al verlos. Luego se apresuró a servir el salmón, el puré y los guisantes salteados que había preparado para recibir a sus señores. Sentados a la mesa, saciando sus estómagos, los Schieffelin sintieron la reconfortante sensación de estar en casa. Ludlow les puso al corriente de la vida mundana y Catherine les contó lo muy poco que le gustaba este Londres tan lleno de gente y modernidades, y lo mucho que añoraba el de antes, el de su niñez, el que ya no existía.

Daniel, por su parte, dio buena cuenta en la cocina del gran plato de *porridge* que Edith le había preparado mientras ella le abrazaba con tanto énfasis que él tuvo que decirle que le estaba ahogando.

—Jesús y María, ¿es que en Londres no le han dado de comer? ¡Parece usted una raspa!

En cuanto pudo, preguntó a Edith por Nellie. ¿Había leído los periódicos? ¿Sabía si llegó a tiempo? ¿Cómo había sido?

—¡Esa chica es una celebridad, señor Rouduiguess! ¡Todo el mundo habla de ella! Claro que llegó a tiempo. Y eso que su barco fue retenido en el puerto de San Francisco. Las autoridades querían ponerlo en cuarentena. Había una epidemia en alguna parte, dijeron. Pero fue una falsa alarma. Después de un día de zozobra, la dejaron salir. La señorita Bly llegó antes de lo previsto, y su peripecia hizo feliz a todo el mundo, muchacho. O eso me dijeron mis amigas, porque ellas sí leen los periódicos. Yo tengo demasiado que hacer.

Después de comer, Daniel dijo que debía ocuparse de sus asuntos y se despidió hasta el día siguiente.

—No se retrase. Mañana será un gran día.

Prometió ser puntual. Los Schieffelin comenzaban a conocerle bien.

En su ruta de los reencuentros, Daniel corre diversas suertes. La primera parada, el *World*, donde esperaba encontrar a Nellie. Pero su amiga sigue siendo imprevisible y no está allí.

En su lugar, saluda a Chambers, quien está desbordado cerrando la edición de la tarde y apenas tiene tiempo de atenderle.

—Me alegro de verle, muchacho, está usted distinto. Más alto, quizá. ¿Qué trae? ¿Una jaula? ¿Es uno de los pájaros del señor Schieffelin? Déjeme verlo, no está mal, lo imaginaba más grande. Lamentablemente, tengo una tarde horrible. Ha habido tres asesinatos en Brooklyn, el señor Sweet no da abasto a escribir desgracias. Sí, sí, tal vez mañana tendré un poco más de tiempo, aunque nunca se sabe. Me alegro de que quiera hablar usted de su trabajo en el *World*, muchacho. Siento decirle que el puesto de encargado de la sección meteorológica ya no está disponible, espero que lo comprenda. Se fue usted de un día para otro, no podíamos dejar a las lectoras del periódico sin saber qué deben ponerse para salir. Hoy día el tiempo es más variable que antes, la sección meteorológica es de vital importancia. Pero no se apure, muchacho, que algo tendré para usted. Tal vez podría ayudarnos a trasladar los muebles cuando nos mudemos al nuevo edificio. O a pintar las paredes de las nuevas oficinas. ¿No dice que es pintor? Pues ahí tiene una oportunidad de demostrarlo. Qué gracioso, el bicho. Y qué gracioso usted paseándose por la ciudad con una jaula en la mano. ¿Para Nellie, dice? No, no, aquí no puede dejarlo. Si quiere regalárselo a la señorita Bly, llévelo a su casa. O a casa de su madre, qué sé yo. Mi secretaria le apuntará la dirección en un papel. En la redacción de un periódico serio no podemos ocuparnos de animales de ningún tipo. ¿Se imagina el revuelo? No quiero ni pensarlo.

La dirección de Nellie, que es la de su madre, es calle Veinte, bloque 8, tercer piso, puerta 4. Decide ir andando, con la jaula en la mano y el estornino tambaleándose. Abre la puerta una mujer envejecida que se parece un poco a su amiga. Le dice que es Daniel Rodríguez, compañero de Nellie, tal vez ella le ha mencionado, trabajan juntos en el *World*.

—Elizabeth no me cuenta nada, joven —dice la mujer con voz nasal—. ¿Qué quiere?

—¿Elizabeth?

—Elizabeth Jane Cochran. Ese es su verdadero nombre. Aunque todos la conozcan como Nellie Bly y sea una auténtica estrella, aquí es otra cosa. Una egoísta y una fresca.

—¿Y usted es?

—Yo soy Mary Jane Cochran, su madre. ¿Quién ha dicho que era usted?

—Daniel Rodríguez.

—¿Rouduiguess? ¿Es de Cuba?

—No —dice Daniel, que está cansado de dar explicaciones. Repite—: Soy compañero de su hija. Trabajo en el periódico.

—Sí, sí, ya lo ha dicho. ¿Y qué quiere?

—Le he traído un regalo a Nellie. A Elizabeth.

Levanta la jaula para que la mujer la vea en la semipenumbra del descansillo.

—¿Un cuervo?

—No, señora. Es un estornino.

—¿Un qué?

—Un pájaro muy especial. Procede de Londres.

—Ah, ¿sí? —La mujer parece más interesada, mira el interior de la jaula—. ¿Canta?

—A veces.

—Bueno, déjelo ahí. —Señala el suelo—. Se lo daré a Elizabeth cuando vuelva. No puedo decirle cuándo será eso.

Daniel deja a Mortimer en el suelo y baja a toda prisa los escalones empinados que le separan de la calle.

Si siguiera el plan establecido, debería ir ahora a visitar a su madre. Es lo que todo hijo debe hacer cuando regresa de un viaje largo. Imagina la escena:

su melodramática progenitora diciendo lo mucho que le ha echado de menos. Las preguntas indiscretas y la incomodidad de su padrastro. Las miradas de rencor de un par de criadas jóvenes, suponiendo que aún sigan en la casa. La obligación de decir algo cuando en realidad no siente que tenga nada que decir.

Da media vuelta y emprende el camino hacia su apartamento, donde le aguardan la soledad de su cama, los gritos de los vecinos, el polvo acumulado sobre los muebles y la cuenta que su casera le presentará como cálida señal de bienvenida.

El Ángel de las aguas

Si algo queda claro en esta historia es que las tormentas de nieve siempre trajeron suerte a Eugene Schieffelin. El 6 de marzo de 1890 amanece sobre Nueva York un cielo completamente blanco, que a pesar del frío no parece presagiar lo que va a ocurrir. Este es el día elegido para el gran acontecimiento y se vive en casa de los Schieffelin como una jornada grande, fundacional y, por supuesto, festiva.

Los preparativos comienzan muy de mañana, con Edith trasteando en la cocina para tener listas por lo menos tres de sus celebradas tartas y disponiendo una mesa de desayuno multitudinaria. Varios caballeros pajarólogos (así los llama ella) han anunciado su llegada a primera hora, y Edith piensa recibirlos con un banquete que habría hecho llorar de emoción a su madre.

Schieffelin ya se ha cepillado el pelo a su obsesivo modo de cada día y Catherine se ha recogido la melena gris en un moño sobre la nuca. Los dos se sienten un poco nerviosos mientras se visten, por separado, cada uno en su habitación, y ambos reconocen los nervios del otro cuando coinciden al bajar las escaleras con la coordinación acostumbrada.

A las ocho en punto llega Ludlow, vestido también para la ocasión. Lleva su chaleco gris perla y su leontina de oro, que adorna con elegancia la curva de su barriga. También llegan Edwards, Clark y Chesterfield, los únicos que aún conservan un ápice del espíritu que hace dos décadas los llevó a fundar la Sociedad Americana de Aclimatación. Son todos provectos —alguno está muy avanzado en la setentena—, muy conscientes de ser supervivientes de otros tiempos, extraños especímenes que nacieron en un mundo sin telégrafo ni electricidad ni trenes ni teléfono ni radio ni motores ni coches ni siquiera calefacción central, un mundo más lento donde aún había tiempo para la filantropía. No esperan que nadie los comprenda, del mismo modo que no piensan renunciar a sus planes, que aún les divierten. Degluten con entusiasmo las tartas de Edith, toman té o café y echan rápidos vistazos por la ventana.

En la calle dos subalternos van dejando en la caja de una carreta las jaulas con los estorninos. Las apilan, las amarran con una cuerda, las empujan para hacer sitio. Edwards se ve obligado a salir para decirles que tengan más cuidado, que se trata de seres vivos sensibles a los que no deben poner nerviosos. Los dos cargadores asienten, como si comprendieran, pero la verdad es que nunca han transportado mercancía más extraña. Uno de ellos masculla para sí: «¿Nerviosos? Si usted lo dice...».

Daniel no tarda en hacer su aparición. Se nota que ha puesto interés en vestirse con elegancia, aunque no necesita esforzarse tanto como los demás para tener un aspecto excelente. Edith le dedica nada más verle una sonrisa cándida y le entrega a escondidas un pedazo de tarta que ha apartado para él y que Daniel rechaza, argumentando que los nervios le quitan el hambre. Edith se dice: «Cuánto ha cambiado este chico».

Los señores pajarólogos hablan sobre los estorninos. Schieffelin les ha contado de nuevo cómo fueron capturados, y cómo Daniel cuidó de ellos durante la travesía atlántica. Alguien confiesa que está deseando verlos volar en bandada y Schieffelin sonríe con benevolencia.

—Me temo que para eso aún tendremos que esperar. Aunque no les negaré que es mi principal ilusión. Lo que habría hecho feliz a Martha.

Todos sorben sus tacitas, todos asienten, todos están deseosos de comenzar. Schieffelin discursea.

—Hoy vamos a liberar sesenta ejemplares. Treinta hembras y otros tantos machos. Si todo va bien y demuestran la misma fortaleza y capacidad de adaptación que hemos descubierto en ellos hasta ahora, calculo que para la próxima primavera podrían nacer los primeros polluelos americanos.

En estas los cargadores han terminado su trabajo y se oye a alguien decir en el portal:

—Deberíamos salir ya, está empezando a nevar.

Salen a la desbandada. Catherine le pide a Edith su capa y sus manguitos y sus guantes y su sombrero de piel rusa. Schieffelin y el resto de los caballeros visitan por turnos el perchero y se cubren también todo lo que pueden. Maximilian espera en la calle, firme, sujetando la portezuela del carruaje. Catherine entra y se acomoda. A su lado, su marido. Caben otros cuatro. La cortesía ordena ceder el sitio a los más viejos y hay bastante donde escoger. Los especímenes de otro tiempo aceptan la gentileza y llenan el coche con rapidez. El resto, con Daniel a la cabeza, hacen el trayecto a pie. Igualmente, no importa caminar. Están muy cerca, y con este frío incluso se agradece.

El lugar acordado para el acontecimiento es la terraza de Bethesda, que muchos consideran el corazón del parque, y que antes se conoció como la terraza de las Aguas. Lo han elegido porque es un lugar emblemático, elegante y grandioso, cuya estructura teatral es perfecta para sus planes.

Los viejos olmos blancos del bulevar parecen tiritar de frío. Habían previsto que la balaustrada superior y las decoradas y anchas escaleras estuvieran atestadas de gente, pero apenas hay una docena de personas, casi todas conocidas, esperando su llegada. El lugar es magnífico: en días de buen tiempo puede verse desde aquí el paseo, el Pabellón de Música, el lago y hasta el castillo de Belvedere al fondo. Hoy, en cambio, deciden tomar un camino lateral para llegar al piso inferior, donde podrán resguardarse de la ventisca y la nieve en la sala de columnas. Allí los espera el señor Swan, uno de los comisionados del parque, que actúa como anfitrión y representa a todas las fuerzas vivas ausentes. Se sujeta el sombrero con una mano para que el viento no se lo arrebate —se ha levantado un vendaval furioso—, achica los ojos para contemplar la curiosa caravana, que se acerca por el paseo bajo los despeinados árboles. Llegan a la explanada, se detienen en fila frente a la fuente. Sobre su pedestal, hoy el ángel de Bethesda bendice los carámbanos en que se han convertido las cascadas que normalmente lo adornan, y los cuatro querubines que completan el conjunto parecen a punto de morir de frío tras la pared de agua helada.

Nada más bajar del carruaje, Catherine se apresura a refugiarse bajo los arcos de la terraza cubierta. Los dos subalternos desatan las cuerdas que sujetan las jaulas de los pájaros y las van depositando en el suelo siguiendo órdenes de Swan, que las manda disponer en semicírculo alrededor de la fuente. La operación se preveía más lenta, más vistosa, pero con este tiempo no hay forma. La nevada arrecia y el viento sopla más fuerte. Cada vez hay más personas bajo los arcos: los caballeros pajarólogos, el señor Swan y los dos cargadores, que no comprenden nada de lo que esta gente hace aquí y se preguntan si no había otro día para esto. Pero no, de eso también han hablado Schieffelin y sus viejos compañeros: mejor liberar a los pájaros cuanto antes. No hay nada peor para un pájaro nacido en libertad que estar cautivo en una jaula. Si quieren asegurarse el éxito de esta locura, la introducción no debe postergarse. Eso han acordado hace un rato, por unanimidad y con la boca llena de tarta.

Del mismo modo deciden ahora prescindir de los parlamentos. Podrían pronunciarlos en la zona techada pero hace mucho frío y todos están sufriendo. Los primeros, los pájaros. Para abreviar, Ludlow concluye:

—Hagamos de una vez lo que hemos venido a hacer, por el amor de Dios.

Se pide la colaboración de los presentes. Todos

quieren tener el honor de abrir la portezuela de alguna de las jaulas. Es un momento histórico. La primera es Catherine, quien avanza bajo la nieve, con la mano liberada del manguito, se acerca a la caja de madera, va a agacharse, pero Daniel se lo impide. Con la ayuda de uno de los empleados, levantan la jaula. En el interior, los estorninos se inquietan. Son seis. Alguno emite un graznido sordo, como si presintiera la trascendencia del momento. Siguiendo indicaciones de Daniel, Catherine descorre el pasador. Iza la portezuela.

—Hecho —murmura ella, y vuelve al refugio.

Los hombres dejan la jaula en el suelo y se retiran un poco. Está a punto de obrarse el milagro para el que han sido convocados. Los pájaros parecen no reaccionar, al principio. Se cuelgan de los barrotes laterales de su cárcel de madera, vuelven al palo central, lanzan otro graznido diminuto. Hasta que uno de ellos alcanza la abertura de un salto. Sale por ella al mundo. Un segundo de desconcierto. No parece asustado. Un salto más. Está ya a un par de metros de la jaula. En un instante, parece haber comprendido lo que ocurre. Alza el vuelo, pero es un vuelo corto. Solo hasta la cabeza rizada del ángel, la cima de la fuente. Desde allí otea a su alrededor, como preguntándose qué demonios es esto, qué está haciendo aquí, a qué viene este tiempo. La ventisca le despeina brevemente el plumaje, pero eso no lo arredra. Enseguida echa a volar otra vez, en dirección a los árboles. Se pierde en la distancia.

Los presentes aplauden, emocionados, mientras la nieve empieza a caer con más intensidad.

Una por una, todas las portezuelas son abiertas y

todos los pájaros liberados. «Introducidos», puntualiza Schieffelin, a quien le gusta denominar las cosas por su nombre más rimbombante. Ningún otro estornino elige la cabeza del ángel como observatorio. Algunos se dirigen directamente hacia la vegetación, como si conocieran el camino. Otros revolotean un poco por la explanada, bajo la nevada, desorientados, y ofrecen algo de espectáculo a su escaso público. Qué pena de tiempo, ya es mala suerte, aunque en Nueva York y en marzo nunca se sabe qué puede pasar. Y más en años inclementes como han sido los dos últimos. Pero es inevitable pensar en cómo habría sido esto en un día radiante. Las escaleras atestadas de curiosos, el lago surcado por decenas de barcas de alquiler, una multitud rodeando al Ángel de las aguas. Todos aplaudiendo a rabiar.

¿Y Daniel, en qué anda? Apenas ha tenido trabajo esta mañana. Nada en comparación con todo lo que hubo de hacer por los estorninos durante el viaje. Hoy solo ha supervisado las labores de los operarios, se ha asegurado de que ningún ave sufriera daño y de que las jaulas no se abrieran por accidente. Una vez en la terraza, se ha convertido en un espectador más, observando cómo los hombres descargaban la curiosa mercancía, atento al nerviosismo de Schieffelin, que iba de un lado para otro, pero también al paseo, difuminado bajo la nevada. Durante buena parte del tiempo ha permanecido en la balaustrada superior soportando el viento y el frío. Ha dicho que era para tener una buena visión de los primeros vuelos americanos de los pájaros, pero en realidad no era solo eso. Daniel esperaba a alguien. Ya comenzaba a desanimarse cuando un coche —una mancha negra en movimiento— ha aparecido al fondo por el paseo de los olmos. Nellie. Le dijo que acudiría y ya comenzaba a temer que faltara a su palabra. Los caballos se detienen junto a la escalinata. Nellie Bly baja sola, sujetándose el sombrero con una mano, arropada en un chal de lana. Le hace señas desde arriba, pero ella no levanta la mirada. Daniel baja corriendo los anchos y decorados escalones para ir a su encuentro. Es la primera vez desde el accidente que no se acuerda de su tobillo maltrecho.

—Perdón por el retraso —le dice Nellie Bly a Catherine, que sale a recibirla.

—No se apure, querida —contesta Catherine—. Ha llegado usted a tiempo.

La llegada de Nellie Bly, que ahora es una celebridad, causa mucho revuelo entre los presentes. El conservador del parque se deshace en halagos hacia ella, los caballeros pajarólogos le confiesan que les tuvo con el corazón en vilo durante los setenta y dos días que duró su viaje, hasta los operarios, que estaban encogidos en un rincón aguardando a retirar las jaulas, se acercan a preguntarle si ella es «la famosa viajera que ha dado la vuelta al mundo». Nellie responde con esa naturalidad tan impostada que suele usar la gente célebre para quitarse importancia, y cuando repara en que lleva un buen rato acaparando la atención, dice:

—Pero prosigan ustedes, por favor. No quiero perturbarlos.

Daniel tiene que esperar su turno y lo hace sin perder la sonrisa, orgulloso de su amiga. Cuando vuelven a concentrarse en los estorninos, se acerca a ella y le susurra al oído:

—Te echaba de menos.

Ella, como si no hubiera oído lo que acaba de decirle, responde:

—Tenemos que hablar.

—¿Qué pasa?

—Luego —dice ella—. Tengo malas noticias.

La frase anterior deja a Daniel desazonado y nervioso. Por desgracia, ahora no puede preguntarle. Schieffelin avanza bajo la nieve. Va a proceder con toda solemnidad a la liberación de los últimos ejemplares de estornino europeo. Va a pronunciar unas palabras. Sería lo esperable. La última jaula aguarda bajo la nieve y la ventisca. Se la han reservado a Schieffelin porque así creen todos que debe ser. Suya fue la idea y suyo el coraje de llevarla a cabo (y además corrió con los gastos, que no han sido pequeños). Ven su estilizada figura avanzar bajo la tormenta. Le ha dejado el sombrero a Catherine y el viento azota su cabellera gris. Se detiene ante la última jaula aún ocupada, se agacha, va a abrir la portezuela, se detiene, se yergue de nuevo, se aclara la garganta y dice:

—Voy a ser breve.

Parece titubear. Quizá es la emoción. O solo está aterido, como casi todos los demás.

—Como saben, hace poco nos dejó mi querida hermana Martha, una de las personas más extraordinarias que he conocido. Si estamos aquí hoy es por ella. —Hace una pausa para recuperar el ritmo de su respiración y prosigue—: Martha escribía un diario. Fue en sus páginas donde expresó con entusiasmo un deseo. El de ver volar estorninos en los cielos americanos. Era un sueño hermoso, que parecía imposible. Me alegra saber que hoy ha dejado de serlo, y que al hacerlo realidad honramos la memoria de un ser excepcional.

El público aplaude. Catherine tiene los ojos llenos de lágrimas.

No hay más palabras. Hace demasiado frío para discursos. Schieffelin se agacha ante la última jaula. El gran momento ha llegado. Con manos delicadas abre la portezuela levadiza, se hace a un lado, disfruta de su apoteosis.

Uno por uno, los seis últimos estorninos van saliendo. Los dos primeros, casi al mismo tiempo. Les sigue un tercero. El cuarto y el quinto son más remolones. El sexto no parece molesto por la repentina soledad en que lo han dejado los demás. Sale de la jaula, da un par de saltos por el suelo, revolotea un poco de aquí para allá, vira dos veces y al fin se aleja en dirección a los olmos. Un manchurrón entre la brumosa nevada, casi una escena impresionista. El último de los *Sturnus vulgaris*, ajeno a su papel en la historia, se va en pos de las tres cosas que toda criatura viviente ansía desde el nacimiento hasta la muerte: alimento, compañía y libertad.

Mortimer

Los operarios cargan las cajas vacías en la carreta, Catherine se despide de los caballeros pajarólogos, que besan sus manos con efusión y se retiran a especular sobre el destino de los animales recién liberados, algunos admiran la rica decoración de las bóvedas donde se encuentran mientras el conservador les cuenta que hay más de dieciséis mil azulejos y que fueron pintados a mano uno a uno.

—¿Cómo? ¿La señorita Bly no viene con nosotros?

La pregunta la formula Catherine, que acaba de saber que Nellie tiene prisa y no puede quedarse al almuerzo que han previsto en su casa para celebrar el final feliz del viaje de los estorninos.

Nellie se deshace en explicaciones para contentar a Catherine, quien no se conforma hasta que le arranca a Nellie la promesa de una visita, otro día, con tiempo.

—Tiene usted mucho que contarnos —le dice Catherine, siempre amable.

Los carruajes parten bajo una nevada copiosa, que va extendiendo sobre los árboles y los caminos un disfraz blanco. Daniel teme que Nellie se marche a toda velocidad, como hace siempre. Se apresura a preguntarle qué ha querido decir, cuáles son las malas noticias. A ella parece que le duele la pregunta:

—¿Tienes un momento?

—Siempre.

—¿Nos sentamos?

Buscan un recodo a resguardo. Se sientan uno frente a otro en los bancos de piedra de una de las hornacinas laterales, ante una decoración de estrellas y motivos geométricos, serios como un par de jueces. A Daniel le parece que tanta ceremonia no augura nada bueno. No recuerda una sola vez en que Nellie no tuviera prisa.

—¿Tienes frío? Ven, tápate. —Y cubre a Daniel con los faldones de su abrigo—. Mete las manos en mi manguito.

A pesar del tiempo polar, él siente que le invade un calor extraño y súbito. Sin darle tiempo ni a preguntar, ella le suelta:

—Perdóname, Melville. Desde que llegué de dar la vuelta al mundo, mi vida se ha vuelto una auténtica locura. —Y añade—: Tenía ganas de verte.

—Ahora eres una celebridad, no tienes que disculparte.

—Una celebridad —repite ella como si no le gustara—. ¿Sabías que Chambers me ha ofrecido un despacho para mí sola en la nueva sede del periódico?

—¿En serio?

—Ahora me trata bien. Y no me pide que escriba sobre elefantes. Por lo visto, ser una celebridad tiene sus ventajas.

En el interior de los manguitos, sus dedos se rozan. Daniel siente que las manos de ella están tibias en comparación con las suyas, heladas. Hablan bisbiseando, no porque alguien pueda escucharlos —se han quedado solos—, sino porque en este lugar el sonido reverbera de un modo muy molesto. Dicen que es por la forma de las bóvedas.

—Tengo algo que decirte —anuncia ella.

—¿Las malas noticias?

—Sí.

—Dispara.

—Voy a casarme.

Daniel retira suavemente las manos del manguito.

—¿Cómo? —No le salen las palabras—. Quiero decir, ¿con quién?

—Se llama Robert Seaman. No le conoces.

—¿Por qué vas a casarte? —pregunta desconcertado.

—Es raro, ¿verdad? Ni yo misma me lo creo. La verdad es que no sé cómo ha ocurrido. La vida es extraña. Las cosas van y vienen sin ningún sentido. De pronto se me ofrece una oportunidad de ser alguien. ¿Lo ves? Para eso sirve la celebridad. Yo nunca he tenido nada, Daniel.

—Entiendo. —La cara de desolación de Daniel entristece a Nellie aún más—. Tu prometido goza de una buena posición.

Los ojos de Nellie brillan al responder:

—¡Es millonario!

—Claro.

—¡Podré vivir sin hacer nada, Melville! Tan solo debo cuidar de él.

—¿Cuidar de él? ¿Está enfermo?

—No, no está enfermo. No más de lo normal, quiero decir. —Nellie se acerca y susurra—: Tiene setenta y tres años.

Daniel abre mucho los ojos.

—¡Setenta y tres! —repite.

—¡Ni se te ocurra criticarle por eso! Un hombre no elige la edad que tiene.

—Pensaba que te gustaba tu trabajo.

—¡Y me gusta! ¿Pero tú conoces a alguien a quien le guste más trabajar que estar de vacaciones?

—Lo que dices no parecen unas vacaciones.

—Lo serán para mí. Viviré en la calle Treinta y siete, viajaré por Europa, tendré criados, cocinera y mayordomo. Seré la señora Elizabeth Seaman, Melville. Tal vez me encuentre con los Schieffelin en los estrenos de ópera. ¡Una vida completamente nueva! ¿No te parece emocionante?

—¿Y tus lectores? ¿Y el señor Chambers?

Daniel iba a añadir: «¿Y yo?», pero calla. Él no forma parte de la fórmula. Nunca ha tenido un papel en ella. Ahora se da cuenta.

—Tendrán que buscarse a otra. —Da un respingo con los ojos muy abiertos—. Yo estaré muy ocupada.

Daniel niega con la cabeza sin levantar los ojos del suelo. No comprende nada de lo que está escuchando. Le parece imposible que sea Nellie quien lo dice. Durante un rato, el silencio es compartido y está repleto de pensamientos que ninguno de los dos comparte.

—De modo que Nellie Bly está a punto de desaparecer para siempre —dice ella en un tono de alegría que hiere a Daniel.

—Yo quería a Nellie Bly —le sale un tono desolado.

—No seas tonto, Melville. No pienso desaparecer para ti. Tú y yo seremos siempre amigos.

—¿Me das tu palabra?

Nellie agarra las manos de Daniel, esta vez sin la protección del manguito. Siente que las de él son como dos témpanos de hielo. Vacila, se decide, se acerca a él, deposita un beso en su mejilla, tan cerca de la comisura de su boca que casi parece un beso en los labios. Luego se aparta, sonríe, dice:

—Te mereces algo mejor que yo, Melville.

Él no contesta. El corazón le late tan aprisa que le falta la respiración. Nellie prosigue:

—Ah, otra cosa.

—¿Aún hay más?

—Tengo que deshacerme de Mortimer cuanto antes —dice ella con cara de contrariedad—. Tienes que entenderlo, por favor. Si me lo quedo, corro el riesgo de que mi prometido no quiera casarse conmigo. O que lo haga y me exija el divorcio enseguida.

—¿Por qué habría de exigirte el divorcio? —se extraña Daniel, que de pronto no entiende nada—. ¿No le gustan los pájaros?

—Pero, Melville, por el amor de Dios, a veces pareces tonto. ¿Tú crees que el señor Seaman no se preguntará de dónde vino? ¿No querrá saber por qué vivo con un pájaro que se pasa el día diciéndome que me ama?

—¿Qué?

—¡Y además en italiano! *Ti amo, ti amo, ti amo, ti amo...!* Cuando empieza, no sabe parar. Es obvio que ha tenido un maestro insistente, Melville —ríe, ajena al lío de pensamientos que crece en la cabeza de Daniel—. Por eso tengo que liberarlo. Lo haré esta noche, al llegar a casa. Abriré la ventana y dejaré que se vaya. Será un pionero más, ¿te parece bien? Al fin y al cabo, ese era su cometido cuando lo capturasteis en Londres, ¿no? Y te juro que nunca le diré nada de esto al señor Seaman. Nunca, pase lo que pase, por nada del mundo. Será un secreto entre tú y yo.

ABRAMOS AL FIN UN ÚLTIMO PARÉNTESIS PARA GLOSAR LA VIDA DE LA PIONERA DEL PERIODISMO DE INVESTIGACIÓN, NELLIE BLY, DE AHORA EN ADELANTE, ELIZABETH SEAMAN.

Elizabeth Seaman no tuvo, por desgracia, una existencia tan plácida como había deseado. O solo la tuvo al principio, durante los diez primeros años de su vida de mujer casada, en que la imaginamos entregada al ocio, el descanso, al aburrimiento y, con toda probabilidad, a la nostalgia feroz. No es posible pasar de pronto de viajera intrépida y pionera a abnegada enfermera de su anciano marido y salir indemne. A pesar de todo, en ese tiempo viajó a varios países europeos y disfrutó de las comodidades de su nueva vida.

El señor Seaman era lo que suele llamarse un hombre hecho a sí mismo. Hijo de tenderos de Greene County, fue el fundador de una empresa que fabricaba recipientes de acero, Iron Clad Manufacturing Co. Sus productos estrella fueron una lata que permitía transportar leche en los trenes, un barril para líquidos espesos y una cocina tan resistente como ninguna de las de su tiempo. Fue precisamente en un tren donde conoció a la famosa Nellie Bly. Se celebraba una cena sufragada por algunos de los hombres más ricos de Nueva York con el fin de recaudar fondos para una causa benéfica. Como de costumbre, Nellie acaparaba toda la atención. Tampoco él pasaba inadvertido: por aquel entonces, a pesar de sus más de setenta años, era aún considerado uno de los hombres mejor vestidos de la ciudad. Él se encandiló de aquella criatura díscola, inteligente y sin adornos. Decidió hacerle una oferta que no pudiera rechazar y se salió con la suya. Por supuesto, toda la ciudad, incluidos los periódicos de más tirada, dijeron que Nellie Bly se casaba con él por interés, pero no le importó. Robert Seaman no tenía por costumbre hacer caso de lo que leía en los periódicos.

En 1904, mientras cruzaba una de las céntricas calles de Manhattan, el rico empresario del acero fue atropellado por un carruaje. Tenía ochenta y dos años. Murió dos días después, a consecuencia de las heridas, dejando a su esposa como heredera universal de toda su fortuna. En ese momento comenzó para Elizabeth, ahora viuda de Seaman, una nueva aventura, aunque de naturaleza muy distinta a las anteriores: tomó las riendas del negocio y se hizo empresaria. Durante unos cuantos años dirigió ella sola la compañía e incluso se lanzó a diseñar nuevos productos. Su primera patente fue una lata para leche con un cierre doble que evitaba que el contenido se derramara. La segunda, un cubo de basura grande y apilable, que pretendía mantener más limpias las calles de Manhattan.

Como empresaria, trabajó para mejorar las condiciones de sus trabajadores. Les procuró servicios médicos, mejores sueldos y vacaciones más largas, lo cual le valió ser considerada una defensora pionera de los derechos sociales de la clase obrera, además de una de las primeras mujeres empresarias de la ciudad de Nueva York. Estaba claro que hiciera lo que hiciera, Nellie Bly, o Elizabeth Seaman, estaba destinada a no pasar inadvertida.

Si creemos que los grandes genios creativos casi nunca son buenos administradores, comprenderemos mejor lo que ocurrió después. En realidad, fue un cúmulo de desgracias. La inexperiencia de la empresaria, algunos gastos incontrolados y cierta negligencia, sin olvidar la traición y el robo de algunos empleados, acaso demasiado anticuados para aceptar que una mujer les diera órdenes. El resultado fue que la compañía quebró. Nellie Bly no solo lo perdió todo, también se pasó muchos meses embarrancada en distintos litigios contra sus estafadores, y todo para nada.

A sus casi cincuenta años se vio obligada a regresar al periodismo. Era lo único que sabía hacer y, como siempre, estaba dispuesta a hacerlo. Tampoco esta vez escribió sobre elefantes, ni se conformó con algún confortable trabajo de redacción. Decidió viajar a Serbia y Austria, donde se convirtió en la primera reportera de guerra de la historia, y en una de las primeras extranjeras en informar del conflicto bélico europeo.

Los últimos años de su vida los pasó defendiendo con pasión —¿cómo, si no?— y desde las páginas de distintos periódicos el sufragio femenino. Murió el 27 de enero de 1922, treinta y tres años y dos días después de que la multitud la recibiera a su llegada al puerto de Nueva York tras su exitosa vuelta al mundo, y solo dos días antes del que habría podido ser el noventa y cinco cumpleaños de Schieffelin si hubiera vivido para celebrarlo.

De Daniel Rodríguez no diremos aquí nada, porque él es un personaje de ficción y esta es una semblanza biográfica real. Solo que, al contrario de lo que deseó aquel gélido día en Central Park, nunca más supo de Nellie Bly, y menos aún de Elizabeth Seaman, y aunque su ausencia no causó en su vida estragos ni contratiempos remarcables, siempre dejó un rescoldo de desilusión que nada ni nadie pudo reparar jamás.

Hombre que mira hacia arriba

El año 1890 es de los más gélidos que se recuerdan en la ciudad. Las tormentas de nieve se prolongan hasta principios de abril y regresan a finales de noviembre, junto a una ola de frío que ahuyenta a los patos de Great Sound Bay, que se van en busca de lugares más agradables. En los periódicos se publican consejos alarmantes de la Oficina del Clima: «No le dé vergüenza salir a la calle con botas de goma, orejeras, gafas para nieve, manguitos y cualquier tipo de parafernalia para ventiscas».

Desde que soltó a los estorninos en el parque, Eugene Schieffelin ha modificado sus costumbres. Sigue levantándose a la misma hora, muy temprano, bebiendo su copita de Jerez en ayunas y llegando al parque antes del alba, pero pasa menos rato en su piedra de siempre, se demora menos, y en cambio incluye nuevas rutas en sus caminatas. A veces visita el otro lado del parque —aquel que, según le decía siempre a su amigo Bryant, no quería visitar—, lo abandona por la Puerta de las Mujeres para inspeccionar la calle del lado oeste. Camina en dirección norte hasta la calle Ciento quince o más. Avanza en dirección sur hasta la Cincuenta y cinco. Siempre con la mirada puesta en los árboles, las azoteas, los tejados. No le interesa lo que pasa a la altura de sus ojos. Nunca le ha interesado. Es un hombre que mira hacia arriba.

Eugene Schieffelin busca alguna evidencia de sus pájaros. Sus *Sturnus vulgaris*. Suyos, así los considera, y por tanto se siente responsable de lo que les ocurra. Ya sabe, porque es perro viejo, que le costará rastrear su presencia. Los pájaros viven junto a nosotros sin llamar la atención, hay que saber mirar para verlos. Schieffelin no espera gran cosa durante los dos meses siguientes a la introducción. Cada vez que Ludlow o Daniel le preguntan, responde con una evasiva, como si no le diera importancia, como si ni siquiera se acordara de ellos. La verdad, que Catherine conoce, es que vive pendiente de encontrarlos. Y que se descorazona cuando las noticias no son las esperadas.

También sufre contratiempos serios. La mañana del 20 de abril, algo más de un mes después de la introducción, encuentra el cuerpo sin vida de uno de sus estorninos al pie de los arbustos del camino Oeste. Lo recoge con cuidado, lo envuelve en su pañuelo y se lo guarda en el bolsillo del abrigo. Una vez en casa, cava para él un hoyo en el jardín y lo deposita con cuidado entre la tierra.

Un poco más tarde llega a sus oídos que la Unión de Ornitólogos se interesa por sus aves. Han capturado dos ejemplares, al parecer, y se los han entregado a un taxidermista. Ahora esas hermosas criaturas que él trajo desde Londres se han convertido en dos muñecos rellenos de serrín que alguien guardará panza arriba en un cajón junto a otros. Tal vez uno de ellos sea Mortimer. O tal vez no, quién sabe. Embalsamado y eterno, desprendiendo un fuerte olor a naftalina, con una etiqueta colgando de una pata en la que se indicará el mes y el año en que fue capturado y el nombre de quien obró la proeza. No fue para eso para lo que Schieffelin se tomó tantas molestias. La rabia que siente es antigua. Tanto como sus problemas con la Unión de Ornitólogos, un grupo de científicos supuestamente serios que nunca le han invitado a ninguna de sus reuniones. Es más, se comportan como si él no existiera. Como si lo que ha hecho por la ornitología americana no fuera importante. O como si fue solo el capricho de un viejo majadero. Para estos señores, él no es un verdadero ornitólogo.

Por lo demás, Schieffelin se ha convertido en testigo del mundo. Nunca ha sido un aventurero, es cierto, pero la acción ya no le incumbe. En su día a día, sin embargo, siguen ocurriendo cosas. El tiempo, los cambios, la vida. La boda de William Jay, su sobrino nieto (hijo de William Henry) con Maria Louisa Shepard (una Vanderbilt) es de las que más alegría le producen. Los periódicos dan cuenta de todos los detalles: el padre de ella ofrece un desayuno de boda para seiscientos invitados en los dos salones de pintura de su mansión de la Quinta Avenida. Lo consideran «el primer acontecimiento social del año». Entre los regalos destacan dos fuentes de plata enviadas por el presidente Harrison y la primera dama y una casa completamente amueblada en la calle Sesenta y seis, regalo de la madre de ella. A nadie se le ocurre ya recelar de los nuevos empresarios enriquecidos con los nuevos inventos y llegados de los estados nuevos. El tiempo y el dinero lo amalgaman todo. El olvido logra el resto.

En mayo de 1890, algo más de dos meses después de aquella mañana de la introducción, Albert Edwards le visita con una idea. Ha construido cajas nido. Son de madera, cuadradas, los pájaros las tomarán por huecos naturales de los árboles. Tiene dos docenas. Las colgará de los árboles del parque, ayudarán a los animales a aclimatarse. El invierno ha sido muy duro. Tal vez les ha faltado alimento, tal vez muchos han muerto de frío. Lleva días pensándolo. Le encargó los nidos a un carpintero, los pagó de su bolsillo. ¿Quiere verlos?

Schieffelin se conmueve con este interés del bueno de Edwards. Un viejo entusiasmado siempre es conmovedor. Además, comenzaba a pensar que solo él estaba preocupado por los estorninos. ¡Pues claro que quiere ver las cajas nido! Es más, quiere ayudarle a colocarlas. Con la colaboración de Ludlow y, sobre todo, de Daniel, quien lleva la escalera y se encarama a ella con sus piernas aún jóvenes y fuertes, instalan los nidos, uno a uno, a lo largo y ancho del parque. The Ramble, la terraza, cerca del lago, al este y al oeste. Ahora las pesquisas diarias deberán incluir la revisión de los nidos.

No obtienen grandes resultados. Schieffelin a veces se pregunta cómo es posible que en la ciudad todo crezca y se ilumine y deje atrás el pasado a un ritmo tan frenético y, en cambio, sea tan difícil hacer que sobrevivan unos pajaritos. Tal vez sea eso: las cosas importantes de verdad nunca han sido fáciles. Somos nosotros quienes nos empeñamos en pensar que lo son. ¿O era al contrario? No obstante, Schieffelin insiste.

Se producen nacimientos en la familia. Llega el primogénito de William Jay y Maria Louisa, al que le ponen como al padre, William Jay (se inicia otro triunvirato de Schieffelin idénticos). También hay muertes —el relevo del mundo, que no cesa—: la de su hermano Samuel es la que más lamenta, pero no es como antes. A Schieffelin ya no le angustia la idea de morir, ni de asistir a la muerte de otros. Todo le parece más lógico. Algo natural a lo que nadie puede sustraerse. La ausencia de Martha no duele como antes (le duele que no le duela) y la suya ya no es el misterio ignoto de otro tiempo. Podríamos decir que espera su momento sin miedo, con curiosidad. Ni lo espera ni lo teme, como los clásicos decían que debía ocurrir. Le gustaría saber que él va a dejar el mundo, pero que sus pájaros le sobrevivirán. Vive con ese objetivo. Y un objetivo es cuanto necesita una persona para seguir viviendo.

El 10 de octubre, en plena migración otoñal, consigue que Chambers le reciba en el edificio nuevo del *New York World*, en el 99 de Park Row. Todos le conocen como «el edificio Pulitzer». Es un coloso impresionante, coronado por una cúpula de reminiscencias italianas, con atlantes y columnas dóricas por todas partes. Con sus ciento seis metros —veinte plantas—, es ahora el edificio más alto de la ciudad. Sus constructores han cometido el atrevimiento de elevarlo por encima de la aguja de la Trinity Church, que ya nunca volverá a ser un símbolo de las alturas inalcanzables. Schieffelin toma el primer ascensor de su vida («¿Me promete usted que esto es seguro, Daniel?») para alcanzar la cima. Le acompaña Ludlow, dispuesto a escrutar la oscuridad con paciencia. Ya hemos dicho que la paciencia es virtud de ornitólogo. Y la fe. La esperanza de que algo va a ocurrir, aunque luego no sea así. Schieffelin se recuesta sobre una de las paredes marmoladas, mira por sus binoculares hacia la oscuridad. Masculla: «Esperemos».

Una vez más, estamos en el prólogo de algo. Los rascacielos apenas acaban de nacer. Aún no transitan automóviles por las sucias calles de Nueva York. Los excrementos de tantos caballos siguen siendo el principal problema de las autoridades municipales. Los métodos de observación de aves están aún por inventar, más allá del uso de los binoculares de teatro o de los primeros y muy rudimentarios prismáticos de campo. No hay por ahora modo de saber que sobre las cabezas de los neoyorquinos pasan cada año cientos de miles de aves. Se dirigen al norte, donde anidarán, pondrán e incubarán sus huevos para regresar en otoño por la misma ruta. Para ellos, la ciudad de Nueva York es una parada importante, un lugar de acogida. Lo fue antes para sus ancestros, cuando aún ningún ser humano había hollado este peñasco. Schieffelin mira hacia lo alto. Señala algo que se mueve, pero es una falsa alarma. Un murciélago, quizá. Un halcón peregrino en busca de presa. Se ven bastantes, pero pronto habrá más. Nada se parece más a un acantilado que un rascacielos. Las aves adoran los acantilados. Este es también su lugar.

—Ahí —dice de pronto Schieffelin.

Y ahora sí, en efecto, hay algo en movimiento. Imposible saber de qué especie se trata. Reinitas coronadas, picogordos pechirrojos, quizá... Los ojos humanos son una herramienta insuficiente, imprecisa. Además, no ven nada de lo que de verdad ocurre. La bandada que Schieffelin observa no es muy grande y vuela a poca altura. Mil metros, quizá menos. Más arriba hay un mundo que los humanos no pueden ni sospechar. Aves en distintos planos. Algunas vuelan tan alto como los aviones que los seres humanos no han inventado todavía. Solo los pájaros saben que el mundo de allá arriba no se parece a ningún otro. Cuando los humanos conquisten las alturas, no quedará nada auténtico.

Un paseo por el tejado

A mediados de marzo de 1892, durante su inspección de todos los días, a Schieffelin le parece ver una sombra negra sobrevolando el tejado del Museo de Historia Natural. Hoy, después del parque, la piedra, la contemplación ensimismada de los árboles al amanecer y las discusiones fantasmales con el difunto amigo Bryant, ha decidido ir hacia el norte por la Quinta. Le gusta pasar frente al museo, detenerse a observar su imponente fachada de ladrillo rojo que recuerda a un viejo castillo europeo. Se detiene, con la cabeza vuelta hacia el tejado. Es a dos aguas, de color pardo. Debe de estar lleno de hendiduras y pequeñas grietas por las que un pájaro podría introducirse con facilidad. No importa que sea nuevo —el edificio apenas tiene quince años—, las aves siempre encuentran los resquicios. Los estorninos anidan en hendiduras. Les gustan las construcciones de los humanos. No sería tan descabellado pensar...

Se queda un buen rato ahí, mirando hacia el tejado del museo, preguntándose si debe entrar y decirle al señor Chapman que le permita subir. Pero no quiere parecer un loco. Ni alguien obsesionado con una idea que solo le importa a él. Además, sus relaciones con la comunidad científica no son buenas. Y Frank Chapman es un verdadero científico, una autoridad en ornitología, autor de la primera guía de aves de Norteamérica. Le da envidia. A su lado se siente ridículo, inferior. El rico y ocioso amigo de los pajaritos. No le gusta verse como le ven los demás. Da media vuelta y se va a casa.

Se pasa el día pensando en la sombra negra. Va a ver a Albert Edwards. Le pide que le acompañe. Juntos, por la tarde, regresan al museo. Se detienen frente a la escalinata. Esperan mucho rato. La paciencia de los dos es infinita. Más de dos horas después, tienen la inmensa fortuna de ver a un pájaro que alza el vuelo desde las alturas, entre las dos torres, más o menos cerca de un ventanal. Están los dos seguros de que provenía del tejado. También de que era un estornino. Se felicitan, se abrazan de alegría. Se sienten un poco ridículos, pero no dicen nada. Acuerdan que lo mejor es entrar, contar lo que ocurre, buscar la complicidad de los responsables del museo.

—Tenemos que subir al tejado —dice Schieffelin.

—Tal vez prefieres pedírselo al señor Rouduiguess —sugiere Edwards—. Él es joven. No sé si es prudente que a nuestra edad...

Schieffelin no le deja terminar:

—Necesito verlo con mis propios ojos —dice. Pero barrunta algo. No tiene prisa por subir—: Volveremos mañana, Edwards. Hay que hacer las cosas bien.

Schieffelin pasa la tarde dándole vueltas a todo. Va a la biblioteca Lenox y le pide a su amigo Paul

Samuel que le deje utilizar el teléfono. Una vez que consigue entender cómo funciona el mecanismo, que nunca le había parecido tan útil, se pasa la tarde en la pequeña recámara hablando con unos y otros. Primero llama a Daniel al *World* y le cuenta sus planes. Su joven secretario promete acompañarle al día siguiente. Habla también con el señor Chapman. Un hombre serio, cabal, poco amigo de formalidades y de perder el tiempo. Le da la sensación que no le toma en serio. Tal como esperaba.

—¿Estorninos? —pregunta el famoso ornitólogo—. ¿*Sturnus vulgaris*?

—Exactamente.

—No hemos visto ninguno.

—Si me lo permite, quisiera comprobarlo.

—¿Pretende usted encaramarse al tejado? ¿Está loco?

—Es el único modo de estar seguros.

Chapman vacila. Nadie hasta hoy le ha pedido un disparate semejante. Aunque comprende que se encuentra ante dos aficionados medio fanáticos que igualmente buscarán el modo de salirse con la suya. Mejor que sea bajo su supervisión.

—Solo si le acompaña uno de nuestros trabajadores —responde.

Ahora es Schieffelin quien vacila.

—Está bien.

—Indíqueme el día en que desean subir y lo tendremos todo previsto.

—Es usted muy amable. Había pensado mañana temprano. ¿A las siete?

—El museo abre a las diez, señor Schieffelin.

—Bien. Entonces no hay más remedio. A las diez.

—Hasta mañana, señor Schieffelin.

—Hasta mañana, señor Chapman.

La ascensión al tejado tiene lugar al día siguiente, a la hora acordada. Edwards, Schieffelin, Daniel Rodríguez y un empleado del museo que se apellida Russell alcanzan el quinto piso, desde donde parten las estrechas escaleras de madera que conducen al tejado. Por allí apenas sube nadie, salvo que haya algo que reparar. La puerta de salida es poco más grande que una escotilla, y el paisaje exterior, una pendiente de tejas esmaltadas que no parece el mejor lugar para un paseo matutino. Schieffelin asoma la cabeza, se toma su tiempo. Pregunta si hay más accesos. El tejado es muy grande, imposible abarcarlo por completo desde aquí. El señor Russell suspira con disimulo. No le gusta perder el tiempo. A pesar de todo, como ha recibido órdenes, contesta que sí, que hay tres aperturas más, y que si lo desean los puede conducir hasta ellas.

La visita resulta extenuante. Ni en la segunda ni en la tercera salidas consiguen ver nada. Se asoma Schieffelin, achinando los ojos. Le siguen Edwards y Daniel. Niegan con la cabeza. Hace rato que dudan de lo que vieron. Y, mientras tanto, les duelen las piernas de tanto subir escaleras. Edwards y Schieffelin les tienen que pedir a los más jóvenes que aminoren la marcha. No ha sido buena idea.

Cuando el señor Russell abre la última puerta, cercana a la torre que queda más al norte, justo en el extremo del supuesto castillo, todos oyen con suma claridad un revoloteo. Flop, flop, flop. Un ave asustada que huye de lo que pueda ocurrir. Russell asoma la cabeza. Sus palabras son satisfactoriamente concluyentes:

—Oh, Dios mío.

No necesita añadir nada para que todos comprendan y se impacienten. Russell le cede el sitio a Schieffelin, que está deseoso de ver lo que Russell ya ha visto.

Y ahí está: bajo el pináculo que remata la torre norte, ocupando el orificio de lo que parece un respiradero: un nido. Pequeño, desmadejado, fabricado con un poco de todo —plumas, ramitas, desperdicios humanos—; y dentro, cuatro huevos ligeramente verdosos y con motas negras.

Schieffelin se abstiene de hacer comentarios —no quiere hacer el ridículo—, pero siente una emoción intensa. Aquí está la evidencia de que tantos desvelos merecían la pena. También Daniel y Edwards contemplan por turnos. Los tres perciben que el señor Russell los toma ahora más en serio. Cierran la escotilla, bajan la empinada escalera agarrándose bien al pasamanos. Todos menos Schieffelin, que sigue arriba. ¿A qué espera? ¿Qué hace? ¿Le habrá ocurrido algo a este hombre? Ya van por él cuando, por fin, reacciona.

—Quería asegurarme de que la hembra regresaba —explica—. Sería fatal que los huevos quedaran desatendidos. Por fortuna, ha vuelto. Todo en orden. Ya podemos irnos.

Newport

A los Schieffelin nunca les gustó el veraneo en Newport. O tal vez quienes no les gustaban eran los veraneantes de Newport. No es que el lugar no les pareciera agradable, incluso precioso. No es que no le vieran ciertas ventajas a huir de Nueva York en los meses en que el calor se hace insoportable. Es que la vida en Newport consistía, sobre todo, en socializar, alternar con unos y otros, ir a fiestas, practicar actividades al aire libre, jugar a cosas absurdas y mantener conversaciones sin interés con personas a quienes apenas conocían, y ellos detestaban al unísono todas esas cosas desde siempre, pero mucho más desde que el tiempo se les estaba acabando. Además, para Eugene Schieffelin la naturaleza de Newport no era auténtica naturaleza. Estaba, según su gusto, demasiado humanizada, domesticada en exceso. No le gustaban esas extensiones de hierba perfectamente uniforme, ni los árboles de copas redondeadas, ni los setos que crecían en los lugares donde más convenía que lo hicieran. Él era partidario de otro estilo de paisajismo, igualmente artificial, pero con gusto por lo salvaje. Además, a Schieffelin tampoco le gustaba el mar ni nada de lo que en él podía hacerse. No pescaba, no ansiaba navegar, no veía aliciente alguno en pasear descalzo por la orilla.

Sin embargo, incomprensiblemente, siempre había algún motivo por el que terminaban en Newport. O bien Ludlow les insistía para que alquilaran una casa junto a la suya, o bien eran invitados por alguno de sus amigos a pasar una breve temporada que siempre se alargaba más de lo previsto, o bien algún miembro de la familia daba una de esas fiestas que requerían siete noches de estancia. Así que se rindieron a la evidencia y buscaron algo que hacer en un lugar tan aburrido. Catherine organizó un grupo de teatro y se propuso, claro, representar las obras de William Shakespeare. No fue una sorpresa para ninguno de sus conocidos que eligiera para el estreno, que fue un gran éxito, *El sueño de una noche de verano*. Schieffelin, fiel a sus costumbres solitarias, eligió el arte. En Newport comenzó a pintar. Un entretenimiento nuevo con que mantenerse ocupado sin sentir la angustia del tiempo restante. Tenía casi ochenta años y no podía aspirar a embarcarse en nuevos proyectos, a excepción, claro está, de unos pocos óleos y algunas acuarelas. La vejez conjugaba bien con las actividades artísticas. Hacía ya tiempo que había desistido de aquel viejo propósito de escribir sus recuerdos. Por un lado, había resuelto que no podría hacerlo mejor que Martha, cuyos diarios eran una de sus lecturas de cabecera. Por otro, nunca se vio con autoridad de exigirle a Daniel que concluyera el trabajo, o que al menos lo empezara, porque siempre tuvo la sospecha de que su ayudante no había escrito ni uno solo de los capítulos que juntos planificaron.

Ha quedado claro que Eugene Schieffelin ya no pensaba tanto en la muerte. Los estorninos le habían distraído momentáneamente de sus obsesiones. Sin embargo, el fallecimiento en 1895 de William Henry, el sobrino favorito, volvió a afectarle mucho. No solo porque era más joven que él —aunque solo nueve años—, sino porque gozaba de una aparente salud de hierro hasta el mismo día en que se acostó y no volvió a levantarse. Ataque al corazón fulminante, dijeron los médicos.

La casa que los Schieffelin alquilaron en Newport se llamaba Halidon Hall, era de estilo neovictoriano y estaba en la calle Harrison, muy cerca de Beacon Rock, bajo una docena de encinas centenarias. El edificio era lo bastante grande para invitar a la familia, y esa era, exactamente, su intención: se apresuraron a decirle a Mary —ahora viuda— que la esperaban desde el principio de la temporada, y a hacer extensiva la invitación al resto de sus sobrinos nietos y a sus descendencias. La convocatoria fue un éxito. Incluso William Jay, que era ahora el presidente de la compañía familiar y, por supuesto, tenía su propia casa de campo, mucho mayor que aquella y en una zona mucho más exclusiva, aceptó la invitación y llegó en la ruidosa compañía de sus siete hijos. Aquella fue la primera vez, por cierto, que vieron y probaron un automóvil, y la novedad encandiló a los niños e impresionó a los adultos. Pasaron toda una cena hablando de lo poco que se tardaba ahora en llegar a cualquier parte, y de las grandes ventajas que representaba prescindir de los caballos. Los coches no comían, no defecaban y no se cansaban nunca. Ya no se necesitaban dos días para recorrer el trayecto desde Nueva York, sino que era posible hacerlo en algo más de cuatro horas. Llegados a este punto, las caras de incredulidad de quienes aún mantenían los carruajes fueron unánimes.

El verano consoló a Mary de su soledad y tuvo entretenidos a todos de la mañana a la noche. Los Schieffelin volvieron a casa a principios de octubre, agotados, pero felices de haber sido útiles a la familia y, sobre todo, a la desconsolada viuda de su querido Willie. Desde entonces, esa fue la tónica de todos los veranos y Halidon Hall, su segunda residencia. Catherine organizó trece funciones de obras de Shakespeare en los jardines idílicos de Newport —incluidas *Hamlet* y *El rey Lear*— y Eugene pintó más de cuarenta óleos, que repartió entre sus sobrinos, sus sobrinos nietos y los clubs exclusivos a los que seguía perteneciendo. Nadie se libró de recibir una de sus magnas obras. Y en medio de todo este ajetreo entre artístico y familiar, los Schieffelin consiguieron al fin disfrutar del veraneo, aunque con gran asombro por su parte.

El año 1906 la temporada estival comenzó pronto, en mayo, debido a las altas temperaturas y a dos importantes eventos que tuvieron lugar en Newport. El más multitudinario fue la inauguración del club Belmont Park. El más selecto, la reunión de las mujeres conductoras de coches de cuatro caballos, que en aquella época se había convertido en una práctica deportiva destinada a las clases más pudientes, quienes, curiosamente, llegaban a sus mansiones en sus flamantes, caros y recién comprados automóviles. Los Schieffelin no habían comprado un automóvil ni pensaban hacerlo, pero disfrutaban subiendo en los de sus sobrinos. Para Eugene, los paseos en coche tenían un efecto terapéutico: cuando el calor sofocante le agriaba el humor y le volvía protestón (más que de costumbre), Catherine buscaba enseguida quien los llevara a dar una vuelta. Lo mejor era que no hacía falta ir a ninguna parte, solo moverse de un lado a otro, dejándose mecer por los temblores del motor, sintiendo el sol en la cabeza y el viento en la cara.

También les gustaba recibir visitas de la ciudad. En una de esas tardes perezosas de finales de verano, los Schieffelin recibieron a su querido Daniel. El hombre joven y apuesto que llegó en su automóvil no se parecía mucho al jovencito a quien atropellaron en College Place tanto tiempo atrás, ni tampoco al que pasearon por Londres algo después. Ahora era un reportero de sucesos cada vez más famoso por sus crónicas criminales escritas con un lenguaje directo y despojado de sutilezas. Lo mejor era que Daniel ya no trabajaba para el *World*, sino para *The New York Times*, donde le bastó presentarse como «el biógrafo del señor Schieffelin» y mostrar su cuaderno de bocetos para obtener el puesto que creía merecer hacía tanto. No faltó una mención al proyecto interminable de la biografía, al que Daniel seguía haciendo referencia cada vez que se encontraban: «Durante las próximas vacaciones pasaré a limpio los capítulos que tengo escritos y se los traeré para su revisión», les decía, muy convincente, y ni Eugene ni Catherine le creían ni media palabra. La conversación discurría mecida por la suave brisa del atardecer marino, frente a varios vasos de limonada helada y un plato repleto de sándwiches de pepino.

El motivo de la visita, sin embargo, era otro, más personal y feliz: Daniel quería presentarles a su esposa, Nicoletta Rodríguez, una muchachita napolitana de piel muy blanca, cabellos muy negros y ojos grandes y fijos que le miraba con embeleso y hablaba un inglés cantarín que a todos les parecía muy gracioso. La joven pareja contó que se habían conocido en el Oceanic, en el viaje de vuelta a Nueva York después de la aventura londinense, algo de lo que ni el señor ni la señora Schieffelin tenían la más mínima noticia, claro. Según contaron, volvieron a encontrarse tres años más tarde, en el Midnight's Dinner, un local de la calle Ciento tres donde ella trabajaba como camarera y donde él entró en busca de algo que le asentara el estómago después de ver una escena del crimen escabrosa y sangrienta como ninguna que hubiera visto antes. Encontrar allí a Nicoletta resultó más reparador que el brebaje que se echó al gaznate, y se quedó charlando con ella hasta bien entrada la madrugada. Para la muchacha verle entrar fue la certeza de que Dios existía y atendía a sus plegarias. Desde que se separaron en el puerto de Nueva York, después de la travesía desde Europa, Nicoletta no había dejado de rogarle que volviera a poner a Daniel en su camino. «Y así fue», concluyó, dirigiéndole una mirada tan cargada de amor que los Schieffelin sintieron renacer aquel sentimiento de la primera tarde en casa de los Hall.

Pero eso no era todo. Tenían otra noticia que

darles. Nicoletta se llevó la mano al vientre, un gesto que hizo redundantes las palabras que vinieron después.

—Vamos a tener un hijo.

Nicoletta tenía una expresión de cándida felicidad.

—Si es un varón, se llamará Mortimer —soltó, como si estuviera deseando decirlo.

—No hay duda de que es un nombre muy original, querida —dijo Catherine.

La conversación los llevó a Nellie, claro. ¿Sabía algo de ella? ¿Se mantenían en contacto? No, no, en absoluto. Daniel le escribió un par de veces, pero ella no contestó a sus cartas. «Creo que su marido no quería que mantuviera ninguna relación con su vida anterior», dijo. Le volvió a escribir al saber que había enviudado, pero tampoco obtuvo respuesta.

—Debe de estar bastante ocupada —la defendió Catherine—, tenemos entendido que dirige ella sola la empresa de su difunto esposo. Y que lo hace muy bien.

¿Había tristeza en las palabras de Daniel cuando hablaba de Nellie o solo estupefacción? Los Schieffelin dilucidaron sobre este asunto largo rato, pero no alcanzaron conclusiones.

—No es posible que no eche de menos su vida anterior —observó Daniel.

Catherine pensaba lo mismo. Opinó:

—Yo digo que terminará por volver al periodismo.

La hipótesis les sirvió de consuelo momentáneo.

Y así pasaban los días entre visitas, conversaciones, paseos en automóvil y sándwiches de pepino. De vez en cuando, en alguno de sus paseos, o en su deambular tranquilo por los alrededores de la zona residencial, siempre mirando hacia las alturas —tejados, copas de árboles, pararrayos...—, Schieffelin descubría un estornino. A veces era tan solo una criatura vislumbrada en un vuelo fugaz. Otras, un grupo de siete u ocho alineados, muy juntos, sobre un cable de telégrafo, o en el travesaño horizontal de una veleta, en perfecta formación, oteando, emitiendo sus graznidos sordos o sus agudas llamadas, como si quisieran hacerse ver, recordarle que estaban allí, o como si vinieran a agradecerle algo.

Cuando eso ocurría, Schieffelin sacaba sus binoculares de teatro del bolsillo y observaba. Solo para estar seguro. Cuerpo negro o pardo, iridiscencias tornasoladas, esa forma puntiaguda de la cola, el pico anaranjado. Sí, eran ellos.

Sonreía discretamente, se guardaba de nuevo los binoculares y seguía caminando.

El último sueño

El 6 de mayo comienzan aquel año las fiestas de apertura de las distintas villas. Los Hamilton, los Webster, los Gould, los Livingstone... Ludlow no quiere perderse ninguna y Mary acude también, acompañada de su hija mayor, Eleonor, que nunca se casó. Los Schieffelin practican, como siempre, su costumbre de quedarse en casa. Ya nadie se ofende, porque saben de su aversión a las diversiones. Todo lo contrario: cuando los ven aparecer en alguna fiesta lo celebran como si acabaran de llegar el presidente y la primera dama. Solo que este verano es diferente. Esta vez quedarse en casa no es para ellos un pretexto, es un mandato.

—Estoy cansado. —Es la frase más repetida por Eugene Schieffelin en los meses de mayo y junio.

Con la entrada de julio, ocurre algo alarmante: Eugene deja de madrugar. Por primera vez desde que se casó con Catherine, no se levanta a las cinco y media, no toma en ayunas su copita de Jerez, no sale de casa antes que el sol, no observa pájaros. Piensa en las golondrinas y los vencejos, que este año apenas ha visto. Y también en el cuco, al que solo ha escuchado un par de veces. Lo peor es que no le da importancia.

La enfermedad se prolonga durante tres semanas. Todo el mundo en Newport está pendiente de la salud de Schieffelin, de quien nadie conoce más mérito que el ser nieto de su abuelo e hijo de su padre. Visitan a Catherine, le ofrecen ayuda, toman el té. Luego se van, porque tienen una fiesta o un partido de cricket.

Schieffelin se va acabando. En una de sus últimas duermevelas, se le aparecen los Jacobs, piensa él que para despedirse. Lo raro es que junto a ellos también se le aparece un señor vestido de blanco a quien no ha visto nunca y que le asegura que tenía muchísimas ganas de conocerlo y que por eso está aquí.

—¿A mí? —pregunta Eugene extrañado.

—Usted es Eugene Schieffelin, ¿no? El amante de Shakespeare que introdujo en América los estorninos europeos.

—Lo de los estorninos es cierto. Lo de Shakespeare no es del todo exacto, caballero. La amante del Bardo era mi hermana. Y también mi mujer, Cathe...

—¡Qué idea tan estupenda! —le interrumpe con entusiasmo el extraño, que no parece escucharle—. ¡Es usted famoso! En internet hay muchos que hablan de usted.

—¿Disculpe? ¿Dónde dice? —pregunta Schieffelin, pero no obtiene respuesta. Como de costumbre, los Jacobs parlotean sin ningún orden. Y también como siempre, Eugene les deja hablar. Nunca ha sabido imponerse a sus fantasmas.

—¿Y usted quién es, joven? —le pregunta el abuelo Schieffelin.

—Ah, perdonen, no me he presentado. Soy Martin J. Calloway, para servirlos —contesta el hombre de blanco y explica—: Vengo del futuro.

—¿Del futuro? Qué raro. Entonces, ¿no es usted un fantasma?

—Claro, ¿por qué se extrañan? ¿Creen que los fantasmas no podemos venir del futuro? ¿Qué más da haber muerto que no haber nacido?

—Visto así... —musita el abuelo—. El muchacho tiene razón.

—Bueno —observa el bisabuelo Scheuffelin—. ¿Y qué quiere?

—Nada. Ya se lo he dicho al señor Schieffelin. Sentía una enorme curiosidad por conocerlo. De algún modo, él tuvo que ver con mi... Aunque si no se muere por una causa, se muere por otra, en realidad no importa tanto.

—¿Es usted un descendiente de todos nosotros? —pregunta el abuelo, con el ceño fruncido.

—No, señor. —Calloway suelta una risita—. En realidad, no guardo ninguna relación con su familia, al menos de ese tipo. Nací en Atlanta.

—Atlanta —musita Scheuffelin—. Entonces, aún comprendo menos sus razones para estar aquí.

—La razón son los pájaros —aclara el desconocido.

—Ah. ¿Usted también busca pajaritos? —salta Schäuffelin.

—No, señor. Yo soy piloto de avión.

—¿Disculpe?

Calloway entiende que, de seguir por este camino, la conversación se presenta trabajosa. Ataja:

—No importa. Ustedes no reparen en mí. Como si no estuviera.

De pronto los Jacobs se ponen en pie al mismo tiempo. Adoptan una actitud solemne.

—Es la hora, hijo —dice el abuelo Schieffelin.

—Debes venir con nosotros —añade el bisabuelo Scheuffelin.

—Di, hijo, ¿hay algo de lo que te arrepientas? —tercia el tatarabuelo Schäuffelin.

Para ganar tiempo mientras piensa la respuesta, Eugene se vuelve hacia Calloway:

—¿Usted no tiene nada que decirme? Parece que no me queda mucho tiempo.

Martin Calloway dice lo primero que se le pasa por la cabeza.

—Pues... sí, claro que sí, señor Schieffelin. Digan lo que digan de usted, debe saber que a la gente le encanta ver los vuelos de las bandadas de estorninos en Brenton Cove. Van allí familias enteras, centenares de personas, todos los fines de semana, durante todo el año. Es un lugar que hace feliz a la gente. A mí esos pobres pájaros no me parecen tan malos.

—¡Pues claro que no son malos! —protesta Eugene—. Ningún pájaro lo es. Los malos somos los humanos, señor Calloway.

—¡Bien dicho, señor Schieffelin! No esperaba que lo recordara —dice una voz cavernosa muy cerca de él.

Se vuelve a mirar. Un hombretón vestido con un mono de trabajo —mucho más limpio que como lo recordaba—, con sus canas incipientes, su corpulencia y sus manazas.

—¡John Monday! ¡Estás aquí! ¡Qué alegría!

—También lo es para mí, señor Schieffelin, se lo aseguro. He venido a decirle algo.

—¿Tú también? —pregunta Eugene—. ¿Y de qué se trata?

—He venido a decirle que en el paraíso hay muchas charcas, todas llenas de los patos más hermosos que pueda imaginar. Muy pronto podrá comprobarlo usted mismo.

—¿Voy a ir al paraíso? —se extraña él—. ¿Habrá pájaros?

John Monday no contesta. Le mira con una ternura muy antigua, que provoca en Eugene una placentera somnolencia.

De pronto el moribundo repara en alguien más. Sentado a los pies de la cama, un hombre de ojos tristes y entradas tan pronunciadas que le hacen parecer calvo. Lleva jubón y medias. Le reconoce al instante.

—¿Señor Shakespeare? Qué honor tenerle aquí. ¿Usted también tiene algo que decirme? —pregunta Schieffelin, cada vez más emocionado.

—No, hijo, no —responde el Bardo en voz baja—. Yo ya dije cuanto tenía que decir. Y fue mucho, ciertamente.

—Entonces, ¿qué hace aquí? —pregunta el tatarabuelo Schäuffelin.

—No quería perdérmelo. La muerte siempre es un gran espectáculo. Díganmelo a mí —y frunce los labios en una sonrisa petulante, o tal vez irónica, o tal vez cansada.

—Estoy esperando, hijo —recuerda el tatarabuelo Schäuffelin impaciente.

—¿Qué?

—Debes decirnos si hay algo de lo que te arrepientas. Es el protocolo. Sin eso no podemos avanzar.

—La verdad es que no —responde Eugene.

—Bien —dice el abuelo Schieffelin—. Entonces, procedamos, caballeros.

Schieffelin sonríe, feliz de cuanto ha ocurrido aquí, y cierra los ojos en medio de una sensación intensa de placidez.

Mientras estas ensoñaciones tienen lugar en los últimos instantes de vida de nuestro hombre, hay estorninos alimentando a sus polluelos en Central Park. Los hay más allá del Hudson y del East River. Los hay dirigiéndose al norte, y también al sur, justo en este instante. Dentro de ocho años llegarán a los árboles de Washington Street en Hartford, Connecticut, donde no serán bien recibidos. Dentro de veinte, cruzarán el Misisipi. Dentro de cuarenta, alcanzarán la costa oeste. Dentro de cien habrá más de trescientos millones.

La nota necrológica que publica *The New York Times* al día siguiente tiene solo dos párrafos. El primero dice que Eugene Schieffelin murió el 14 de agosto de 1906, después de tres semanas de enfermedad, a consecuencia de una parálisis. El segundo recuerda que fue el séptimo hijo de Henry Hamilton, nieto de Jacob Schieffelin y miembro de la Sociedad Zoológica de Nueva York, de la Sociedad Biográfica y Genealógica, de la Sociedad de las Guerras Coloniales y del Union Club.

Un hombre definido por sus circunstancias.

No hay referencia a la Sociedad Americana de Aclimatación ni a los estorninos. Tal vez ya nadie se acuerda de ellos. Por el momento.

En los cuatro años siguientes, Catherine pensará dulcemente en su marido cada vez que vea un estornino en el cielo de Nueva York o en los alrededores del cementerio de Green-Wood, y acudirá una vez por semana a visitar el panteón de la familia Hall, donde reposan los restos de Eugene junto a los de sus padres, sus abuelos, Martha y tantos seres queridos. Tal vez alguien se extrañe de que no estén en un panteón de los Schieffelin, pero al propio Eugene no le habría extrañado: siempre fue un hombre en los márgenes de su familia de origen. La misma Catherine se unirá a ellos cuatro años más tarde, después de morir mientras dormía, con la misma placidez con la que vivió, el 8 de marzo de 1910, a la edad de ochenta años.

En ese otro lado —el de los muertos— están ya también John Monday, la reina Victoria, Paul Samuel, Albert Edwards, la baronesa Burdett-Coutts, los caballeros pajarólogos, el cochero Maximilian, el presidente Benjamin Harrison, su cuñada Mary, el doctor Joshua Ludlow, casi todos los amigos de infancia y, por supuesto, sus ancestros, sus hermanos, tantos seres queridos y tantos, tantísimos otros que no nombraremos por no hacer esta lista interminable. Qué sentido tendría quedarse, piensa Catherine, en un mundo donde ya no conoce a nadie.

V

El epílogo del señor Brown

Ebeneezer Brown vive solo en un apartamento del 441 de West End Avenue. Es aficionado a adivinar el canto de las aves y se considera un buen patriota. El 24 de febrero de 1910 escribe una carta a *The New York Times*:

> Al señor director de este diario:
>
> ¿Puede usted decirme qué clase de pájaro es el que de pronto frecuenta mi vecindario? Su descripción es la siguiente: plumaje marrón, cabeza ligeramente más oscura que el cuerpo; pico de unos dos centímetros y medio de color amarillo; cola corta y patas largas. Puede vérsele en las mañanas despejadas en los grandes árboles del patio de la esquina sudoeste de la Setenta y cinco con el bulevar. ¿Saben de algún ave extranjera que haya sido liberada en nuestra querida ciudad? ¿Y por quién? Mis pesquisas para identificar a este animal han sido, hasta el día de hoy, totalmente improductivas.
>
> E. Brown

Los días que siguen al envío de su carta, Ebeneezer Brown vive intranquilo. Cada mañana va en busca del chico de los periódicos, el *newsboy*, a la esquina de la Ochenta y uno con Broadway, donde suele apostarse. Allí mismo, tras pagar el diario, consulta con urgencia sus páginas. A cada nuevo día sin noticias, se hace más intensa su indignación. Y después de tres o cuatro días le cuesta dormir por las noches o tiene sueños repetitivos que le impiden descansar. Así durante una semana. Hasta que, por fin, el 3 de marzo, encuentra lo que busca en la página cuatro:

> En respuesta a la pregunta recibida, el señor William T. Davis, naturalista de Staten Island, especialista en las aves de este vecindario, responde: «No hay duda de que el señor Brown ha visto un estornino. Si quiere asegurarse, haría bien en consultar el *Handbook of Birds of Eastern North America*, del profesor Frank M. Chapman. Para su conocimiento: unas treinta parejas de estorninos fueron liberadas por el señor Eugene Schieffelin en Central Park en el mes de marzo de 1890. Se sabe que en mayo de 1892 una pareja de estas aves había anidado felizmente en el tejado del Museo de Historia Natural, en la calle Setenta y siete. Otra pareja fue avistada junto a sus crías en el jardín de una residencia de Riverside Drive durante ese mismo año. En ese momento, su naturaleza de aves residentes de la ciudad era aún incierta, pero actualmente existen colonias de estorninos tanto en Manhattan como mucho más allá del Hudson. Puede verse a muchos de ellos en los árboles más altos de West Brighton y me comunican que han sido avistados también en Prospect Park (Brooklyn), Oys-

ter Bay (Long Island) y Pelham Bay Park (al norte del Bronx).

El estornino europeo es común en Inglaterra y en gran parte del Viejo Continente, donde prestan, como insectívoros, un gran servicio a los campesinos. Al parecer se comen la chinche de la patata. Construyen sus nidos en los huecos de los árboles viejos y en las hendiduras de los edificios. Hasta hoy no se ha demostrado que interfieran con la vida de otros pájaros. Concluimos deseándole al señor Brown que disfrute con el avistamiento de estos simpáticos animalitos que han llegado felizmente a nuestra ciudad y a nuestro país para quedarse.

W. T. Davis.

Ebeneezer Brown se queda estupefacto. Masculla: «¡Ya lo decía yo!». De camino a casa masca su contrariedad, y es tal que parece que gruñe.

Cuando, hace veinte años, el señor Brown compró el que hoy es su apartamento, había varios disponibles en el mismo bloque. Eligió el suyo porque le proporcionaba buenas vistas sobre los árboles de Central Park —que desde allí parecían muy cercanos— y sobre los pájaros que los visitaban. Siempre le ha gustado despertar con el piar de las aves y avistarlas sin tener que levantarse de la cama. Los pájaros son de las pocas criaturas en el mundo que no le parecen deleznables. Se considera un experto —forjado poco a poco— en identificar especies. Hasta que el 24 de febrero pasado oyó una suerte de graznido afónico que no supo identificar. Esperó a que se repitiera, quería estar seguro. Salió a mirar. Y entonces vio, posado en una rama frente a su ventana, a aquel bicho foráneo. Un extraño gritón en el paraíso de la armonía. No está dispuesto a tolerarlo. Presiente que esto es el signo temprano de una ocupación. Él es solo el primero en darse cuenta, pero si no lo remedia, la conquista será inevitable. Se siente un enviado del futuro. No, más aún, un enviado de los dioses americanos.

Ebeneezer Brown entra en casa alterado, arroja el periódico sobre la mesa y va directo al armario del fondo. Rescata del altillo un fardo polvoriento, lo deja sobre la cama y lo desenvuelve. Extrae un fusil Hawken de cañón corto que fue de su abuelo. Comprueba que funciona, aunque por dentro se dice: «Estos mecanismos nuestros no fallan nunca».

Con el fusil en la mano, se sitúa junto a la ventana, atento a los árboles. Espera. Es casi mediodía.

A las tres de la tarde, el señor Ebeneezer Brown ha conseguido avistar, disparar y matar a trece estorninos europeos. Los vecinos, alertados por el ruido, han avisado a la policía.

La acera frente al 441 de West End Avenue está ahora sembrada de pequeños cadáveres. Los hay negros moteados de manchas iridiscentes verdes, blancas y violáceas y los hay pardos: machos y hembras. Parecen pañuelos viejos.

Ebeneezer Brown, quien nunca ha leído a Shakespeare ni frecuenta los teatros de ningún tipo, está montando guardia junto a su ventana cuando la policía derriba la puerta de su apartamento. Durante su detención, mientras un agente le lee sus derechos, no deja de gritar:

—¡Muerte a los pájaros extranjeros! ¡Muerte a los pájaros extranjeros!

Si los estorninos hubieran podido pronunciar unas últimas palabras antes de morir, tal vez alguno de ellos habría dicho:

—Señor, qué locos están estos mortales.

Nota de la autora y agradecimientos

El origen de esta novela está en la calle Catorce, esquina con la calle Broadway, en Nueva York. Allí se encuentra la librería Strand, un lugar de peregrinaje obligado para cualquier amante de los libros que pise la gran manzana. Allí compré un pequeño volumen de tapas azules titulado *How Shakespeare Changed Everything* (*Cómo Shakespeare lo cambió todo*), escrito por el periodista Stephen Marche. No reparé al comprarlo que sobre el busto de Shakespeare que aparecía en la cubierta posaba, orgulloso, un pequeño pájaro de plumaje negro moteado: un estornino, claro. Al leer el libro tropecé por vez primera con la historia de Eugene Schieffelin y su hermosa y catastrófica ocurrencia de introducir los pájaros de Shakespeare en los Estados Unidos.

De inmediato quise saber más de él. Quién fue ese Schieffelin, de dónde procedía, cómo surgió su idea, qué hizo para llevarla a cabo. Tropecé, sin embargo, con una absoluta falta de información. Eugene Schieffelin, que debió de ser un hombre discreto —por propia voluntad o por la de otros, quién sabe—, legó menos a la posteridad que sus ancestros (los tres Jacobs: abuelo, bisabuelo y tatarabuelo), que su abuela Hannah o que algunos de sus tíos, sobrinos o sobrinos nietos, que son bien conocidos y recordados como prominentes hombres de negocios o como personas de gran influencia en su tiempo. A Eugene, en cambio, solo se le recuerda en relación con los estorninos. Algo que se sabe que hizo, pero no cómo ni por qué, y que a veces incluso se pone en duda. Como se ponen en tela de juicio su presunto amor por Shakespeare y que la introducción de los estorninos formara parte de un plan, más amplio y más romántico, de introducir todas y cada una de las especies ornitológicas que aparecen en la obra shakespeariana. Lo que se sabe es que introdujo el gorrión común y el estornino europeo. Lo demás, como suele decirse, es leyenda. Es decir, literatura. Schieffelin era un personaje literario antes de que yo lo convirtiera en el protagonista de esta novela.

Hay dos razones más que me llevaron a escribir esta historia. La primera es, inevitablemente, la pandemia. Comencé a leer sobre Eugene Schieffelin poco después de que se decretara el primer confinamiento, el 15 de marzo de 2020. Había planeado un viaje a Nueva York para aquella primavera que, por supuesto, no pude realizar. Fue la primera vez en más de quince años que falté a mi cita anual con la ciudad —que para mí es un lugar de inspiración y recuperación como ninguno—, de modo que algo tenía que hacer para no echarla tanto en falta. Así que decidí escribir sobre esa ciudad que tanto quiero. Al fin y al cabo, Nueva York era un personaje más en esta trama. Y escribir, como leer, es otro modo de vivir. Tal vez el mejor modo de vivir que existe, en opinión de los lectores. Así que esta novela fue para mí un modo de combatir la nostalgia, pero también de enfrentarme a todos los fantasmas de los inicios de la pandemia. Y algunos más, personales, que en compañía de Schieffelin se hicieron algo menos insoportables. Ojalá también sirva de distracción y de escapatoria para algunos de sus lectores.

Luego está la curiosidad. Ya he mencionado la frustración que sentí al no encontrar apenas datos sobre Eugene Schieffelin y sus circunstancias. Nadie parece saber de él, ni siquiera los (pocos) que han estudiado los orígenes de la familia y a sus personajes más emblemáticos. Y como no conozco mejor modo de responder a las preguntas que escribir sobre ellas, comencé a escribir en busca de respuestas, es decir, de sentido. Esta novela obedece a ese propósito. He novelado libremente la biografía de Schieffelin, he tratado de buscar razones a sus extravagantes actos y un sentido a su aventura. He partido de la mucha documentación previa a la escritura y de la información disponible, pero también me he tomado algunas licencias, como todo novelista. En suma, no sé cómo fueron las cosas, pero bien pudieron haber sido del modo en que las he narrado. Al cabo, con eso basta.

En este proceso he contado con la generosidad de algunas personas con quienes estoy en deuda.

Con Jordi Sargatal por responder con infinitas sabiduría y paciencia a todas y cada una de mis extrañas preguntas. Y por mostrarme el vuelo de los estorninos en el cielo de Figueres (Girona) cuando esta novela no era más que un proyecto tan descabellado como la idea que la alentó. A Pere Alzina por una excursión por el delta del Tordera y a Maria Josep Pérez Crespo por recomendarme lecturas y por prestarme sus prismáticos.

A Meredith Mann, bibliotecaria de la New York Public Library, por toda la ayuda, información y, sobre todo, aliento.

A Mary Foulke, actual reverenda de la Saint Mary's Church, la iglesia fundada por Jacob Schieffelin en Manhattanville, por acogerme en una mañana lluviosa de abril y mostrarme que la memoria de Schieffelin sigue viva en su comunidad.

A Paul R. Sweet, conservador del American Museum of Natural History de Nueva York, quien abrió para mí un archivador que olía a naftalina para mostrarme a los estorninos que viajaron con Schieffelin desde Inglaterra.

A Brooke Anderson, quien me puso en contacto con algunos de los miembros de la familia Schieffelin.

A mi editor, Emili Rosales, que creyó en esta historia desde el primer momento, a menudo más que yo. A los primeros lectores (y críticos) de estas páginas, a las que deben muchos de sus aciertos (los errores me pertenecen en exclusiva): Pei Serrano, Josep Diví, Nuria Reichardt, Deni Olmedo y Ángeles Escudero.

Por último, estas páginas están en deuda con muchos autores y muchos libros, de los cuales citaré solo los más importantes, por si entre los presentes hay algún lector o lectora curiosos que deseen ir más allá:

The Birds of Shakespeare, de John Edward Harting (1871), las novelas de Edith Wharton y Henry James; *Allá lejos y tiempos atrás*, de W. H. Hudson (con mi agradecimiento a Andrés Trapiello por ponerme tras su pista); *Shakespeare*, de Bill Bryson; *Shakespeare in America. An Anthology From The Revolution to Now*, editada por James Shapiro; *Bird Strike: The Crash of The Boston Electra*, de Michael N. Kalafatas; la hemeroteca digital del diario *The New York Times* (llamada, muy acertadamente, Times Machine), la hemeroteca de la Sociedad Biográfica y Genealógica de Nueva York, toda la obra de la periodista Nellie Bly (sobre todo, *La vuelta al mundo en 72 días* y *Vida en un manicomio*); los fondos digitalizados de la Biblioteca Pública de Nueva York y la Biblioteca del Congreso de los Estados Unidos y, cómo no, William Shakespeare (de hecho, ¿habrá alguien en el mundo que no esté en deuda con Shakespeare?), ya que, como escribió Jeanette Winterson, el dramaturgo inglés y el color negro tienen algo en común: el negro es la suma de todos los colores y Shakespeare es la suma de todo el alfabeto. Es decir, todas las palabras. Toda la literatura.

Mataró, Nueva York, Londres

15 de marzo de 2020 – 4 de septiembre de 2022

Otros libros de la autora en Booket:

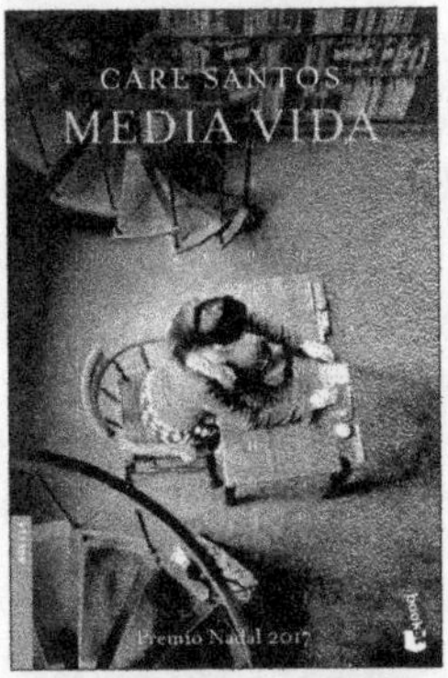